KRISTOF MAGNUSSON
Ein Mann der Kunst

Kristof Magnusson
Ein Mann der Kunst

Roman

GOLDMANN

Sollte diese Publikation Links auf Webseiten Dritter enthalten,
so übernehmen wir für deren Inhalte keine Haftung,
da wir uns diese nicht zu eigen machen, sondern lediglich auf
deren Stand zum Zeitpunkt der Erstveröffentlichung verweisen.

Penguin Random House Verlagsgruppe FSC® N001967

1. Auflage
Taschenbuchausgabe Dezember 2022
Wilhelm Goldmann Verlag, München,
in der Penguin Random House Verlagsgruppe GmbH,
Neumarkter Str. 28, 81673 München
Copyright © 2020 by Verlag Antje Kunstmann GmbH, München
Umschlaggestaltung: UNO Werbeagentur, München
nach einer Vorlage von Rudi Hurzlmeier unter Verwendung
einer Illustration von Rudi Hurzlmeier
LK · Herstellung: ik
Satz: GGP Media GmbH, Pößneck
Druck und Bindung: GGP Media GmbH, Pößneck
Printed in Germany
ISBN: 978-3-442-49336-4

www.goldmann-verlag.de

Für Gunnar

1

Ich will mich nicht beklagen. Ich werde gut bezahlt, nicht gemobbt, auch Überstunden gibt es kaum. Dafür, dass ich in einer Branche arbeite, in der es von Platzhirschen, Zampanos und Cholerikern nur so wimmelt, habe ich es ganz gut getroffen.

Doch als ich an diesem Montagmorgen aus unserem Firmen-Passat stieg, fiel es mir schwerer als sonst, so zu denken. Ich wünschte mir, ich wäre Tierpfleger geworden oder Werbezeppelinpilot, doch ich war nun einmal hier, auf unserer Baustelle in Preungesheim bei Frankfurt, und verspürte eine deutliche Unzufriedenheit mit meiner beruflichen Situation.

Ich war mit der Überwachung der Leistungsphasen sechs bis acht bei dem Bau des Firmensitzes eines zu Geld gekommenen Start-up-Unternehmens betraut, das in nur drei Jahren von einer Hinterhofklitsche zu einem führenden Anbieter von E-Zigaretten unter dem Namen *Dampferando* geworden war und unter *autoora* Car-sharing-Lösungen anbot.

Als Architekt arbeitete ich in einer Branche, in der Dinge aus Prinzip nicht klappten. Im Moment war das

Problem das Dach. Es hatte vor einigen Wochen damit angefangen, dass der Gerüstbauer das Gerüst nicht aufbauen konnte, weil es zu viel regnete, und solange das Gerüst nicht stand, konnte kein Dachdecker arbeiten. Als der Gerüstbauer das Wetter für gut genug befunden hatte, um das Gerüst aufzubauen, fiel der Baufirma auf, dass sie vergessen hatten, einen Müllcontainer zu bestellen. Und ohne einen solchen durfte laut Grünflächenamt wiederum kein Dachdecker arbeiten, weil die sonst dazu neigten, Teerpappe einfach so auf den Rasen zu werfen.

Letzte Woche wurde endlich der Container geliefert und alles schien zu laufen. Es regnete nicht mehr, sodass die Dachdecker endlich alles für einen Event vorbereiten konnten, auf den die Marketingabteilung unseres Bauherrn schon lange hinarbeitete: Unser Entwurf für den Neubau dieses Firmensitzes beinhaltete zwei Pavillons, die wie kleine Penthäuser oben auf der Dachplatte stehen und einen Zugang zu einer begrünten Terrasse haben sollten. Und nun, wo mit sämtlichen ausführenden Firmen, Meistern und Polierern verbindliche Termine für die Fertigstellung und Montage der Stahlteile für die Dachpavillons festgelegt waren, hatte unser Bauherr unter dem Motto *friends and family* seine wichtigsten Geschäftskontakte eingeladen und eine weltweit gefragte Architekturfotografin gebucht, die social-media-wirksame Fotos davon machen sollte, wie ein Kran die vorgefertigten Stahlteile auf das Dach bringen würde und die Stahlbauer sie dort montierten. Der Termin war nächste Woche.

Doch als ich heute Morgen um halb neun in unser Büro gekommen war, mir gerade einen Kaffee gemacht und eine super Idee für einen neuen Wettbewerb bekommen hatte, an dem wir uns beteiligen wollten, rief mich der Metallbauer an, der die Stahlbauteile für die Dachkonstruktion liefern sollte, und sagte, es gebe ein Problem. Aufgrund der Verzögerungen habe er die Aufmaß-Zeichnungen von dem Dachdecker eben erst bekommen, und nun habe die Verzinkungswerkstatt keine Termine mehr frei.

Ich in unseren Firmen-Passat und zur Baustelle. Die Erfahrung hatte gezeigt, dass sich solche Sachen am Telefon nie verbindlich klären ließen – wenn man den Leuten gegenüberstand, hatte man zumindest eine gewisse Chance.

Ich ging über die Baustelle zu dem Rohbau, wo der Metallbauer bereits an dem auf Böcke gelegten Türblatt stand, das wir seit einigen Wochen während unserer Baubesprechungen als Tisch benutzten, um die Pläne auszulegen. Jetzt lag das Türblatt leer da, wie ein Symbol dafür, dass alle Pläne hinfällig geworden waren.

Der Metallbauer nutzte unsere Besprechungen eher als Rauchpausen. Auch jetzt stand er mit einer Kippe da und begrüßte mich mit einem »Guten Morgen«, das für meinen Geschmack etwas schuldbewusster hätte klingen können.

»Ich kann da auch nichts für, wenn die mir das Aufmaß so spät geben«, sagte er.

»Gibt es gar keine Chance?«, fragte ich.

»Schwierig«, sagte er.

»Wann können die von der Verzinkungswerkstatt denn dann fertig sein?«, fragte ich, woraufhin er lange auf sein Telefon sah und dann antwortete:

»In vier Wochen.«

Ich wusste, dass ich ruhig bleiben musste. Sauer zu werden half nichts, wenngleich ich jetzt schon ahnte, dass ich in den nächsten Tagen viele Anrufe von Menschen bekommen würde, die ebenfalls wussten, dass es nichts brachte, sauer zu werden, mich aber trotzdem anschreien würden. Der Bauherr würde an die Decke gehen, weil er auf Facebook und Instagram bereits den Termin für seinen Event angekündigt hatte und für die eingeladenen Geschäftskontakte, eine nicht besonders flexible Slow-Food-Cateringfirma und eine schweineteure, international gebuchte Fotografin einen neuen Termin finden musste.

»Es geht auch in einer Woche«, sagte da der Metallbauer. »Aber dann müssen die eine Sonderschicht machen, das kostet mehr.«

»Wie viel mehr?«

»Das Doppelte.«

Ich unterdrückte ein Seufzen und dachte an die Bauherren, die von der ersten Besprechung an verdächtig oft die Formulierung »klein, aber fein« benutzt hatten, was nach meiner Erfahrung meist bedeutete, dass unsere Leistung fein sein sollte, der Preis hingegen klein. So hatte es sich auch dieses Mal bewahrheitet. Wenn im Laufe des Bauprozesses Unvorhersehbarkeiten aufgetreten waren, mauerten die Bauherren sofort. Bereitschaft, noch etwas Geld draufzulegen, gab es nie. Man sei schließlich nicht der Berliner Flughafen, sagten sie dann gern.

Ich sah mich in dem Rohbau um. Die Wände aus Kalksandstein standen genau da, wo wir sie hingezeichnet hatten. Überall Löcher für Kabel und Rohre. Werkzeug lag herum, ein Zementmischer, Pappbecher, Thermoskannen. Ich versuchte mir bewusst zu machen, was das für ein tolles Gebäude sein würde, wenn es einmal fertig war. Noch sah es aus wie ein Schrotthaufen.

Ich dachte an meine Studienzeit. Ich hatte mich bewusst dafür entschieden, an einer Kunsthochschule Architektur zu studieren, nicht an einer technischen Universität. Wie viele Nächte hatten wir uns mit Entwürfen und Modellen um die Ohren geschlagen, wie oft hatten wir uns über Materialien, Raumkonzepte und die gesellschaftliche Verantwortung der Baukunst die Köpfe heißgeredet? Baukunst! Darum war es mir einmal gegangen. Jetzt bettelte ich um Verzinkungs-Termine.

Ich verabschiedete mich von dem Metallbauer mit den Worten:

»Na gut. Aber dann wirklich in vier Wochen.«

Ich suchte mir eine ruhige Stelle in dem Rohbau, um den Bauherrn anzurufen. Es half ja nichts, sagte ich mir, nahm mein Telefon, um in den Kontakten seine Nummer zu suchen, doch als ich ihn gerade gefunden hatte, vibrierte es, blinkte, ein grüner Hörer erschien auf dem Display und darunter das Wort »Mama«.

Mein erstes Gefühl, als ich ihren Namen auf dem Display sah, war Sorge. Normalerweise rief meine Mutter mich nicht an. Meine Mutter schrieb mir auf WhatsApp. Doch auch wenn sie noch in dem Alter war, in dem man WhatsApp benutzte, war sie eben auch bereits in dem Alter, in dem immer etwas sein konnte – zumal sie sich sonst eher selten bei mir meldete und schon gar nicht während meiner Arbeitszeit. Ich tippte auf den grünen Hörer und sagte:

»Alles okay?«

»Consti«, sagte sie, »du musst mir einen riesigen Gefallen tun.«

»Was ist denn los?«

»Du musst mich bei der Sitzung vertreten.«

»Welcher Sitzung?«

»Na, die Sitzung!«, sagte sie laut.

Eigentlich war meine Mutter eine eher coole Person. Sie umgab sich mit einer unaufgeregten Freundlichkeit, die ich selbst während der schlimmsten Momente meiner Pubertät kaum je durchbrochen hatte. Doch jetzt wiederholte sie schnell und laut:

»Die Sitzung!«

»Die Sitzung?«

Nun wusste ich, was sie meinte. Ingeborg, so nannte ich meine Mutter, neigte wirklich nicht zu Gefühlsausbrüchen, doch es gab eine Ausnahme, eine Sache, die in ihr eine geradezu anfallartige Begeisterung auslöste: Kunst.

Für Kunst ließ meine Mutter alles stehen. Sie liebte Bilder, Gemälde, Arbeiten, Installationen, Skulpturen, Farben und Materialien, Ausstellungen, Kataloge, Museumscafés.

Andere Kinder wurden von ihren Vätern mit zum Fußball genommen, handwerkten oder sahen sich Gebrauchtwagenausstellungen an, doch dafür hätte ich einen Vater gebraucht. Ich war in Galerien und Museen aufgewachsen, mit dem Kinder-Audioguide als ständigem Begleiter. Schon damals war ich fasziniert davon gewesen, was im Gesicht meiner Mutter passierte, sobald sie ein Museum betrat. Alles, was sie im Alltag beschäftigte, war weg. Ihre Gesichtszüge entspannten sich, und wenn sie das erste Bild sah, das sie bewegte, ihr Blick über eine farbige Fläche glitt und hier und da verweilte, sah ich einen ganz anderen Menschen als meine Alltags-Ingeborg, die ihr Leben zwischen ihrem Vollzeitjob als Psychotherapeutin und dem anderen Vollzeitjob als meine Mutter organisieren musste. Es ist wohl ein wichtiger Moment im Leben eines jeden Kindes, zum ersten Mal zu erleben, wie die Eltern – die man ja in der ersten Zeit als allmächtig ansieht – völlig aus dem Häuschen geraten, ohne etwas dagegen tun zu können, gewissermaßen selbst wieder zu Kindern werden. So war es mit meiner Mutter und der Kunst, von der sie eigentlich alle Formen liebte, vornehmlich aber das Schwierige. Ingeborg wollte nichts Leichtverdauliches, sie wollte herausgefordert werden. Je rätselhafter, verschwurbelter, sperriger, provokanter ein Werk war, desto mehr beschäftigte sie sich damit, ging immer wieder hin, hörte bei Führungen zu, las, was sie finden konnte. »Die Kunst, Consti«, hatte sie mir schon gesagt, als ich noch sehr klein war, »zwingt uns, anders zu denken. Anders zu sein!«

Das Lieblingsmuseum meiner Mutter war das Museum Wendevogel in Frankfurt, das in einer direkt am Main gelegenen, überkandidelten Fabrikantenvilla aus dem 19. Jahrhundert Werke moderner und zeitgenössischer Künstlerinnen und Künstler zeigte und in den letzten Jahren so beliebt geworden war, dass es inzwischen vor den Ausstellungseröffnungen Vorpremieren geben musste und vor den Vorpremieren auch noch ein Preview.
Als im Museum Wendevogel vor fünfundzwanzig Jahren ein Förderverein gegründet worden war, wurde Ingeborg sofort Mitglied. In diesem Kreis kamen Freunde der Kunst zusammen, um das Museum zu unterstützen, die einen spendeten viel Geld und ließen sich dafür hofieren, die anderen halfen bei den Eröffnungen ehrenamtlich beim Getränkeausschank. Als meine Mutter dann vor einigen Jahren, wie sie es ausdrückte, »quasi« in Rente ging und nur noch wenige Patienten behandelte, kandidierte sie zur Wahl der Vorsitzenden des Fördervereins und wurde, wenn auch knapp, gewählt.

In ihren ersten Jahren als Vorsitzende des Fördervereins ging alles seinen normalen Gang, doch dann geschah etwas, das Ingeborgs Ehrenamt aufregender machte, als sie es jemals hätte ahnen können: Margarete Wendevogel starb, die letzte lebende Erbin der Fabrikantenfamilie, und das Museum erbte ein Grundstück, eine große freie Fläche, die direkt neben dem Museum lag. Auf einmal war da eine Chance, mit der niemand gerechnet hatte. Das Museum Wendevogel platzte schon seit Jahren aus allen Nähten. Museumsdirektor Michael Neuhuber und sein Kuratorenteam konnten längst nicht so viel aus der Sammlung zeigen, wie sie wollten; in den letzten Wochen vor dem Ende einer Ausstellung musste das Museum inzwischen bis Mitternacht geöffnet haben, um der Besucherflut Herr zu werden.

Insofern war es geradezu logisch, dass sie nun auf dem Nachbargrundstück anbauen wollten. Ingeborg sah die große Stunde des Engagements gekommen, das nun endgültig zu ihrem Lebensmittelpunkt geworden war. »Stell dir das vor, Consti. Ein neues Gebäude. Wir bauen da was ganz Modernes hin – als Kontrast zu dieser ollen Patriarchenvilla. Was wir da alles zeigen könnten!«

Und Ingeborg hatte auch sofort eine Idee gehabt, was das sein sollte. Der Neubau sollte dem Werk eines einzigen Künstlers gewidmet sein.

KD Pratz.

KD Pratz war der erste Künstler, dessen Namen ich als Kind gekannt hatte. Ingeborg war seit vierzig Jahren Fan, sie hatte seinen Aufstieg mitverfolgt, vom Meisterschüler an der Düsseldorfer Kunstakademie zum Weltstar, der in den Top Ten aller Listen der teuersten und bedeutendsten Künstlerinnen und Künstler unserer Zeit stand.

Das Museum Wendevogel hatte das große Glück, eine umfangreiche Sammlung von seinen Arbeiten zu besitzen. Ein früherer Direktor hatte KD Pratz von Anfang an gefördert, sodass KD Pratz dem Museum bis heute für viele seiner Arbeiten ein Vorkaufsrecht zum Vorzugspreis einräumte. Dass KD Pratz dem Museum Wendevogel fast freundschaftlich verbunden war, war außergewöhnlich, galt er doch gemeinhin als schwieriger Mensch. Inzwischen Ende sechzig, war er einer der letzten verbliebenen Old-School-Künstler, der sich von Anfang an jeglicher Vereinnahmung durch den Kunstbetrieb verweigert hatte und allgemein als sperrig galt und zu keiner Gefälligkeit bereit, kurz: er war offenbar ein ziemliches Ekel. Seit über zwanzig Jahren lebte er vollkommen zurückgezogen auf einer Burg im Rheingau. Wenn er einmal auf Presseanfragen antwortete – per Rückruf über Festnetz-Telefon oder handschriftlich per Postkarte –, waren das Schimpftiraden gegen alles, was der heutigen Zeit lieb oder zumindest teuer war: gegen E-Mails, Handys, E-Zigaretten, E-Autos, vegane Ernährung und, am liebsten: gegen das Internet an sich.

Erst vor einigen Monaten hatte ich in der Rubrik Vermischtes in der Zeitung gelesen, dass KD Pratz eine Drohne abgeschossen hatte, die, wie er wahrscheinlich glaubte, von Paparazzi in der Nähe seiner Burg in die Luft geschickt worden war. Später stellte sich heraus, dass es sich bei der Drohne um das Geburtstagsgeschenk eines elfjährigen Mädchens aus Lorchhausen gehandelt hatte, das an dem Abend mit sehr beleidigtem Gesicht in den Abendnachrichten zu sehen gewesen war. Von KD Pratz war zu der Sache keine Stellungnahme zu bekommen gewesen.

Obwohl es Ingeborgs Idee gewesen war, den Museumsbau einem einzigen Künstler zu widmen, gab Museumsdirektor Neuhuber die Idee sofort als seine eigene aus. Es war ja auch geradezu logisch. KD Pratz war weltberühmt und produzierte dennoch hier, in der Region Rhein-Main. Und er war nicht nur ein Künstler, sondern ein Symbol, und zwar für alles: für die Kunst, die Intellektualität, den Typ des Künstlers, der vom Feuilleton bis zum Boulevard, von den Museen über die öffentlichen Plätze bis ins Fernsehen und in Kneipengesprächen überall präsent war. KD Pratz war, was die Menschen an der Kunst liebten. Und hassten.

So machten Ingeborg und Michael Neuhuber sich mit Feuereifer daran, ihren Plan in die Tat umzusetzen, was allerdings nicht einfach war, denn KD Pratz war im Förderverein durchaus umstritten. Von seinem schwierigen Charakter ganz abgesehen galten auch viele seiner früheren Werke – gerade die großformatigen hoch ambitionierten Collagen aus den Achtzigerjahren, auf denen KD Pratz Fußballberichte aus der Bild-Zeitung mit Habermas-Texten, Bauanleitungen für Atombomben und Werbesprüchen mischte und das Ganze dann teilweise mit wilden Farbexplosionen überdeckte – heute bei vielen als Paradebeispiel für verschmockte Politkunst. Ingeborg hingegen liebte auch diese Werke, las jedes einzelne Wort, wollte alles verstehen. In den letzten Jahren hatte KD Pratz nur noch großformatige Bilder von Tieren, Blumen und Landschaften gemalt, doch auch diese ästhetische Wende machte Ingeborg begeistert mit.

Ich erinnerte mich noch genau daran, wie ich als Kind einmal mit ihr vor einem Gemälde von KD Pratz gestanden hatte. Es hieß *Der Malerfürst, vom Universum aus betrachtet*. Ein winziger schwarzer Punkt auf einer riesigen weißen Leinwand. Sie sah das Bild so lange an, bis ich den Eindruck bekam, sie müsste Tränen zurückhalten. Dann ging ich so nah heran, bis ich entdeckte, dass es sich bei dem winzigen Punkt gar nicht um einen Punkt handelte, sondern um ein Fragezeichen; ich erzählte es ihr und sie lachte.

Seit ich denken konnte, begleitete und prägte KD Pratz ihr Leben, kennengelernt jedoch hatten Ingeborg und er sich nie, was auch nicht überraschend war, da er seine Burg kaum verließ und dort nicht einmal seinen Galeristen empfing, wenn man den Medienberichten glauben konnte.

Dennoch tat Ingeborg alles dafür, ihrem Lieblingskünstler ein Denkmal zu setzen. Die letzten Jahre hatte Michael Neuhuber, unterstützt von Ingeborg, unermüdlich daran gearbeitet, eine Finanzierung für den Neubau auf die Beine zu stellen, und nun war es ihnen endlich gelungen, alle potenziellen Geldgeber an einen Tisch zu bringen. Ingeborg hatte mir das vor zwei Wochen erzählt und auch da diese aufgekratzte Begeisterung gezeigt, die ich bisher kaum von ihr gekannt hatte. *Das* war die Sitzung. Der große Schritt nach vorn.

»Ich kann nicht zu der Sitzung hin.«

»Kein Problem, ich mache das für dich. Ich rufe dich später zurück, ja?«, sagte ich und dachte wieder an das Telefonat mit unserem Bauherrn.

»Das geht nicht, die Sitzung ist jetzt.«

»Jetzt?«

»Deswegen rufe ich ja an. Die Sitzung beginnt in einer Dreiviertelstunde, und ich habe hier einen Patienten, den ich ins Krankenhaus bringen muss, ich bin im Auto.«

»Im Auto?«

»Ja.«

»Und fährst einen Patienten ins Krankenhaus?«

»Es geht nicht anders.«

»Hast du nicht immer gesagt, man muss eine gewisse Distanz …«

»Du musst mich auf dieser Sitzung vertreten.«

»Können die das nicht ohne uns machen?«

»Ohne einen Vertreter vom Förderverein geht da nichts. Alle potenziellen Geldgeber müssen da sein. Die Referentin vom Kulturministerium in Berlin ist extra angereist, die Leute vom Finanzministerium aus Hessen sind auch da. Das darf nicht platzen!«

»Aber ich habe gar keine Ahnung davon, worum es geht.«

»Du brauchst keine Ahnung zu haben. Du musst nur da sein.«

»Nichts sagen?«

»Sag einfach, dass du das gut findest, was Michael Neuhuber vorschlägt, alles andere wird sich finden. Bitte mach das, du weißt doch, wie lange es gedauert hat, die aus Berlin dazu zu bewegen hierherzukommen.«

»Aber ich muss ...« Ich zögerte. Natürlich musste ich irgendwie.

»Das ist im Stadtplanungsamt. Direkt um die Ecke von deinem Büro.«

»Aber ich bin auf einer Baustelle in Preungesheim.«

»Oh, dann musst du jetzt aber sofort los«, sagte Ingeborg, die nun sogar ihre normale Psychologinnenhöflichkeit vergaß – ich hatte mich ja noch gar nicht entschieden. »Neunter Stock, Martin-Elsaesser-Saal. Du machst das schon«, hatte Ingeborg noch gesagt, dann war sie weg.

Wenngleich ich nicht dieselbe Begeisterung aufbrachte wie Ingeborg – auch ich mochte Kunst. Zu meinem dreißigsten Geburtstag hatte sie mir eine Mitgliedschaft im Förderverein des Museums Wendevogel geschenkt, doch mein Engagement beschränkte sich darauf, Ingeborg auf den Reisen des Fördervereins zu begleiten. Das mag jetzt etwas anstrengend klingen, mit seiner Mutter und einer Menge anderer kunstbeflissener und, ehrlich gesagt, auch ziemlich anspruchsvoller Leute durch Museen zu ziehen. Aber mir gefiel das.

Ich ging durch den Rohbau in Richtung Auto. Vielleicht war es sogar gut, dass sie mich aus dieser Situation herausholte. Und als ich, anstatt mich von dem Bauherrn anschnauzen zu lassen, wieder in unseren Firmen-Passat stieg, ging mir ein Satz durch den Kopf, von dem ich im ersten Moment nicht wusste, worauf er sich beziehen sollte. Ich dachte: *Es ist Zeit.* Keine Ahnung woher, der Satz war einfach da. Dann stellte ich mein Telefon in den Flugmodus.

Es war viel Verkehr, sodass die Sitzung bereits begonnen hatte, als ich am Börneplatz aus dem Auto stieg. Ich ging eilig auf das Stadtplanungsamt der Stadt Frankfurt zu und sah nur einmal kurz an dem Gebäude hinauf, das ich schon oft verwundert betrachtet hatte. Dieser riesige Kasten mit der glatten Fassade aus braungelbem Backstein und quadratischen Lochfenstern und dann diese merkwürdigen Pop-Art-Elemente, mit denen die Architekten das Gebäude versehen hatten, Stellen in der Fassade, an denen große Stücke fehlten, als wären sie herausgebissen worden, darüber eine Stahlkante, die wie eine gigantische Donauwelle auf das Dach onduliert war. Durch die gerasterte Backsteinfassade und die gleichzeitig komische Form erschien mir das Stadtplanungsamt immer wie eine seltsame Mischung aus Verwaltungsgebäude und Kulturinstitution – und so war es ja auch: In dem Gebäude befand sich das Museum Judengasse, aber auch das Kundenzentrum der Stadtwerke.

Ich eilte an der Pförtnerloge vorbei zu den Aufzügen, fuhr in das oberste Stockwerk und öffnete wenig später die Tür zum Martin-Elsaesser-Saal. Der Saal wurde fast gänzlich ausgefüllt von einem langen Tisch in der Form eines extrem in die Länge gezogenen Ovals, das an den

Enden so spitz zulief, dass der Tisch mich an Saurons Auge aus *Der Herr der Ringe* erinnerte.

An dem Tisch hätten über dreißig Personen Platz gefunden, es waren jedoch nur sieben. Sie saßen an der breitesten Stelle vor ein paar Thermoskannen, Wasser und diesen kleinen Saftflaschen der Marke *Granini*, die ich sonst nirgendwo sah, bei solchen Besprechungen allerdings immer. Auf zwei auf einem Pappteller zu einem Stern arrangierten Papierservietten lagen Kekse. Ich sah Michael Neuhuber, den Direktor des Museums Wendevogel. Neben ihm saß eine Frau in einem Kostüm mit einem langen Hals, die sich mit einer erdmännchenhaft hektischen Kopfbewegung nach der Tür umgewandt hatte, als ich eintrat. Neben ihr ein junger Mann und eine junge Frau mit Laptops, während die erdmännchenhafte Frau nur ein Notizbuch und einen sehr schwer aussehenden Kugelschreiber vor sich hatte.

Ihnen gegenüber saß ein großer schwerer Mann, der etwas von einem Trinkhallenbetreiber hatte und als Einziger nicht auf einem der staksigen Eames-Stühle saß, die in diesen Saal gehörten, sondern auf einem Schreibtischstuhl auf Rollen mit verstellbaren Armlehnen und Nackenstützen und einer unermesslichen Zahl von weiteren ergonomischen Features. Auch er war von zwei Leuten begleitet, in diesem Fall zwei Männern. Der eine, neben ihm, wischte auf seinem Telefon herum, der andere auf einem iPad. Sie hatten ebenfalls kurz aufgeblickt, als ich den Saal betrat, sich dann aber wieder ihren Geräten zugewandt.

An der Kopfseite des Saals war eine Leinwand heruntergelassen, die leicht in der Klimaanlagenluft zitterte. Ein Beamer projizierte Fakten zum Museum Wendevogel darauf.

Die erdmännchenhafte Frau fixierte mich. Mit dem Karohemd, den hellen Timberland-Schuhen und der Jeans, die ich zu dem Baustellentermin getragen hatte, musste ich aussehen wie jemand, der eine Schanklizenz für seinen Craft-Bier-Shop beantragen wollte und sich in der Tür geirrt hatte. Da erkannte Michael Neuhuber mich endlich.

»Ich vertrete Ingeborg, sie ist verhindert«, sagte ich.

Er nickte hektisch.

»Dann halten wir für das Protokoll fest, dass gemäß der Förderrichtlinie nun alle maßgeblichen Institutionen vertreten sind. Der Förderverein des Museums Wendevogel wird vertreten von Constantin Marx«, sagte er, woraufhin der neben der erdmännchenhaften Frau sitzende Mann eifrig mit der Tastatur seines Laptops klapperte.

Die Frau hingegen hatte in dem Moment, wo das Wort Förderverein gefallen war, jegliches Interesse an mir verloren. Sie nickte mir kaum mehr zu, als Michael sie als Dr. Sibylle Höllinger vorstellte, die von der Staatsministerin für Kultur und Medien aus Berlin nach Frankfurt geschickt worden war. Die Namen ihrer zwei Referenten wusste Michael offenbar nicht, auch Frau Dr. Höllinger stellte sie nicht vor.

Der Mann auf der anderen Seite des Tisches stand auf, schüttelte lange meine Hand und stellte sich als Nikolai

Gurdulic vor, Referatsleiter in der Abteilung IV im Hessischen Finanzministerium:

»Und meine Referenten Knettenbrech und Henning.«

»Dann können wir ja jetzt richtig anfangen«, sagte Michael. »Ich habe den Damen und Herren schon unser Museum präsentiert, da hast du ja nichts verpasst, Constantin.« Ich wollte eine Entschuldigung vorbringen, Stau, sorry, doch das schien niemanden zu interessieren. Keiner nahm mehr Notiz von mir.

»Erst einmal freut es mich sehr, dass Frau Dr. Höllinger extra den weiten Weg aus Berlin nach Frankfurt auf sich genommen hat«, sagte Michael Neuhuber.

»Das muss ich natürlich auch an mein Team weitergeben, die sind ja auch mitgekommen«, sagte Dr. Höllinger und schickte ein schmales Lächeln in Richtung ihrer Referenten, die sofort versuchten, die Mimik ihrer Chefin zu lesen, um zu wissen, wie sie reagieren sollten. Sobald sie sahen, dass ihre Chefin lächelte, taten sie es auch. Frau Dr. Höllinger trug das Haar mädchenhaft nach hinten zu einem Zopf gebunden und einen gerade geschnittenen Pony, der sich nun, wo sie lächelte, kaum merklich hob.

»Das nächste Treffen machen wir in Berlin, dann können Sie sich revanchieren, Herr Dr. Neuhuber«, sagte sie dann, woraufhin Michael freundlich nickte und Herr Gurdulic sagte:

»Dann fahren wir da mal hin und sehen sie uns an – die dunkle Seite der Macht.«

Überrascht von diesem scharfen Satz sah ich in die

Runde, doch weder Michael noch Sibylle Höllinger gingen darauf ein, und ihre Referenten blieben nach einem kurzen Seitenblick auf die unbewegte Miene ihrer Chefin erst recht stumm.

»Herr Marx kommt genau zum richtigen Zeitpunkt. Ich habe Ihnen ja eben einen Überblick darüber gegeben, was das Museum Wendevogel heute ist, wo wir stehen, nun kommen wir zu dem eigentlichen Grund unseres Treffens. Dem geplanten Neubau.«

»Sie haben ein Grundstück geerbt«, sagte Herr Gurdulic.

»Das Museum Wendevogel hat endlich die Möglichkeit, seine Ausstellungsfläche zu vergrößern und mit den stetig steigenden Besucherzahlen organisch mitzuwachsen. Allerdings sieht es das Vermächtnis der Erblasserin vor, dass das Grundstück innerhalb von fünf Jahren zu bebauen ist, sonst erlischt das Vermächtnis und das Grundstück geht an die anderen Erben. Es besteht also ein gewisser Grund zur Eile.«

»Wir in Frankfurt bauen in der Zeit ganze Flughäfen«, sagte Herr Gurdulic und lehnte sich leise knarrend in seinem Drehstuhl zurück. Auch auf diese Worte des offenbar auf Krawall gebürsteten Herrn Gurdulic gab es von der anderen Seite des Tisches keine Reaktion, nicht einmal der protokollführende Referent schrieb etwas. Wollte sich hier jemand vom Land Hessen gegenüber der großen Berliner Bundespolitik beweisen? Der kleinere Fisch musste offenbar seine Unabhängigkeit beweisen, der größere so tun, als wäre ihm das egal.

Eine der Kaffeekannen entließ mit einem knarzenden Geräusch etwas heiße Luft in den Raum. Da sich eh niemand für mich interessierte, sah ich mich um. Der Saal war gänzlich mit Materialien in gedeckten Farbtönen gestaltet: braun das Fußbodenparkett, grau lackiert die Tür- und Fensterrahmen aus Metall. Das Licht der in die Decke eingelassenen Halogenspots verlieh dem Ganzen eine fast festliche Atmosphäre – auf jeden Fall war es meilenweit von der Stimmung entfernt, die Neonröhren in Amtsstuben verbreiteten. Von der Piefigkeit einer Behörde war hier nichts zu spüren.

Auch Michael Neuhuber ignorierte die spitzen Bemerkungen: »Ein solcher Anbau ist eine einmalige Chance für das kulturelle Gepräge der Stadt Frankfurt und ihr Profil als internationaler Kulturstandort.«

»Und da gibt es ja einigen Nachholbedarf«, sagte Frau Höllinger.

»Wir haben das mal ausrechnen lassen«, sagte Michael. »Das Bauvolumen würde ungefähr 20 Millionen umfassen. Da haben wir natürlich sofort an das Leuchtturm-Projekt-Programm von Staatsministerin Grütters zur Verbesserung der kulturellen Infrastruktur gedacht.«

Herr Gurdulic blätterte in seinen Unterlagen. Seine Referenten waren mit Telefon beziehungsweise iPad beschäftigt, an ihren Mienen war nicht abzulesen, ob sie konzentriert mitdachten oder Candy Crush spielten. Auch der Gesichtsausdruck von Dr. Höllinger war schwer zu lesen, zumindest sah ich keinen Anhaltspunkt dafür, ob sie Michaels Idee gut fand oder schlecht, ich ahnte nur, dass sie es genoss, dass jemand ihr Geld wollte.

»Die Details haben Sie ja dem Antrag entnommen, den ich Ihnen geschickt habe. Ich möchte nur noch einmal besonders darauf hinweisen, dass wir vorhaben, diesen Anbau *einem* einzigen Künstler zu widmen, der die internationale Kunst der letzten Jahrzehnte geprägt hat wie kein anderer vor ihm und nach ihm.«

»Und jetzt«, fuhr Michael Neuhuber nach einer kleinen Pause fort, »kann ich Ihnen auch endlich mitteilen, für welchen Künstler wir uns entschieden haben. Das musste lange Zeit geheim bleiben, weil wir im Hintergrund die Vorbereitungen treffen mussten, die so etwas natürlich erfordert. Es handelt sich um KD Pratz.«

Da hellte Frau Höllingers Miene sich schlagartig auf.

»Das ist der mit dem Gewehr, oder?«, sagte Herr Gurdulic. »Der die Drohnen abschießt.«

»Ja«, sagte ich und merkte, dass es das erste Mal war, dass ich überhaupt etwas sagte.

»Ein Museum für einen einzigen, noch lebenden Künstler wäre in dieser Form in Deutschland einmalig!«, sagte Michael. »Das hat nicht einmal Beuys gehabt.«

»Der ist ja auch recht flott gestorben«, meinte Frau Höllinger, woraufhin Herr Gurdulic sagte:

»1986, im Alter von 65 Jahren.«

»Ich weiß aus sicherer Quelle, dass KD Pratz seit Jahren nichts tut als arbeiten, ohne jemandem etwas gezeigt zu haben. Es wäre also Kunst von Weltrang, die gar nicht weit von hier auf seiner Burg im Rheingau entsteht. Weltkunst aus der Region.«

»Handkäs, aber global«, sagte Herr Gurdulic.

»Die Burg muss voll sein von Werken, und nachdem

es mir endlich gelungen ist, den Künstler zu erreichen, kann ich Ihnen heute sagen: Er hat Interesse.«

»Ich finde das eine sehr gute Idee. Das gibt Ihnen ein ganz besonderes Profil, ohne das Image des Museums Wendevogel als besonders sorgfältig kuratiertes Museum zu verwässern«, sagte Frau Höllinger, begleitet von hektischem Tastaturklappern ihres protokollführenden Referenten. »Sie sehen, Ihre Arbeit wird in Berlin durchaus wahrgenommen, und zwar sehr wohlwollend, sowohl von mir als auch von der Staatsministerin für Kultur und Medien.«

»Also, das Bundesland Hessen ist mit fünf Millionen dabei«, sagte Herr Gurdulic.

»Das BKM auch.«

»Dann geben wir sieben.«

»Acht«, sagte Dr. Höllinger.

»Acht«, sagte Herr Gurdulic.

Michael Neuhuber war ebenso erfreut wie verwundert. Dass die beiden Hauptfinanzierer sich nach oben überboten, hatte er nicht erwartet. Ich kannte das. Wir hatten bereits einige Projekte für öffentliche Auftraggeber geplant: Wer am Schluss am meisten zahlte, hatte die Projektsteuerung, konnte also alles entscheiden. Und das wollten offenbar sowohl die Leute von der Landesregierung als auch die aus Berlin. Manchmal war mehr einfach mehr.

»Dann zahlt das BKM zehn Millionen. Das tun wir aber nur, wenn Sie mir garantieren, dass das Land Hessen das auch tut«, sagte Frau Höllinger und sah Herrn Gurdulic an.

»Das tun wir nur, wenn *Sie mir* garantieren, dass aus Ihren Bundesmitteln ...«

»Und die Projektsteuerung wollen Sie bestimmt auch«, sagte Frau Höllinger.

»Ebenso wie Sie.«

»Dann müssen wir uns später noch mal kurzschließen.«

»Nein, Sie müssen mir versprechen, dass Sie die Projektsteuerung an uns abgeben«, sagte Herr Gurdulic.

»Da muss ich erst mit der Ministerin sprechen«, sagte Frau Höllinger und fixierte Herrn Gurdulic. Herr Gurdulic starrte zurück und versuchte mit seiner nach hinten gelehnten Körperhaltung lässig zu wirken, wie ein Mann, der bis zu seinen – sicherlich von ihm bereits hinter sich gelassenen – Fünfzig wunderbar damit durchgekommen war, Frauen wie Dr. Höllinger als Zicken und Stress-Elsen darzustellen, die in dem gemütlichen, von Männern wie ihm eiergeschaukelten Betrieb eigentlich nur störten.

»Ja, wir schließen uns kurz«, sagte er. Dann sahen sie sich eine Weile an, und ich hatte plötzlich das Gefühl, dass die beiden miteinander flirteten. Dass dieses ganze gegenseitige Gefrotzel ein Balzritual war, wie zwischen Paradiesvögeln, nur ohne schöne Federn und tollen Tanz, dafür mit provokantem Verwaltungsbohei.

»Das wäre genau, was wir uns vorstellen«, sagte Michael Neuhuber, der immer noch überrascht wirkte.

»Das ist eine einmalige Chance. Für Ihre Stadt und das ganze Bundesland«, sagte Dr. Höllinger.

»Für Sie in Berlin offenbar auch«, sagte Herr Gurdulic, und Dr. Höllinger verstummte, als fühlte sie sich in ihrem Enthusiasmus ertappt. Ich fragte mich, ob sie auch KD-Pratz-Fan war oder einfach eine Karrierechance witterte, sich auf die Fahnen schreiben wollte, einen solchen Museumsneubau eingefädelt zu haben.

»Wobei«, fügte Frau Höllinger etwas ruhiger hinzu, »das Leuchtturm-Projekt-Programm natürlich eine Form von Förderung ist, die private Spenden matcht. Wir fördern damit ja das zivilgesellschaftliche Engagement.«

»Ja, natürlich, sehr wichtig«, sagte Michael.

»Deswegen wird das nur etwas, wenn die Grundlagenermittlung des Bauvorhabens zusammen mit einem Vorentwurf mit 500 000 Euro aus den Mitteln Ihres Fördervereins vorfinanziert werden.«

»Das ist natürlich auch sehr verständlich. Und sicherlich kein Problem«, sagte er mit einem leichten Zögern, das wahrscheinlich nur mir auffiel, weil ich wusste, dass KD Pratz im Förderverein nicht nur Fans hatte. »Aber für den Fall, also nur für den hypothetischen Fall, dass das nicht sofort in vollem Umfang möglich sein wird, finden wir doch sicherlich einen Plan B.«

»Ohne das Geld des Fördervereins wird das nichts«, sagte Dr. Höllinger.

»Ist so«, sagte Herr Gurdulic.

»Na, ist ja auch egal. Ich bin mir sicher, dass wir den Förderverein überzeugen können«, sagte Neuhuber. »Ich habe nur gefragt, weil es ja immer ein kleines, theoretisches Restrisiko ...«

»Was meinen Sie damit?«

»Es gibt in diesem Förderverein durchaus Leute mit eigenem Kopf«, sagte Michael und fügte eilig hinzu, »was ja gut ist.«

Nun sah die ganze Runde mich an. Sie hatten sich an meine Anwesenheit erinnert.

»Also, der Förderverein ...«, begann ich, als Michael mich unterbrach:

»Es gibt Teile des Fördervereins, die sind etwas ... na ja ...«

»... high maintenance«, sagte ich.

»Das Frankfurter Bürgertum ist zwar durchaus kunstsinnig«, sagte Michael und sah Herrn Gurdulic kurz an, »will aber von diesem Kunstsinn auch den Nutzen haben, dass es mitreden kann.«

»Das stimmt«, sagte ich.

»Ich weiß, dass es in dem Förderverein einflussreiche Mitglieder gibt, die sich auf jeden Fall KD Pratz wünschen. Aber es gibt wiederum andere, die in dem Erweiterungsbau lieber unsere nicht unbedeutenden Bestände zeigen wollen. Wir haben auch ein Konzept vorliegen für eine geteilte Ausstellung mit Werken von Gudrun Pause und anderen Künstlern. Zum Beispiel hat das Wendevogel-Museum die größte zusammenhängende Sammlung verschimmelter Objekte von Dieter Roth, einige Fotografien von Sebastião Salgado und zwei Rauminstallationen von Yoko Ono. Die mit dem grünen Apfel und die mit dem umgekippten Stuhl. Und dann noch *Detonation Deutschland*, eine ...«

»Nein! Dieses Programm fördert Leuchttürme. Keine Gemischtwarenläden«, rief Dr. Höllinger.

»Und schon gar nicht diese blöde Pause«, sagte Herr Gurdulic.

»Gudrun Pause«, fügte Dr. Höllinger mit noch mehr Verachtung hinzu, als wäre auch das schon wieder ein Wettbewerb zwischen den beiden, »davon halten wir in Berlin nicht so viel.«

»Ich auch nicht«, sagte Michael Neuhuber, »aber der Förderverein ist nun einmal etwas eigen.«

»Mit Pause kann ich Ihnen eine Finanzierung nicht in Aussicht stellen«, sagte Dr. Höllinger.

»Und ich nicht mit Äpfeln von Yoko Ono«, sagte Herr Gurdulic.

»Ich finde das auch keine gute Idee, aber der Förderverein entscheidet unabhängig vom Museum, da sind mir ein Stück weit die Hände gebunden.«

»Dann müssen Sie die halt manipulieren«, sagte Dr. Höllinger. »Sie machen doch diese wunderbaren Kulturreisen, Veneto, Stockholm, diese Bildungsbürgerbespaßung, wie Sie das vorhin in Ihrer Präsentation genannt haben.«

Michael Neuhuber warf mir einen verschämten Blick zu.

»Nehmen Sie doch die dreißig wichtigsten Leute aus Ihrem Förderverein und fahren da hin.«

»Zu KD Pratz?«

»Ist doch nicht weit. Sie machen das schön exklusiv, lernen ihn kennen, es gibt leckeren Wein, dann werden die schon zustimmen. Zur Not schauen Sie sich noch dieses Kloster an, wo Hildegard von Bingen war«, sagte Sibylle Höllinger.

»St. Hildegard. Das ist eine Wallfahrtskirche«, sagte Herr Gurdulic.

»KD Pratz wird uns nicht empfangen. Ich habe ja einige Male kurz mit ihm telefoniert und befürchte seitdem, die ganzen Berichte darüber, was für ein schwieriger Mensch er ist, sind eher noch untertrieben«, sagte Michael.

»Sie werden das schon schaffen. Sie wollen doch Ihren Förderverein überzeugen, und das geht nun einmal am besten im persönlichen Kontakt. Wenn der Förderverein KD Pratz nicht will, gibt es keine Zusage von uns«, sagte Dr. Höllinger. »Fahren Sie auf seine Burg, sehen Sie sich an, wie er arbeitet, dann werden Sie Ihre Millionäre schon dazu bekommen.«

»Aber er lässt seit Jahren niemanden mehr rein.«

»Es hat ihm auch noch nie jemand ein Museum bauen wollen.«

»Ich glaube nicht, dass das so funktioniert«, hörte ich mich plötzlich sagen. »KD Pratz ist nicht käuflich. Er hat sich sein ganzes Leben gegen jede Form des Anbiederns gesperrt. Wer wohnt schon sonst allein auf einer Burg? Wenn jemand nicht käuflich ist, dann er.«

Dr. Höllinger sah mit einem mitleidsvollen Lächeln kurz Michael Neuhuber an, dann länger Herrn Gurdulic, als wollte sie sagen, dass ich noch viel lernen müsste, weil ich daran glaubte, dass zumindest einige Menschen an ihren Idealen festhielten, egal, was kam. Dann wandte sie sich an mich: »Ich arbeite seit Jahren im Kulturbetrieb. Nicht käuflich habe ich noch nie gesehen.«

»KD Pratz ist anders«, sagte ich. Die BKM-Frau

zuckte mit den Achseln und seufzte ein Seufzen, das sie plötzlich ganz mädchenhaft wirken ließ. Und fügte hinzu: »Also, Herr Marx, Herr Neuhuber, das ist wirklich ein fantastisches Projekt! Wir haben den Eindruck, dass Sie das Museum und den Förderverein äußerst vorbildlich führen. Wir haben vollstes Vertrauen, dass Ihnen das ganz wunderbar gelingt.«

2

Nach dieser Sitzung war die Aufregung im Museum Wendevogel erst einmal groß. Der Beirat des Museums und der Vorstand des Fördervereins diskutierten lange über die Vor- und Nachteile, den ganzen Neubau dem Werk von KD Pratz zu widmen, dann einigte man sich tatsächlich auf die von Dr. Höllinger vorgeschlagene Strategie, und zwei Monate später wurde die geplante Fördervereinsreise auf die Burg von KD Pratz Wirklichkeit.

Wir trafen uns auf dem Werkhof des Museums, stiegen in einen Reisebus und fuhren aus Frankfurt raus, dieser eigentlich gar nicht so großen Stadt, die man trotzdem nie richtig hinter sich ließ, egal in welche Richtung man fuhr, irgendwo waren immer Häuser, Verbrauchermärkte, Zersiedlungen. Es war mitten in den Sommerferien, die A3 war für einen Freitagnachmittag erstaunlich leer. Wir fuhren am Stadion vorbei, hatten am Flughafen einen wunderbaren Gotham-City-Moment, als zwei ICEs kurz nacheinander in den Flughafenfernbahnhof einfuhren, darüber ein A380 startete und zwei kleinere Jets im Landeanflug waren, während auf den Überholspuren der vierspurigen Autobahn die SUVs mit zweihundert Stundenkilometern Richtung Köln donnerten.

Zwischen all dem zuckelte unser Förderverein mit gemütlichen neunzig auf der rechten Spur in Richtung Rheingau, der bald auch schon mit seinen sanften Erhebungen in Sicht kam, letzte Ausläufer einer großen Bergwelle, einer Bewegung, die am Ufer des Rheins zum Ende gekommen war.

In den letzten Tagen hatte es im Süden heftige Sommergewitter mit Starkregen gegeben, sodass selbst der Rhein bei aller Erhabenheit etwas Gehetztes bekommen hatte. Eilig kam er von Osten, von Mainz und Wiesbaden, heran. Wir reihten uns in die Schlange der grauen und schwarzen Autos mit Frankfurter, Wiesbadener Kennzeichen ein, die sich in Richtung der ersten Rheingauer Dörfer schoben, in Richtung der neu auf alt gemachten Boutique-Hotels und Restaurants mit handgeschriebenen Speisekarten.

Ich wusste nicht wie, aber Michael Neuhuber hatte es hinbekommen. KD Pratz hatte zugestimmt, unseren Förderverein auf Burg Ernsteck zu empfangen. Es sollte mit einem ungezwungenen Kennenlernen bei einem Glas Wein beginnen, morgen wollten wir uns ein bisschen den Rheingau ansehen, und am Sonntag, als Höhepunkt, würde er uns sein Atelier zeigen! Die Arbeiten der letzten Jahre, die bisher, laut Michael Neuhuber, nicht einmal sein Galerist zu sehen bekommen hatte. Ich konnte es immer noch nicht glauben. Die Aussicht auf ein eigenes Museum, nur für seine Werke, hatte offenbar selbst einen so radikalen Einsiedler wie KD

Pratz dazu bewegt, seine Isolation für zwei Tage aufzugeben.

Michael Neuhuber hatte für jeden eine Ausgabe des KD-Pratz-Sonderheftes beschafft, das er im letzten Jahr in der Reihe *Visualitäten* herausgegeben hatte. Auf dem Titel war eine seiner älteren Arbeiten, aus der politisch-ökologisch motivierten Phase der Achtzigerjahre: graue Menschen, die auf der Autobahn durch ein von saurem Regen zerfressenes Waldgebiet fahren, im Hintergrund rauchende Schornsteine, der Titel: *mobil bis in den tod*.

Ingeborg hatte die Zeitschrift nach unserer Abfahrt noch einmal durchgeblättert, obwohl sie sie sofort nach Erscheinen gekauft und nicht nur von vorn bis hinten gelesen, sondern großflächig mit Kommentaren und Unterstreichungen versehen hatte. Inzwischen jedoch hatte sie die Zeitschrift auf den Vierertisch gelegt, an dem wir mit Michael Neuhuber saßen und über Gott und die Welt und die Kunst redeten und, mehr als alles andere, über KD Pratz. Sie erzählte noch mal die Geschichte, wie ich als Kind in *Der Malerfürst, vom Universum aus betrachtet* das Fragezeichen in dem vermeintlichen Punkt entdeckt hatte, Michael Neuhuber amüsierte das sehr.

Es freute mich, dass Ingeborg so guter Laune war. Bei unseren letzten Treffen hatte sie zwar nicht unglücklich gewirkt, aber doch für ihre Verhältnisse erstaunlich gleichgültig gegenüber dem, was in der Welt geschah. Bei anderen Leuten wäre das kein Grund zur Sorge gewesen – bei Ingeborg, die sich sonst immer über alles informierte und es liebte, sich eine Meinung zu bilden, hingegen schon. Es hatte fast so ausgesehen, als würde sie sich parallel zu ihrem langsamen Rückzug aus dem Arbeitsleben auch aus der Welt zurückziehen. Seitdem sich abzeichnete, dass diese Reise zustande kam, war das wie weggeblasen. Nun hatte Ingeborg die Chance, ihrem Lieblingskünstler zu einem eigenen Museum zu verhelfen!

Kein Wunder also, dass Ingeborg nervös war. Den anderen fiel es wahrscheinlich gar nicht auf, sie sprach in der ihr eigenen unaufgeregten, freundlich-zugewandten Art, doch ich sah es an ihrer Kleidung, der übergroßen Bluse aus schwarzem Leinen, der Kette aus großen bunten Holzperlen und der weißen Plisseehose von Issey Miyake – immer wenn sie aufgeregt war, zog sie sich einen Tick zu schick an. Und einen Tick zu jung.

Die vierte Person an unserem Vierertisch war der millionenschwere Herbert von Drübber, den Ingeborg und ich heimlich »das Einstecktuch« nannten, weil er gern teure Sakkos trug, in denen stets ein farblich zum Hemd passendes Einstecktuch steckte, was in einem gewissen Widerspruch zu seinem markigen Auftreten stand. Mit einem Schüttgut-Vertrieb zu Geld gekommen, verfügte er allein über mehr als die Hälfte der Finanzkraft des Fördervereins und erschien mir manchmal wie eine Art Destillat aus allen Angeber- und Prahlhansfiguren der TV-Serien von Helmut Dietl, wobei Herbert von Drübber im Grunde kein unangenehmer Zeitgenosse war. Er war durchaus unterhaltsam, wenn man ihm einfach zuhörte und sich seinen Teil dabei dachte.

Zu seinen Füßen, oder eigentlich eher zu meinen, lag sein derzeit aktueller Bernhardiner, den ich gelegentlich mit meinem Fuß ein bisschen mehr in seine Richtung schob, so gut das bei einem Hund von der Größe eben ging.

Jeder wusste um von Drübbers Bedeutung für das Gelingen dieser Aktion, und er selbst wusste es auch. Er hatte eh nie so getan, als wolle er, trotz seines Geldes, behandelt werden wie alle anderen. Das Einstecktuch wollte hofiert werden, idealerweise von jungen Frauen – und so war es weder Wunder noch Zufall, dass direkt auf der anderen Seite des Ganges Katarzyna Pyszczek saß, Michael Neuhubers persönliche Assistentin, die auf diesen Reisen für alles Organisatorische zuständig war. Katarzyna Pyszczek arbeitete seit mittlerweile zwei Jahren für das Museum Wendevogel und war hauptsächlich für den Förderverein zuständig, auch wenn sie das auf LinkedIn »kuratorische Assistenz« nannte, ein Titel, der ihr von der Qualifikation her auch zustehen würde, hatte sie doch eine Masterarbeit mit Bestnote über die feministische, in den Zwanzigerjahren bekannte, jetzt wiederentdeckte Malerin Lotte Laserstein geschrieben. Eigentlich sollte sie etwas Besseres tun als Reisebusse und Hotelbetten buchen. Und mit Leuten wie dem Einstecktuch reden.

»Ich schreibe gerade ein Exposé für eine Doktorarbeit«, sagte Katarzyna zu ihm. Das sagte sie, seit ich sie kannte.

»Ach, dann sind Sie gar keine Bachelorette, sondern schon Master. Meisterin?« Das Einstecktuch hatte ein erstaunliches Talent dafür, Wörter so zu betonen, einzelne Silben so in die Länge zu ziehen, dass er jedem beliebigen Satz anzügliche Untertöne verleihen konnte, ohne dass ihm jemand etwas unterstellen konnte. Sogar das Wort Ultrakurzwelle hätte er zu einer schlüpfrigen Bemerkung machen können.

»Auf Kuratorinnen-Ebene gibt es ohne Promotion keine Stellen«, sagte Katarzyna Pyszczek. Die Schlüpfrigkeit des Einstecktuchs war nicht mehr so offensichtlich wie früher. Er legte nicht den Arm um sie und antwortete: ›Aber mit Ihrem Aussehen stehen Ihnen doch alle Türen offen.‹ Er legte ihr nicht einmal die Hand auf den Oberschenkel, legte nur manchmal, ganz selten und niemals für lange Zeit, den Zeigefinger auf ihren Unterarm, während er mit ihr sprach, achtete aber darauf, das auch gelegentlich bei allen anderen zu tun, Männern wie Frauen. Er wandte ihr einfach immer ein bisschen mehr Aufmerksamkeit zu, saß öfter neben ihr, war, wie durch Zufall, öfter mit ihr im Gespräch. Ich fragte mich langsam, ob er anti-sexistische Blogs las, um sich zu informieren, womit Leute wie er heute gerade noch durchkamen.

Katarzyna Pyszczek reagierte auf diese Avancen mit dem ihr eigenen Ernst. Sie lächelte nie. Seit ich sie kannte, hatte sie den gleichzeitig femininen, aber doch strengen Style junger Kunsthistorikerinnen immer weiter perfektioniert, trug nur wenig und sehr blasses Make-up, aber dazu einen noch knallroteren Lippenstift als in ihrer ohnehin schon knallroten Anfangszeit am Museum Wendevogel. Sie trug Leggins, schwarze Sockensneaker und darüber dunkle, ungewöhnlich geschnittene Oberteile, die, obwohl sie vollkommen oversized waren, ihren Körper betonten oder zumindest erahnen ließen. Als versuchten sowohl sie als auch das Einstecktuch, zwischen den Korrektheitsansprüchen der Zeit und alten sexuellen Machtdynamiken ihren persönlichen Mittelweg zu finden.

An Katarzyna Pyszczeks Vierertisch saßen auch die Hansens. Martha und Rainer, ein pensioniertes Pastorenehepaar, die sich zeit ihres predigenden Lebens in Wetterau eine volle Stelle geteilt hatten und sich nun eine Ausgabe des KD-Pratz-Sonderheftes teilten, eine reiche ja vollkommen, »*das ganze Papier …*«.

Die Hansens waren erst vor zwei Jahren in den Förderverein des Museums Wendevogel eingetreten, sofort nach ihrer Pensionierung. Vorher sei zu viel zu tun gewesen, nun könnten sie sich das endlich zeitlich leisten. Anfangs hatten sie kaum Ahnung von Kunst gehabt, schienen aber seitdem jede Erwachsenenbildungsmöglichkeit wahrzunehmen, die es zu dem Thema gab. Jedes Mal, wenn wir uns wiedersahen, hatten die Hansens etwas Neues gelernt, das sie dann auch gern anwendeten, selbst wenn es nicht immer besonders gut passte: »*Im Gegensatz zu den Mariendarstellungen der Kiewer Rus erscheint mir diese Bruce-Nauman-Neonröhren-Installation …*«

In einem unserer Gespräche hatte ich bereits erfahren, dass sie keine großen Fans von KD Pratz waren. Die Hansens mochten Yoko Ono. KD Pratz war ihnen zu hart, sie vermissten in seinem Werk einen gewissen Humanismus. Yoko Ono hingegen …

Wenn ich die Hansens ansah, stellte ich mir manchmal vor, dass Yoko Ono und John Lennon die Helden ihrer Jugend gewesen waren. Für mich passte das gut, auch wenn Martha Hansen sich bei der Auswahl ihrer Kleidung, ihren naturtrüben Blusen und Hosen, wahrscheinlich eher daran orientierte, ob sie fair gehandelt waren, nicht daran, ob sie in ein Stilkonzept passten. Und auch wenn Rainer Hansen mit seinem halb ergrauten Backenbart eher an die Pastoren aus vergangenen Jahrhunderten erinnerte, wie sie manchmal, sittenstreng dreinblickend, auf Ölgemälden in norddeutschen Kirchen abgebildet waren, obwohl er in seinem Wesen, ganz im Gegensatz zu seinem Äußeren, gar nichts Strenges hatte, sondern eher eine zerstreute Milde ausstrahlte.

Die Hansens waren also intensiv damit beschäftigt, sich vorzubereiten. Sich *einzulesen,* was eines ihrer Lieblingsworte war, wobei Martha Hansen eine noch größere, protestantisch-textbegeisterte Ernsthaftigkeit an den Tag legte als ihr Mann. Das Wichtigste war dabei für Martha Hansen stets: ein kritisches Bewusstsein!

Und Martha Hansens kritisches Bewusstsein vertrug sich eben nicht mit dem kritischen Bewusstsein, das KD Pratz auf seinen Bildern so deutlich zur Schau stellte. Immer wieder, gerade wenn sie nun in dem Heft die älteren Bilder von KD Pratz betrachtete, sagte sie: »Das Bild spricht nicht zu mir.«

Doch ihrer Vorfreude tat das keinen Abbruch. Auch die Hansens liebten diese Reisen. Überhaupt herrschte überall eine gediegen aufgekratzte Vorfreude, wie ich sie von den anderen Reisen kannte, auf die ich Ingeborg begleitet hatte, nach Stockholm, nach Bilbao, ins Veneto und nach Antwerpen-Brügge-Gent. Alle lasen etwas Kluges oder unterhielten sich leise, aßen gesunde Trockenobst-Snacks, klappten Schaubilder aus Kunstreiseführern aus.

Dabei war das nie so sehr die Vorfreude auf ein Erlebnis, eine bestimmte Sehenswürdigkeit. Wir freuten uns vielmehr darauf, ein Wochenende lang in die Welt der Kunst einzutauchen, so wie Michael Neuhuber es uns mit seinen Kontakten ermöglichte. Alle Karten waren immer vorbestellt, wir mussten nie Schlange stehen, bekamen unsere Führungen bei den maßgeblichen Kuratorinnen und aßen danach in Restaurants, die nicht einmal auf TripAdvisor zu finden waren.

Nicht weniger freuten wir uns darauf, ein Wochenende unter Gleichgesinnten zu verbringen, diese merkwürdige Art von Freude, die es machte, unter Leuten zu sein, die so ähnlich waren wie man selbst. Selbst ich, der ich zwar meinen Alltag damit verbrachte, zwischen saumseligen Metallbauern und übergriffigen Start-up-Proleten zu vermitteln, aber immerhin an einer Kunsthochschule studiert hatte, genoss es, auf so feinsinnige Art dem Alltag enthoben zu sein. Den Ärzten, Juristinnen und Lehrern, der Zahntechnikerin, der PR-Bürobesitzerin, dem Steuerberater, dem Einstecktuch und den Hansens musste es umso mehr so gehen.

Außerdem war es für mich eine gute Art und Weise, Zeit mit Ingeborg zu verbringen. Wir sahen uns im Alltag nicht oft, ich kannte viele Leute, bei denen das so war – wenn man in derselben Stadt wohnte, sich also jederzeit sehen könnte, tat man es nie. Und wenn man sich sah, nahm man sich nicht so viel Zeit wie für Leute, die von anderen Orten anreisten. Diese Reisen waren unsere quality time. Hier teilte ich mit Ingeborg das, was ihr im Leben am wichtigsten war. Es war eine einzige große Bildungsbürgerbespaßung, da hatte Michael Neuhuber schon recht.

Als wir Oestrich-Winkel passierten, kam das Gespräch für einen Moment zum Erliegen. Alle hatten sich wieder ihren Sonderheften zugewandt, und in der Stille, die sich nun, wenn auch nur für ein paar Minuten, ausbreitete, merkte ich, dass es zumindest bei mir doch nicht dieselbe reine Vorfreude war wie bei den anderen Reisen.

Würde diese Reise wirklich so schön werden wie die anderen? Was, wenn KD Pratz so unausstehlich war, wie alle sagten und schrieben? Ich hatte nichts über ihn gelesen, was ihn als sympathisch darstellte oder gar gesellig. Die Sache mit der abgeknallten Drohne war nur eins. Auch die Tatsache, dass er mit einer Serie von Klagen und – so deutete ein Kommentar des Wiesbadener Kuriers an – geschickten Manipulationen eines kunstsinnigen Landrats das Aufstellen eines Handymasts verhindert hatte, der dazu geführt hätte, dass es auf seiner Burg Handyempfang gegeben hätte, verhieß nichts Gutes.

Alle Interviews, von denen es jedes Jahr ungefähr eins gab, waren ein großes Globalgeschimpfe auf alles: die Menschen, die Technik, die Welt. Ich hoffte, dass er in Wirklichkeit anders war. Oder, vielmehr, wie er in Wirklichkeit war, war mir egal – ich hoffte nur, er möge sich an diesem Wochenende benehmen, damit diese Reise ein Erfolg wurde. Allein schon wegen Ingeborg, die jetzt das Gespräch wieder aufnahm und gegenüber Michael Neuhuber noch einmal betonte, wie sehr sie sich auf die bevorstehende Begegnung mit KD Pratz freute. Da stand Michael auf und ging zu dem Busfahrer. Wenig später hörten wir ein Knacken in der Lautsprecheranlage. Michael Neuhuber stand vorn, das Mikrofon des Reiseleiters in der Hand. Nun sollte unsere Reise offiziell beginnen, wobei Michael sich wie immer bemühte, diesem Anfang etwas Feierliches zu verleihen, als weihte er etwas ein.

»Liebe Freundinnen. Liebe Freunde.
Ich begrüße Sie ganz herzlich zu unserer diesjährigen Fördervereinsreise, die, Sie haben es gemerkt, ein wenig anders aussieht. Wir vom kuratorischen Team«, Michael sprach gern von sich als Mitglied des *kuratorischen Teams*, obwohl er ganz eindeutig der Chef war, »des Wendevogel-Museums bemühen uns ja immer, für Sie ein ganz besonderes Programm zusammenzustellen, aber ich denke, ich übertreibe nicht, wenn ich sage: Ein so großer Coup wie in diesem Jahr ist uns noch nie gelungen. Dieser Ausflug ist geradezu ein Meilenstein in der Geschichte des Wendevogel-Museums. Wie Sie ja wissen, planen wir seit geraumer Zeit einen Neubau, und es ist wirklich ein großes Privileg, dass der Ausnahmekünstler KD Pratz uns an diesem Wochenende an seinem Wohn- und Arbeitsort empfängt und uns am Sonntag sogar sein

Atelier zeigt!« Michael machte eine Pause und sah in die Runde. Viele nickten.

»Dass wir alles dies hier im Rheingau erleben können, der schon längst ein Ziel für eine unserer Reisen gewesen wäre, ist natürlich besonders passend. Der Rheingau hat in puncto Kunst und Kultur so viel zu bieten. Lassen Sie uns diese Tage im Geiste Goethes verbringen, der auch ein großer Fan dieser Gegend war, genau wie ich es bin.

Zu des Rheins gestreckten Hügeln,
Hochgesegneten Gebreiten,
Auen, die den Fluß bespiegeln,
Weingeschmückten Landesweiten
Möget, mit Gedankenflügeln,
Ihr den treuen Freund begleiten.«

Es war vielleicht nicht Goethes größte lyrische Leistung, aber dafür war es sehr typisch für Michael Neuhuber. Goethe-Zitate durften auf keiner unserer Kulturreisen fehlen. Selbst in Stockholm, wo Goethe nun wirklich nie gewesen war, war ihm das gelungen. Vielleicht hätte er sich nicht gerade den Zeitpunkt auswählen sollen, an dem wir an einer Tankstelle und einer Reihe von ziemlich piefigen Reihenhäusern vorbeifuhren, um von *hochgesegneten Gebreiten* zu sprechen, aber das fiel außer mir wahrscheinlich niemandem auf.

Hinter Rüdesheim sah ich immer mehr nackten, schroffen Stein. Das Land türmte sich auf. Der Rhein umrundete das Binger Loch, ließ uns rechts, Ingelheim und

Bingen links liegen und schien nun sogar noch schneller zu fließen, als wäre er erleichtert, dass er wieder nach Norden durfte, denn dort musste er ja eigentlich hin.

Das Land stieg inzwischen so steil auf, dass es von Mauern, Maschendrahtzäunen und abenteuerlichen Stahlseilkonstruktionen daran gehindert werden musste, in den Fluss zu stürzen. Alles kämpfte gegen die Energie der Lage, wurde festgehalten, festgebunden, festgezurrt. Ich blickte aus dem Fenster zu meiner Linken und sah dem Wettrennen zu, das sich Züge, Binnenschiffe, Radwanderer und Autos flussabwärts lieferten und das letztendlich doch die Gänse zu gewinnen schienen, die im tiefen Flug über das Wasser sausten. Auf dem Campingplatz gegenüber: Deutschlandfahnen, Belgienfahnen und eine Regenbogenfahne. Immerhin.

Dann war wieder alles anders. Das eben noch so absturzgefährdet wirkende Land schien jetzt mit kathedralenhafter Dramatik gen Himmel zu streben, wollte hoch, höher hinaus. Die vorhin noch fast waagerecht stehenden Weinreben erhoben sich weit in den Himmel, ich folgte ihnen mit meinem Blick, und dann sah ich sie zum ersten Mal. Die Burg. Burg Ernsteck, so weit oben, dass sie gar nicht mehr zu dieser Welt zu gehören schien, wie von einem Monopolyspieler hier abgesetzt, der das Spiel nicht ganz begriffen hatte.

Hier bog unser Bus ab und zwängte sich zwischen zwei Häusern hindurch, die so eng beieinanderstanden, dass es fast so schien, als würde er durch sie hindurchfahren. Auf einer leidlich ausgebauten Straße fuhr er in die Berge hinein. Ich verlor die Burg aus dem Blick, hatte sie plötzlich im Rücken, und jedes Mal, wenn sie wieder auftauchte, war sie ein bisschen näher gekommen. So ging es eine Weile, dann bog der Bus auf einen kleinen, nicht asphaltierten Weg ab und kam knirschend auf einem Schotterstück knapp unterhalb der Burg zum Halten.

Wir stiegen aus. Der Weg knisterte vor Hitze. Wir sammelten uns um Michael Neuhuber, der vor einem Schild mit der Aufschrift: *Privatgelände. Betreten verboten!* stehen geblieben war und ratlos zur Burg hinaufsah, die uns überragte, als wäre sie wirklich noch eine Befestigungsanlage, die Belagerer möglichst erfolgreich einschüchtern sollte.

Links ein Turm, der fast noch seine Originalhöhe hatte, aber in der Länge zur Hälfte weggebrochen war, sodass man durch die leeren halben Fensterlaibungen hindurch den blauen Himmel sah. Eine erstaunlich intakte Burgmauer führte von dort zu einem Wohntrakt, der im Gegensatz zu der Ruine des Wehrturms mit neuen Schieferschindeln gedeckt war, darunter tiefschwarzes Fachwerk, dessen Zwischenräume weiß in der Sonne glänzten, und vor uns war, etwa zwanzig Schritte entfernt, ein Tor mit einer alt aussehenden, sehr massiven Holztür.

Niemand kam.

Inzwischen hatten wir sämtliche Sonnenbrillen, Sonnenhüte, Fächer und Wasserflaschen herausgeholt, die wir bei uns trugen. Nirgendwo war Schatten. Alle sahen zu Michael. Normalerweise war jede Bewegung dieser

Fördervereinsreisen derart minutiös geplant, dass wir Teilnehmer das selbstständige Denken einstellten, sobald wir im Bus saßen. Und so war es auch heute. Menschen, die in ihrem Alltag Menschen operierten, Prozesse gewannen oder Firmen führten, erwarteten, dass ihr Anführer etwas tat, und wurden ungeduldig, als das nicht sofort passierte.

Endlich setzte Michael sich in Bewegung, Katarzyna Pyszczek folgte ihm mit ernster Miene. An dem *Betreten-verboten*-Schild vorbei, ging er auf einem schmalen, von einem Toyota Land Cruiser halb zugeparkten Weg in Richtung des Tores. Ingeborg folgte ihm, ich folgte Ingeborg und die anderen uns. Das Tor war wirklich sehr massiv. Ich hätte einen Eisenring zum Klopfen erwartet, doch da war nichts, nur ein Schlüsselloch für ein modernes Sicherheitsschloss und ein handgeschriebenes, in Klarsichthülle gestecktes und schon gewelltes Papier, auf das jemand mit einem dicken Edding geschrieben hatte: dhl-pakete hier abstellen. NICHT klingeln.

Die Klingel befand sich in einer Mauerfuge der Burgmauer.

»Vielleicht sollten wir mal klingeln«, sagte Ingeborg.

»Glaubst du nicht, er hat gemerkt, dass wir angekommen sind?«, fragte Michael und zeigte auf unseren Bus.

Doch da hatte Ingeborg die Klingel schon gedrückt. Ich zuckte zusammen. Nun ging es also wirklich los.

Niemand sprach, alle sahen zur Tür, und es dauerte auch gar nicht so lange, bis auf der anderen Seite ein Schloss aufgeschlossen wurde. Im nächsten Moment öffnete sich die Tür und wir sahen in das breite Gesicht einer rotgesichtigen Frau, die bestimmt nicht älter als zwanzig war. Michael versuchte ein Lächeln, die Frau öffnete die Tür ganz. Sie trug ein Oberteil mit Blumendekor und eine strassbestickte Jeans, die zusammen mit den pinkfarbenen Turnschuhen in einem girliehaften Widerspruch zu ihrer kräftigen Statur und der dick umrandeten Hornbrille standen. Die Frau sagte: »Guten Tag.« Stellte sich nicht vor. Erst als Michael Neuhuber seinen Namen nannte, sagte sie: »Schnier«, was offenbar der ihre war.

Sie führte uns durch einen großen Innenhof, in dem nichts außer einer Plastikkiste mit Streusalz stand, die bei dieser Hitze deplatziert erschien. Für einen Moment überlegte ich, ob sie ein Kunstwerk war. Frau Schnier stapfte, die Hände halb in den Taschen ihrer engen Hose, wortlos auf eine Treppe zu, die wir nach oben stiegen, bis wir eine Art Aussichtsplattform erreichten. Dort angekommen, wurde Frau Schnier gesprächiger:

»Ich habe hier auf der Wehrplatte einen kleinen Imbiss für Sie vorbereitet, dazu einen handgerüttelten Rheingauer Winzersekt aus Flaschengärung, wahlweise mit Weinbergpfirsichlikör, von dem Weingut meiner Eltern, Weingut Schnier aus Eltville.« Es klang auswendig gelernt und hatte gerade deswegen einen gewissen Charme. Und es war auch nicht so wichtig. Wichtig war, dass hier Sonnensegel standen, Gläser und ein Kühlschrank und hinter dessen verglaster Tür Flaschen! Das Unglaubliche hatte geklappt. KD Pratz hatte uns auf seine Burg gelassen, Burg Ernsteck, die in den letzten

Jahren in aller Welt zu *dem* Symbol für künstlerisch-geniale Weltabkehr geworden war.

Die Winzertochter schenkte aus. Michael Neuhuber lief wie ein Hirtenhund von einer zum anderen und sagte sinnfreie Dinge. Ich stellte mich zu Ingeborg, den Hansens und dem Einstecktuch. Als die Winzertochter kam und uns fragte, ob wir etwas Weinbergpfirsichlikör in unseren Sekt wollten, lehnten die Hansens dankend ab, Ingeborg und ich sagten: »Aber gern«, und das Einstecktuch antwortete: »Immer rein!« Dann streichelte er seinen derzeit aktuellen Bernhardiner, der mit weit geöffneter Schnauze den Wehrturm anhechelte.

Als Nächstes kam die Winzertochter mit Schieferbrettchen, auf denen mit Braten, Forelle, Paprikaquark und Handkäs belegte Graubrotstücke lagen, von denen kaum jemand etwas nahm. Es war eh schon schwer, das alles in den Händen zu balancieren: Einige hatten ihre KD-Pratz-Sonderhefte dabei und ihre Fächer, andere wollten Fotos machen, dann hatten wir die Gläser – Stehtische gab es nicht. Einige unternahmen den riskanten Versuch, auf einer mittelalterlichen, halb verfallenen Burgmauer ein Sektglas abzustellen, doch die meisten aßen einfach nichts. Auch ich nicht. Es war eh zu heiß, und außerdem hätte es sich merkwürdig angefühlt, hier nicht nur zu trinken, sondern auch noch zu essen, ohne den Hausherrn zu Gesicht bekommen zu haben. So standen wir da, die KD-Pratz-Sonderhefte in den Händen, wie Erkennungszeichen auf einem kollektiven Blind Date, dessen Hauptperson auf sich warten ließ.

Den wirklich sehr gut gekühlten Sekt in der Hand, stellte ich mich an die Brustwehr und sah über die erstaunlich intakten Schießscharten hinweg. Folgte den Bahnen des steil hinabfallenden Grüns des Weines bis zum Rhein, dann dem Fluss auf seinem eiligen Weg in Richtung Meer, so weit, bis er sich zwischen den dunklen Felsen verlor, hinter denen die Loreley lag. In der anderen Richtung konnte man bis Bingen sehen, wo sich der Wald bis in die Stadt hineindrängte, die mir erstaunlich groß vorkam, sogar Hochhäuser waren da; ein Gewirr aus Bahngleisen und Straßen, die am Rhein entlangführten oder im Hinterland verschwanden. Diese ganze Betriebsamkeit rief mir wieder in den Sinn, dass dies eigentlich kein Land der Landschaft war, sondern ein Land des unablässigen, mobilitätssüchtigen Wirtschaftens – komischerweise hatte ich das vollkommen vergessen, sobald ich Burg Ernsteck betreten hatte.

Wie konnte ich nur das Gefühl loswerden, dies alles nur zu träumen? Und war träumen überhaupt der richtige Ausdruck? Es wäre mir ja nicht einmal im Traum eingefallen, jemals hier zu stehen, als Gast des Malerfürsten KD Pratz, der sich hier vor der Welt zurückgezogen hatte in Schönheit und Stille.

Dabei war es streng genommen gar nicht so still. Nicht nur das Summen des Kühlschranks war deutlich zu hören, über der ganzen Szenerie lag ein unbestimmbares Grundrauschen, eine Art Klanggrau, zusammengemischt aus den Motorengeräuschen der Laster und Ausflugsdampfer, dem Rumpeln der Güterzüge und dem Dröhnen der Flugzeuge über unseren Köpfen.

Da wurde mir klar, warum KD Pratz sich ausgerechnet hier vor der Welt verbarg. Das Gefühl der Abgeschiedenheit wurde noch intensiver dadurch, dass man die abgehetzte Welt so gut hörte und sah. Gerade diese Aussicht, dieses Dröhnen, die Nähe zur Normalität machte die Ruhe hier oben so perfekt, wie sie auf einer Nordseeinsel oder auf einem aufgegebenen Resthof in der Toskana niemals sein könnte. Ingeborg stellte sich neben mich, legte mir kurz die Hand auf die Schulter, dann nahm sie ihr Telefon, um Fotos zu machen. Auf dem Rhein zog ein doppelter Lastkahn vorbei, aus der Ferne drang Musik hierher. »Diese alte Kulturlandschaft«, sagte sie. »Das hat etwas unglaublich Tröstliches, oder?« Ich nickte. Es hatte geklappt. Wir waren hier.

»Liebe Freundinnen. Liebe Freunde!«, hörte ich Michaels Stimme hinter mir. Er war in die Mitte der Wehrplatte getreten und nahm einen großen Schluck von seinem Sekt, bevor er fortfuhr: »Auf dem Programm steht ja jetzt erst einmal ein kleiner Umtrunk, der uns auf diesen Ort einstimmen soll. Der Künstler wird uns dann in einer halben Stunde kurz begrüßen, danach geht es ins Hotel. In der Zwischenzeit möchte ich Ihnen etwas Kontext zum Werk von KD Pratz mit auf den Weg geben.

Wenn es in der Geschichte der Bundesrepublik jemals einen Malerfürsten gegeben hat, dann ist es KD Pratz. Geboren 1952 in Benrath bei Düsseldorf, studierte er erst Jura und wandte sich kurz vor dem Ersten Staatsexamen der Kunst zu. Es war die vielleicht erste radikale Wende in seinem Leben, doch es sollte nicht die letzte sein. Seine Kunst, sein Werk ist voll davon, immer wieder hat er sich radikal umorientiert, neue Ästhetiken adaptiert, es scheint mir manchmal, als würde er geradezu alles können. Daher lässt sich KD Pratz natürlich nicht einfach mit dem Begriff Neo-Expressionismus erklären. Zu rätselhaft und zu vielfältig sind die Bezüge, die dieser Maler in seinem Werk aufweist. Vom Fotorealistischen bis zum komplett Abstrakten hat KD Pratz die wichtigsten Strömungen der Malerei seit 1960 in sein Werk integriert, ohne dabei seine unverkennbare Bildsprache zu verlieren. Provokant könnte man sagen, dass KD Pratz detailverliebter als Gerhard Richter ist, archaischer als Anselm Kiefer und expressiver als Georg Baselitz.

Schon ein kurzer biografischer Abriss zeigt, wie sehr KD Pratz ein Kind seiner Zeit ist, ohne dabei jemals dem Zeitgeist hinterherzulaufen. Vielmehr hat er ihn geprägt. Als Sohn eines Architekten hat er schon im Elternhaus die Erfahrung gemacht, dass Ästhetik etwas bedeutet. Sein Vater war der Architekt so bekannter Gebäude wie der Kölner Marienkapelle ›Madonna in den Trümmern‹, des Konrad-Adenauer-Hauses in Bonn, des Landesversorgungsamtes München und des Schimmelpfennig-Hauses in Berlin – allesamt Ikonen der deutschen Nachkriegsarchitektur.«

»Schimmelpfeng«, sagte jemand aus der letzten Reihe. Ich drehte mich um, um zu wissen, welches Fördervereinsmitglied sich da so genau auskannte. Es war KD Pratz.

KD Pratz trug das, was er immer trug. Auf jedem Foto, bei jedem Fernsehinterview, selbst auf den seltenen Fotos, die Paparazzi von ihm geschossen hatten, wenn er sich einmal auf der Wehrplatte zeigte – immer hatte er dieselbe uniformhafte Kleidung an: einen mit Farbflecken übersäten weißen Anstreicher-Overall über einem weißen T-Shirt, das ihm, zusammen mit den groben grauen Schuhen, bestimmt nicht zufällig eher das Aussehen eines Handwerkers als eines Künstlers verlieh. Dieses einfarbige, durch keinen Farbwechsel oder Gürtel in seiner Linie unterbrochene Kleidungsstück ließ ihn noch weiter in den blauen Himmel hineinragen, als seine große schlanke Gestalt das eh schon tat. Sein Haar war nun nicht mehr blond wie früher, sondern grau, ansonsten hatte er sich seit den großen TV-Porträts aus lang vergangener Zeit, als er noch mit Fernsehreportern gesprochen hatte, nicht verändert. Er trug auch noch immer die gelb getönte Brille von Alain Mikli, die fast so groß war wie eine Chemiker-Schutzbrille. Mit dieser Brille hatte er in den Achtzigerjahren seinen Look vervollkommnet – und zwar noch bevor Bono Vox begonnen hatte, ähnliche Modelle zu tragen. Bono hatte das *ihm* nachgemacht, das konnte er beweisen.

Alle hatten sich umgedreht.

»Nicht Schimmel*pfennig*. Sondern Schimmel*pfeng*«, wiederholte KD Pratz. »Das Teufelchen steckt im Detail. Was für ein dämlicher Satz. Der Teufel steckt überall, das will nur keiner wahrhaben.«

Die feiste Winzertochter kam eilig mit einem Glas

Sekt, der von dem Weinbergpfirsichlikör ganz orange geworden war, und gab es ihm. Er nahm einen großen Schluck und sagte dann: »Danke, Monique. Schön kalt.«

›Danke, Monique. Schön kalt.‹ Diese wenigen Worte reichten, und die Umstehenden hatten den Rhein, die Burg, die Berge, den Wein, die brutale Hitze vergessen. Hier stand der Mann, den ich seit meiner Kindheit für das Urbild eines Künstlers hielt, ja für das Urbild eines von Sinn und Bedeutung erfüllten Lebens.

Er musste aus einer Tür in dem Wehrturm gekommen sein, die mir bisher nicht aufgefallen war, und sah uns an, wie wir ihm gegenüber unter unseren Sonnensegeln standen, die KD-Pratz-Sonderhefte der *Visualitäten* in der Hand.

»KD Pratz!«, sagte Michael Neuhuber. »Das ist aber toll, dass Sie jetzt schon zu uns kommen. Wir hatten ja erst später mit Ihnen gerechnet. Ich wollte gerade noch ein bisschen Kontext zu Ihrem Werk liefern, aber eigentlich kennen meine Freundinnen und Freunde aus dem Förderverein das eh genau genug. Wir haben uns schließlich vorbereitet.«

Michael Neuhuber machte eine kurze Pause, doch als er merkte, dass KD Pratz nichts antworten würde, machte er einfach weiter:

»Und wir haben natürlich auch schon über den geplanten Neubau des Museums Wendevogel gesprochen. Der Förderverein und unser Leitungsteam arbeiten da eng zusammen. Viele Hindernisse haben wir schon aus dem Weg geräumt, aber wir haben es hier natürlich mit der Politik zu tun, und wir wissen ja alle, wie undurchsichtig da die Abläufe sein können. Ich hatte neulich ein Treffen mit den zuständigen Institutionen, und die sind doch etwas, wie soll man sagen, high maintenance. Doch das wollen wir in den kommenden zwei Tagen alles erst einmal vergessen. Es soll ja hier um die Kunst gehen, nicht um schnödes Zahlenwerk. Und da der Hausherr jetzt schon hier ist, kann ich ja aufhören und Sie können einige Worte an uns richten.«

Nach einigen Sekunden, mir sehr lang erscheinenden Sekunden, ergriff KD Pratz das Wort:

»Vielen Dank, Herr Dr. Neuhuber. Hiermit möchte ich Sie alle auf Burg Ernsteck begrüßen. Mehr möchte ich dazu gerade nicht sagen.«

Ich erwartete eine betretene Stille, doch Michael Neuhuber sprach weiter, als wäre nichts gewesen.

»Vielen Dank. Wunderbar. Dann trinken wir jetzt einfach diesen wunderbaren Rheingauer Sekt, stärken uns ein bisschen und lassen diesen Ort auf uns wirken. Darauf, was er für eine Beziehung zu Ihrem Schaffen hat, kommen wir sicher noch zu sprechen.«

KD Pratz nickte, und sobald die feiste Winzertochter das sah, griff sie ein paar Flaschen und machte sich daran, uns nachzuschenken. Während die meisten Mitglieder sich zu kleinen Gruppen zusammenfanden, fasste Michael Neuhuber Ingeborg am Arm, bugsierte sie zu KD Pratz und sagte:

»Ich möchte Ihnen noch jemanden vorstellen.«

Ich folgte ihnen.

»Das ist Ingeborg Marx, die Vorsitzende unseres Fördervereins.«

»Guten Tag«, sagte er.

»Guten Tag«, sagte Ingeborg und lächelte das Lächeln, das sie immer lächelte, wenn es darum ging, neue Menschen kennenzulernen. Wenn ich sie ärgern wollte, nannte ich das ihr *professionelles Kontaktlächeln*, obwohl ich wusste, dass das ungerecht war. Sie liebte es, offen auf Menschen zuzugehen, ihnen zuzuhören, sie zu *verstehen* – das war nicht nur ihre Arbeit, sie machte das auch auf dem Markt, im Museum oder auf einer Party, wobei es meist die anderen Menschen waren, die sie zuerst ansprachen.

»Herr Pratz«, sagte sie. »Ich kann Ihnen gar nicht sagen, wie sehr ich mich freue.«

KD Pratz sah sie durch seine gelb getönte Brille an. Er führte sein Sektglas zu den Lippen, um dann innezuhalten, blickte einen Moment in die Ferne. Dann ließ er sein Sektglas wieder sinken, ohne getrunken zu haben, und sagte:

»Sie sind also von diesem Förderverein?«

»Ja. Unsere Aufgabe ist es, das Museum Wendevogel zu unterstützen, wo auch immer wir können.«

KD Pratz nahm nun einen Schluck Sekt, den er länger im Mund behielt. Dann schluckte er und sagte:

»So etwas gab es früher nicht. Aber heute geht es wohl nicht mehr ohne.«

»Man hilft, wo man kann«, sagte das Einstecktuch, das sich auch zu uns gestellt hatte, worauf KD Pratz ihm einen ultrakurzen Blick zuwarf und ihn dann ignorierte.

Da gesellten sich auch Rainer Hansen und seine Frau Martha zu uns, zusammen mit zwei anderen, die ich nicht kannte. Sie hielten sich diskret im Hintergrund, wollten nicht stören, doch ich konnte ihnen ansehen, wie neugierig sie waren.

»Diese Landschaft ist wirklich wunderschön«, sagte Ingeborg.

»Schön«, sagte KD Pratz und wies mit einer wegwerfenden Handbewegung auf den Rhein, die Berge, die Burg. »Ich muss die ganze Zeit daran denken, wie viele Leute beim Bau dieser Burg ums Leben gekommen sind, wie viele da unten jämmerlich ertrunken sind. Hier wird seit über tausend Jahren Wein angebaut, aber unter welchen Bedingungen? Das Einzige, was ich hier sehe, ist Kampf. Überlebenskampf. Tod und Sterben.«

»Ja, furchtbar. Gut, dass diese Zeiten vorbei sind«, sagte Ingeborg.

»Wissen Sie, heute ist es doch auch nicht besser«, sagte KD Pratz und ließ jetzt das andere Rheinufer in den Genuss seiner wegwerfenden Handbewegung kommen. »Heute kann ich hier live zusehen, wie der Turbokapitalismus auf sein Ende zurollt. Was meinen Sie, wie viele von den Lkw-Fahrern da drüben nach Tarif bezahlt werden? Fünf Euro bekommen viele von denen. Mehr nicht. Fünf Euro.«

»Daran denken Sie, wenn Sie das hier sehen?«, sagte Ingeborg. »Ist ja interessant.«

»Das ist halt der besondere Blick des Künstlers. Wir sehen eine Landschaft, der Künstler etwas ganz anderes«, sagte das Einstecktuch und wurde nun von KD Pratz nicht einmal mehr mit einem ultrakurzen Blick bedacht. Doch das Einstecktuch kümmerte das nicht. Wenn er etwas sagen wollte, sagte er es. Das musste man ihm lassen, er hatte zwar wenig Ahnung, brachte aber ernsthaftes Interesse mit. Egal, für was. Er hatte mir einmal erzählt, dass er Mitglied im Akademischen Seglerverein Aachen war, im Förderverein der Frankfurter Oper, im Naturschutzbund Taunus, bei der Frankfurter Tafel und in der Offenbacher Richard-Wagner-Gesellschaft.

»Landschaft. Sie sprechen ein großes Wort gelassen aus. Ich kann in diesem Land keine Landschaft erkennen. Ich sehe nur Windräder. Autobahnen. Handymasten. Die wollten mir so ein Ding hier oben an die Burg stellen. Da habe ich den Landrat angerufen und ihm gesagt, dass ich das Ding in die Luft sprengen werde, sobald es da steht. Man muss doch irgendwo noch seinen Frieden haben.«

Ich hatte in einem unbeobachteten Augenblick auch schon auf mein Handy gesehen und es dann wieder eingesteckt, genau wie einige andere Leute aus dem Förderverein. Es stimmte. Das Mobilfunknetz bereitete uns einen noch kühleren Empfang, als KD Pratz es gerade tat.

»Unglaublich, wie sich unsere Gesellschaft verändert hat in den Jahrzehnten Ihres künstlerischen Wirkens, oder?«, sagte Michael Neuhuber. »Und Sie haben in Ihrem Werk immer darauf reagiert. Immer wieder radikal ihre Ästhetik geändert. Sie waren doch der Erste, der der großen politisch motivierten Agitprop-Kunst der Siebziger- und Achtzigerjahre abgeschworen hat.«

»Ich war ja auch der Erste, der damit angefangen hatte«, sagte er. »Was sollte man auch nach dem Fall der Mauer machen? So tun, als gäbe es noch links? Rechts? Das war doch alles vorbei. Mit rechts ist das heute leider anders.«

»In letzter Zeit sind viele Künstler*innen wieder politischer geworden, oder?«, sagte Rainer Hansen. Er sprach oft davon, wie wichtig es sei, offen für Neues zu sein. Nun hatte er sich offenbar vorgenommen, gendergerechter zu sprechen.

»Politisch oder nicht politisch ist gar nicht die Frage heute. Es gibt einfach viel zu viel Kunst. Heute kann doch jeder Kunst machen, der eine Handykamera bedienen kann. Dabei lebt die Kunst doch von dem ernsthaften, unbeugsamen Willen, Kunst zu machen. Und diese Ernsthaftigkeit, wo sehe ich die? Sehen Sie die? Auf Ihren Reisen?«, wobei er das Wort Reisen auf eine Art und Weise aussprach, dass es fast anzüglich klang, als implizierte er, der Förderverein organisiere Sextourismus nach Thailand. »Es gibt heutzutage so viel Kunst, dass sie vollkommen wirkungslos geworden ist.«

»Sie arbeiten als Künstler, obwohl Sie die Kunst für wirkungslos halten?«, fragte Ingeborg.

»Ich bin kein Künstler. Ich habe mich immer als Handwerker begriffen. Weil die Kunst am Ende ist. Die Kunst ist genauso kaputt wie die Gesellschaft. Genauso am Ende wie die EU und die Demokratie. Ist Ihnen mal aufgefallen, dass das alles gleichzeitig zum Teufel gegangen ist, zu der Zeit, als die Leute angefangen haben, nicht mehr in die Welt zu sehen, sondern nur noch auf ihre Telefone? Früher war man sozial. Heute ist man social media. Wer hat denn noch die Konzentration, sich ein Bild wirklich anzusehen? Nicht nur ein Foto machen, posten und dann weiter?«

Michael Neuhuber, der bei jeder Eröffnung im Museum Wendevogel die Besucher explizit dazu einlud, Fotos zu posten, bei seiner Begrüßungsrede die entsprechenden Hashtags des Museums ansagte und auf den Selfie-Spot der Ausstellung hinwies, schwieg.

»Ist das der Grund, warum Sie sich hier zurückgezogen haben? Um sich zu konzentrieren?« Ingeborg war jetzt wirklich in ihrem Element. Ich fragte mich nur, ob ihr Element in dieser Situation wirklich das richtige Element war, denn in den Tonfall des Privatmenschen Ingeborg, des Fans Ingeborg, mischte sich in zunehmender Weise der Tonfall der Therapeutin Dr. Marx.

»Ich habe mich hier nicht zurückgezogen. Die Menschen haben mich hierher vertrieben. Die letzten richtigen Gespräche hatte ich in den Siebzigerjahren. Heute sind alle so verbogen, durchökonomisiert, selbstoptimiert. Aber dafür top vernetzt.«

Viele in unserer kleinen Runde nickten. Besonders die Hansens, die erst vor zwei Jahren angefangen hatten, das Internet zu nutzen – und das auch nur wegen der E-Mails und um Bilder ihrer Enkelkinder zu sehen, wofür sie sich sogar ein Facebook-Profil angelegt hatten, allerdings »*nicht ohne datenschutzrechtliche Bauchschmerzen*«, wie Martha es ausdrückte.

»Glauben Sie wirklich, dass …«, setzte Ingeborg an, doch KD Pratz fiel ihr ins Wort.

»Nichts gegen Sie alle persönlich. Aber Menschen geben mir nichts mehr. Und wenn mir Menschen nichts mehr geben, warum sie dann um mich haben?«

»Das findet ja auch Niederschlag in Ihrem Werk. Letztendlich haben Sie das schon in der Arbeit *mobil bis in den tod* vorweggenommen, um nur ein Beispiel zu nennen«, sagte Michael Neuhuber. »Da thematisieren Sie die zunehmende Entseelung des modernen Menschen. Die Entfremdung nicht nur von der Natur, sondern auch von sich selbst. Die fragmentarisierende Subjektivierung.«

»Genau«, sagte KD Pratz. »Die Menschen von heute sind doch nur noch Fragmente. Halbe Fußnoten.«

Er sprach nun nicht mehr zu Ingeborg oder Michael, sondern auch zu den Hansens und dem Einstecktuch. Er hatte begriffen, dass vor ihm ein kleines Publikum stand, und schien es zu genießen. Die Hansens und das Einstecktuch nickten eifrig, ja, natürlich, Fragmente!

»Was hätten Sie denn gern, was die Menschen Ihnen geben sollten?«

Er sah Ingeborg nicht an.

»Was wünschen Sie sich von anderen Menschen?«, formulierte Ingeborg die Frage um.

Er nahm einen Schluck Sekt und betrachtete sie. Andere hätten sich vielleicht durch die Haare gefahren, sich an die Nase gefasst, ihre Kleidung gerichtet. Er tat nichts davon.

»Sind Sie Psychologin?«, fragte er dann.

»Das ist ja interessant, dass Sie das fragen.«

»Sie versuchen die ganze Zeit, das Gespräch auf mein Innenleben zu lenken.«

»Das interessiert mich ja auch.«

»Das ist ja interessant«, äffte er sie nach. »Mich interessiert es nämlich nicht, dieses sogenannte Innen. Damit können Psychologen nicht umgehen.«

»Als Psychologin kann ich gut damit leben. Aber als kunstinteressierte Privatperson würde ich gern wissen ...«

»Wissen *Sie* eigentlich, wie das Kind in Vietnam lebt, das Ihre Schuhe zusammengenäht hat? *Das* ist etwas, das mich interessiert. Und dann sagen alle immer, *ich* bin schwierig. Dabei bin ich überhaupt nicht schwierig. Schwierig ist die Welt!«

»Da haben Sie sicher recht. Aber macht es einen nicht auch einsam, so zu denken?«

Langsam machte sich Unruhe breit. Die Zustimmung der Hansens und des Einstecktuchs konnte nicht mehr davon ablenken, dass KD Pratz Widerspruch nicht mehr gewöhnt war. Dass das Einstecktuch sich inzwischen mit dem KD-Pratz-Sonderheft der *Visualitäten* Luft zufächelte, half wahrscheinlich auch nicht.

»Die Frage ist doch vielleicht eher, was gibt es für Strategien, mit denen die Kunst auf politische und gesellschaftliche Verwerfungen reagieren kann«, sagte Michael eine Spur zu hastig. Von den vorangegangenen Reisen wusste ich, wie sehr Michael es hasste, wenn etwas nicht nach Plan verlief. Sich Dinge seiner Kontrolle entzogen.

»Einsamkeit. Wo gibt es denn heute noch Einsamkeit?«

»Muss nicht jeder kreative Mensch unter Menschen sein? Man braucht doch Anregung.«

»Man kann nur selbst wissen, ob man es richtig macht. Schon Goethe hat gesagt: *Ich fühlte recht gut, dass sich etwas Bedeutendes nur produzieren lasse, wenn man sich isoliere.*«

»Goethe hat aber auch gesagt: *Selig, wer sich vor der Welt ohne Hass verschließt*«, sagte Ingeborg.

KD Pratz konnte nicht ahnen, was er mit dem Stichwort Goethe ins Rollen gebracht hatte, denn nicht nur Michael Neuhuber war ein großer Goethe-Fan – Ingeborg war es auch. Nun zeigte sich auf KD Pratz' Gesicht zum ersten Mal ein Lächeln, und er sprach das Gedicht zu Ende:

»Einen Freund am Busen hält
Und mit dem genießt,
Was, von Menschen nicht gewußt
Oder nicht bedacht,
Durch das Labyrinth der Brust
Wandelt in der Nacht.«

Ingeborg machte einen Schritt auf ihn zu und stieß mit ihm an. KD Pratz zog sein Glas zumindest nicht weg. Ich war unglaublich erleichtert. Wenn es etwas gab, bei dem Ingeborg doch manchmal Gefahr lief, die Fassung zu verlieren, waren es solche Diskussionen. Auch Michael Neuhuber erhob sein Glas und verlor etwas von der

Aura des gestresst die Herde zusammenhaltenden Hirtenhundes, und auch die anderen tranken, sodass das Ende des Gesprächs zwischen Ingeborg und KD Pratz rückwirkend wie eine Art Trinkspruch wirkte, auf den sich alle einigen konnten. Plötzlich war alles wieder da, der Rhein, die Weinberge, die Landschaft, die Burg.

Es war das Einstecktuch, das in diesem Moment der Stille das Wort ergriff:

»Köstlich«, sagte er. »Meine Stimme haben Sie.«

»Stimme?«

»Na, wenn wir abstimmen, ob wir diese Hütte finanzieren«, fügte er hinzu, hielt KD Pratz das Glas zum Anstoßen hin, und die eben noch so gelöste Stimmung fiel in sich zusammen wie ein angepikstes Soufflé.

»Ich dachte, Sie sind hier wegen der Kunst«, sagte er, und statt mit dem Einstecktuch anzustoßen, trat er einen Schritt zurück.

»Aber das sind wir doch auch, ganz klar. Uns geht es um die Kunst. Und sonst gar nichts«, sagte Michael Neuhuber, fasste mit der einen Hand KD Pratz am Arm, mit der anderen Ingeborg und führte sie von den Hansens und dem Einstecktuch weg, an eine Stelle auf der Wehrplatte, wo sonst niemand stand. Ich überlegte einen Moment, was ich tun sollte. Dann ging ich hinterher.

»Unser Förderverein muss noch abstimmen«, sagte Ingeborg. »Hat Ihnen das niemand gesagt?«

»Die haben etwas *mitzureden*?«, sagte KD Pratz zu Michael. »Sie haben mir gesagt, das ist nur eine Formsache. Und dass wir uns hier treffen, damit wir schon einmal sichten können, welche meiner neueren Werke dort gezeigt werden.«

»Aber das ist es doch auch. Natürlich ist das beschlossene Sache, aber wir müssen unserem Förderverein natürlich das Gefühl geben, sie hätten etwas mitzureden. So ist das nun einmal.«

Michael Neuhuber sagte das in einem Plauderton, als wäre es die normalste Sache der Welt. Obwohl es mich erstaunte, dass er KD Pratz und den Förderverein angelogen hatte, passte es doch sehr gut zu ihm. So wie ich ihn auf den bisherigen Reisen erlebt hatte, war das – neben seinem enormen kunsthistorischen Wissen – sein größtes Talent: Leute so lange bequatschen, bis sie am Schluss der Überzeugung waren, genau das zu wollen, von dem Michael Neuhuber wollte, dass sie es wollten.

»Aber Michael«, sagte Ingeborg. »Das kannst du doch nicht machen.«

»Das ist doch auch in deinem Interesse«, sagte Michael und wandte sich wieder an KD Pratz. »Sie müssen wissen, Ingeborg Marx ist die größte und vor allem kenntnisreichste Bewunderin Ihres Werkes, die ich kenne. Sie hat schon Ihre erste Ausstellung gesehen, damals, 1977 an der Kunstakademie.«

»So?«, sagte KD Pratz.

»Ich habe damals auch in Düsseldorf studiert und bin drei Mal in die Akademie gegangen, nur um mir Ihre Installation verfr emdu ng anzusehen.«

Ich versuchte, die Miene von KD Pratz zu lesen, doch aufgrund der Brille, und vielleicht auch aufgrund der uniformhaften Kleidung, die ihm etwas Entpersonalisiertes, fast Überpersönliches verlieh, gelang es mir nicht. Es hätte mich nicht gewundert, wenn er einen Wutanfall bekommen und uns rausgeschmissen hätte, doch er sagte:

»Die verfr emdu ng. Das war damals noch zusammen mit Angeliki Florakis. Seitdem habe ich nie wieder eine Installation gemacht.«

»Ja, genau. Mit Angeliki Florakis, Ihrer damaligen Freundin«, sagte Ingeborg. KD Pratz sagte nichts.

»Also ich finde weiterhin, das ist ein großartiges Werk«, fügte Ingeborg hinzu.

»Seitdem verfolgt Ingeborg Marx Ihren Werdegang und setzt nun Himmel und Hölle in Bewegung, damit das KD-Pratz-Museum Wirklichkeit wird«, sagte Michael Neuhuber.

»Aber Sie haben mir doch schon zugesagt, dass das Museum gebaut wird. Das war die Bedingung, unter der ich Sie hier empfange«, sagte KD Pratz, der das alles offenbar noch nicht glauben wollte.

»Meine Zusage haben Sie ja auch«, sagte Neuhuber. »Und ich bin mir sicher, dass auch die anderen sofort zustimmen werden, sobald sie Ihr Atelier gesehen haben. Dann werden sich denen die konzeptionellen Ansätze, über die Sie hier sprechen, sofort ganz anders erschließen.«

»Davon, dass ich Ihnen mein Atelier zeige, war nie die Rede.«

Ingeborg war selten überrascht. Es gehörte zu ihrer Lebenseinstellung und sicherlich auch zu ihrem professionellen Kodex, dass ihr – sie sagte diesen Satz oft – nichts Menschliches fremd war. Und wenn sie mal überrascht war, konnte sie das meist so gut verbergen, dass höchstens ich es bemerkte. Nun aber sah sie Michael Neuhuber mit unverhohlener Irritation an.

»Davon war nie die Rede?«, fragte sie.

»Aber das hatte ich doch erwähnt«, sagte Michael rasch.

»Nein«, sagte KD Pratz. »Was haben Sie denn auch davon, wenn Sie mein Atelier sehen?«

»Davon haben wir überhaupt nichts«, sagte Ingeborg. »Aber es würde uns sehr interessieren.«

»Und freuen«, fügte ich hinzu, um zumindest irgendwas gesagt zu haben.

KD Pratz sah jeden von uns einen Moment lang an, wie wir so, aus seiner Sicht etwas gelbstichig, vor ihm standen. Unsere Augen trafen sich, und ich hatte das Gefühl, dass sein Blick länger auf mir ruhte als auf den anderen. Dann trat er an die Mauer und sah auf das Land wie ein Feldherr, der sich überlegte, wie er die herannahenden Belagerungstruppen am besten abwehrte, als hätte er für einen Moment vergessen, dass sie ihn schon überrannt hatten. Und nach dem Anfall von Ärger, den er sicherlich eben hatte unterdrücken müssen, zeigte sich auf seinem Gesicht nun so etwas wie ... Wehmut? Ich konnte es nicht genau sagen. Vielleicht war er auch einfach nur eingeschnappt.

»Vielleicht könnten wir noch einmal einen Moment überlegen, ob wir nicht ...«, versuchte Ingeborg es noch mal, doch da hörten wir, wie KD Pratz von seinem Mauerposten in die Landschaft hineinsprach:

»Okay.«

»Okay?«, sagte Michael.

»Okay«, wiederholte KD Pratz. »Ich überlege es mir. Ich überlege mir, ob ich Ihnen das Atelier zeige. Wir sehen uns ja morgen wieder. Dann teile ich Ihnen meine Entscheidung mit.«

»Das ist doch ein guter Plan«, sagte Michael Neuhuber und wollte noch etwas hinzufügen, da machte KD Pratz einen Schritt auf ihn zu, trank sein Glas aus und drückte es Michael Neuhuber in die Hand.

»Schönen Tag noch«, sagte er dann. »Und verschlucken Sie sich nicht an den Schnittchen. Oder an Ihrer Selbstgefälligkeit.«

Dann ging er von uns weg, quer über die Wehrplatte, und wenig später schloss sich geräuschvoll eine wuchtige Tür.

KD Pratz war wieder in seiner Burg verschwunden.

Und ich war mir nicht mehr sicher, ob sich für Ingeborg an diesem Wochenende ein Lebenstraum erfüllte oder soeben zerplatzt war.

3

Eine halbe Stunde später standen wir wieder an dem *Betreten-verboten*-Schild, während unser Reisebus sich mit piependen Warntönen vor uns in Position rangierte. Es hatte sich schnell herumgesprochen, dass Michael Neuhuber KD Pratz gesagt hatte, dass die Zustimmung des Fördervereins zur Co-Finanzierung des Museums bereits erfolgt wäre, und zum ersten Mal herrschte in unserer Gruppe so etwas wie Aufruhr. So hatte sich keiner unsere schöne Kulturreise vorgestellt.

Nachdem alle eingestiegen waren und der Bus sich in Bewegung gesetzt hatte, ergriff Michael Neuhuber sofort das Mikro:

»Liebe Freundinnen. Liebe Freunde. Die Vorstellung vom wilden, rauen, abenteuerlichen Rhein, die wir heute haben, ist eine Erfindung der Romantik. Sie steht in engem Zusammenhang mit der idealisierten Form des Mittelalters, die damals herrschte, Ricarda Huch hat das dereinst sehr schön auf den Punkt gebracht: *Den Rhein hat die Romantik eigentlich entdeckt, ja man kann sagen, geschaffen. Es gibt kaum ein besseres Beispiel für die Übermacht der Phantasie: man vergleiche den Rhein wie er ist, mit der*

Vorstellung, die man im Allgemeinen, sogar im Auslande, von ihm hat, nicht nur bevor man ihn, sogar wenn man ihn gesehen hat.«

Ich merkte, wie Michael Neuhuber schon bei diesen ersten wenigen Worten in die Rolle des Bescheidwissenden zurückfiel und endgültig die Sicherheit wiedererlangte, die ihm auf der Wehrplatte fast abhandengekommen wäre. Da erhob sich Ingeborg.

»Michael, möchtest du nicht ein bisschen was dazu sagen, was das eben war?« Sie sprach so laut, dass man es im ganzen Bus hörte.

»Aber natürlich, Ingeborg, das ist eine gute Anregung«, sagte Michael. »Ich wollte ohnehin noch einmal klarstellen, dass Sie natürlich *alle* das Recht haben abzustimmen, ob Sie diesen Anbau fördern wollen oder nicht.«

»Und warum haben Sie dann KD Pratz gesagt, dass das schon beschlossene Sache ist?«, sagte da eine Stimme von hinten. Ich vermutete, sie gehörte dem Mann mit der Halbglatze, dem immer eine Lesebrille um den Hals hing. Ich konnte mir nie merken, ob er Arzt war oder Rechtsanwalt.

»Ich finde es schon befremdlich, wenn Sie meinen, unsere Wahl so sicher vorhersagen zu können«, sagte daraufhin eine Frau. Das musste die esoterisch angehauchte Personalberaterin sein, die immer ein Skizzenbuch mit sich herumtrug, in das sie etwas zeichnete.

»So etwas würde ich nie behaupten!«, sagte Michael. »Es ist nur so, die Kommunikation mit KD Pratz ist nicht immer einfach. Wie so oft mit Künstlern, das wissen Sie doch, Sie kennen sich ja schließlich bestens aus.«

»Haben Sie ihm nun gesagt, dass der Förderverein noch abstimmen muss oder nicht?«, sagte da Martha Hansen, woraufhin Michael Neuhuber zögerte und das Mikro ein paar Zentimeter sinken ließ.

»Michael. Wir müssen hier offen kommunizieren«, sagte Ingeborg.

»Aber natürlich. Der Förderverein ist eine unabhängige Institution. Da muss es wohl einen Absprachefehler gegeben haben. An dieser Kommunikation waren ja mehrere Leute beteiligt. Frau Pyszczek und ich, der Galerist und sein Assistent. Katarzyna, du kannst das doch sicher bestätigen«, sagte er und sah Hilfe suchend zu Katarzyna Pyszczek, die einmal wieder neben dem Einstecktuch saß und kaum reagierte, nur kurz und wenig nachdrücklich nickte, was der Großteil der Leute, der weiter hinten im Bus saß, ohnehin nicht sehen konnte. »Wir arbeiten hier ja im Team. Es ist mir wichtig, dass wir mit flachen Hierarchien …«

In diesem Moment erinnerte Michael mich wieder einmal an meinen Chef. Wenn der etwas verbockt hatte, versuchte auch er, alle Beteiligten mit einem Nebelkerzenarrangement aus Komplimenten, Relativierungen und nicht nachprüfbaren Fehlinformationen zu verwirren, bis niemand mehr wusste, was Sache war. Wobei die Sache hier dafür wahrscheinlich zu eindeutig war. Michael hatte die Zustimmung des Fördervereins für eine

Formsache gehalten und KD Pratz vorgelogen, sie wäre bereits gewährt worden. Sonst hätte der uns nie in seine Burg gelassen.

»Wir haben schon unseren eigenen Kopf. Wir beobachten das durchaus kritisch und machen nicht einfach, was Sie sagen«, sagte Martha Hansen.

»Aber nein, ja, Sie entscheiden, wie Sie wollen. Ich meine ja nur, dass mir in der schwierigen Kommunikation mit KD Pratz auch immer ein Stück weit die Hände gebunden sind.«

Nun meldete sich das Einstecktuch zu Wort: »Und wenn der sich so ungastlich verhält, sollten wir schon überlegen, ob wir nicht lieber die Sachen von Gudrun Pause, Dieter Roth und die Fotos von Sebastião Salgado mit seinen Bürgerkriegstoten in den Neubau reinpacken.«

»Um Gottes willen«, rief da jemand von ganz hinten.

»Aber Sie müssen doch jetzt gar nichts entscheiden«, sagte Michael Neuhuber, der weiterhin im Gang stand und in jeder Kurve, die der Bus auf der Serpentinenstraße zum Rhein hinab nahm, bedenklich schwankte. »Ich meine ja nur, dass es neben den künstlerischen auch kulturpolitische Erwägungen gibt, die wir im Zusammenhang mit dem Profil des Wendevogel …«

»Also Herr Neuhuber, ich habe ja vollstes Vertrauen in Sie«, fuhr das Einstecktuch fort. »Sowohl in der Kunst als auch, was diese kulturpolitischen Erwägungen betrifft. Aber ich muss mich doch wundern, wenn Sie und Ihr Malerfürst uns hier für dumm verkaufen wollen. Wir als Förderverein sind Ihnen in keinster Weise verpflichtet. Dass Sie diesen schrägen Vogel Pratz so favorisieren, stinkt mir schon eine ganze Weile. Und wie der eben aufgetreten ist, hat nicht dazu geführt, dass mir Ihr Plan besser gefällt.«

»Also, ich bin ja auch kein großer Fan von KD Pratz' Kunst. Aber haben Künstler nicht das Recht, schwierig zu sein?«, sagte Rainer Hansen.

»Dann habe ich auch das Recht, schwierig zu sein und zu fordern, dieses Atelier zu sehen«, sagte das Einstecktuch, kraulte seinen derzeit aktuellen Bernhardiner und sprach leise mit ihm, und ich wusste aus der Erfahrung von den letzten Reisen: Wenn er das tat, war eine Diskussion für ihn vorbei.

»Gut, er ist schwierig, aber das wussten wir doch vorher. Wir können doch nicht zu einem Künstler kommen, der für seinen unbeugsamen Charakter weltweit berühmt ist, und dann erwarten, dass er den perfekten Gastgeber spielt. Er verhält sich eben sehr authentisch, das ist doch etwas Positives«, sagte Michael Neuhuber.

»Mir ist das etwas zu authentisch«, schaltete sich das Einstecktuch nun doch noch mal ein.

»Stellt euch mal vor, was ihn das für Überwindung gekostet haben muss«, sagte Ingeborg. »Nach so vielen Jahren hier auf dieser Burg.«

»Da hast du natürlich recht«, sagte Martha Hansen. »Und auch, wenn er nicht besonders nett zu uns war – rein inhaltlich gesehen hatte das, was er gesagt hat, schon eine gewisse Berechtigung.«

»Ganz genau. Und man wird doch zwangsläufig ein bisschen sonderbar, gerade wenn man keine Partnerschaft hat. Partner sind ja auch immer ein Korrektiv«, stimmte Rainer Hansen seiner Frau zu.

»Eben«, sagte Ingeborg, auch wenn sie nach der Trennung von meinem Vater, ich war damals Grundschulkind, eigentlich immer Single gewesen war.

Ähnliches berichteten die Klatschblätter übrigens auch über KD Pratz, zumindest in den letzten Jahren. Jahrzehnten. Ingeborg verfolgte auch die Nachrichten über das Privatleben von KD Pratz durchaus mit Interesse. Auch wenn sie vorgab, nur an seiner Kunst interessiert zu sein, hatte sie sich natürlich vor einigen Jahren die Ausgabe der Gala gekauft, in der das Interview mit Angeliki Florakis war. Angeliki Florakis hatte mit KD Pratz auf der Kunstakademie studiert, und dort waren sie auch ein Paar geworden. Anfangs hatten sie sogar zusammen Kunst gemacht, ihre ersten Erfolge gemeinsam erzielt, doch dann hatte KD Pratz – so Angeliki Florakis in dem Interview – gemerkt, dass es für ihn besser lief, wenn er allein arbeitete. So hatte es zwischen KD Pratz und Angeliki Florakis eine künstlerische Trennung gegeben, auch wenn sie privat weiter zusammenblieben. Nachdem KD Pratz seine ersten internationalen Erfolge erzielt hatte, begannen sich auch die Medien dafür zu interessieren. Wer war diese Frau an der Seite des Genies? Sie hatte bald völlig aufgehört, Kunst zu machen, und wurde Kunstlehrerin an einer Düsseldorfer Gesamtschule. Es gab noch ein Foto, das die beiden 1992 auf der Documenta IX zeigte, sie in einer übergroßen Latzhose, KD Pratz in seinem immer gleichen weißen Overall. Kurz danach hatte es dann, nach der künstlerischen, auch die private Trennung gegeben – nur dass Angeliki Florakis sich nun *von ihm* getrennt hatte. Das machte sie in dem Gala-Interview deutlich klar. Dass sie sich weigerte, über die Gründe zu sprechen, hatte die Klatschpresse erst recht ermutigt, alle möglichen Gerüchte in die Welt zu setzen.

Danach hatte es noch ein Aufblitzen von Liebe gegeben, das nur sehr kurz währte, aber dafür sehr prominent besetzt war. Marina Abramović. Auch das war für die Medien ein Fest: Nach der bescheidenen, idealistischen Lehrerin jetzt eine ähnlich große Künstlerin, wie er selbst einer war! Doch im Gegensatz zu der Beziehung mit Angeliki, die Jahre bestanden hatte, war es mit Marina Abramović schon nach wenigen Monaten vorbei, wobei sie sich in dieser Zeit überall gemeinsam gezeigt hatten. Dann hatte KD Pratz Burg Ernsteck gekauft und die Zugbrücke hochgezogen.

»Herr Neuhuber, können Sie dem Busfahrer sagen, er soll die Klimaanlage etwas runterdrehen? Hier hinten zieht es jetzt doch sehr«, sagte da Rainer Hansen, woraufhin alle zustimmten. Ingeborg hatte offenbar Erfolg mit ihren vermittelnden Worten gehabt, zumindest nahm niemand das Gesprächsthema wieder auf.

Erst als wir am Hotel angekommen waren, meldete Michael Neuhuber sich noch einmal per Mikro zu Wort:

»So, liebe Freundinnen. Liebe Freunde. Ein ereignisreicher erster Reisetag geht langsam zu Ende. Ich schlage vor, dass wir jetzt erst mal einchecken und ankommen. In einer Stunde gibt es Abendessen, dabei können wir ja noch mal über das spannende Programm sprechen, das für morgen Vormittag geplant ist, unsere Kuratorenführung im Mittelaltermuseum St. Rochus! Katarzyna und ich haben dazu auch Informationsmaterial vorbereitet, falls Sie nach dem Abendessen noch etwas lesen möchten.«

Das klang zwar nicht überzeugend, dennoch hatte ich den Eindruck, dass wir es alle glauben wollten. Zumindest mir ging es so. Ich hatte mich daran gewöhnt, dass diese Reisen in einer harmonischen, von unserem gemeinsamen Interesse an der Kunst getragenen Atmosphäre verliefen. Wir waren hier unter Gleichgesinnten, hier gab es nichts Geferndes, Ätzendes, so war es bisher zumindest immer gewesen. Eine freundliche, kulturbegeisterte Stimmung ohne Querulantentum war für das Gelingen dieser Kulturreisen ebenso unabdingbar wie für uns alle selbstverständlich. Deswegen waren wir alle hier. So nah wie eben war unsere Gruppe noch nie an einen Streit herangekommen, doch deswegen glaubten wir Michael Neuhuber nur umso mehr, dass die morgige Kuratorenführung im Mittelaltermuseum von St. Rochus alles rausreißen würde.

4

Das Hotel *Zum Sprudelhof* hatte in den letzten Jahren einen kompletten Wandel durchgemacht. Ich hatte hier vor Jahren einmal ein Wochenende verbracht, als ich einen Freund hatte, der gern in den Rheingau fuhr. Damals war es ein günstiger, weil piefiger Landgasthof mit Tischmülleimern und eingeschweißten Marmeladenportiönchen gewesen. Abends roch es in den Zimmern nach Bratensauce aus dem großen Eimer. Nun hatte man sich offenbar vorgenommen, eine andere Klientel anzusprechen als sparsame Busreisende und Radwanderer, die schon froh waren, wenn sie eine heiße Dusche und ein Dach über dem Kopf hatten. Die Größe der Zimmer war verdoppelt worden, die Duschen mit ihren anschmiegsamen Duschvorhängen durch frei stehende Badewannen ersetzt; die Gästeritzen zwischen den zusammengeschobenen Einzelbetten waren ebenso verschwunden wie die harten Seifenstückchen, die in der Dusche lagen und in Plastik eingeschweißt waren, das man mit nassen Händen niemals aufbekam. Dafür war der Laden jetzt mit regionalem Edel-Tinnef vollverschalt, der Käse von regionalen Bauern beim Frühstücksbüfett lag auf einer Schieferplatte. An den Wänden fanden sich überall Sprüche wie: *Was du denken kannst, das kann auch werden* oder *Genieße die kleinen Dinge – eines Tages wirst du zurückblicken und merken, dass sie die großen Dinge waren.*

Mit dem Rheingau, in den ich als kleines Kind einige Male mit Ingeborg gefahren war und den ich deswegen gemocht hatte, weil die Restaurants auf den Speisekarten Fotos von allen Gerichten zeigten, hatte das nichts mehr zu tun.

Nun, am nächsten Morgen, saßen wir beim Frühstück, Michael, Ingeborg, das Einstecktuch, die Hansens und einige andere an einem großen Tisch. Anfangs redeten wir wenig. Es war klar, dass wir weitermachen mussten wie bisher, irgendwie anknüpfen mussten an die gute Stimmung, die sonst immer auf diesen Reisen geherrscht hatte und die uns überraschend schnell verloren gegangen war. War das alles so fragil?

Es war Martha Hansen, die das Gespräch noch einmal auf KD Pratz brachte. Sie erzählte davon, wie sie am Abend immer wieder über unsere Begegnung nachgedacht habe, sich aber dennoch keine eindeutige Meinung habe bilden können. Auf der einen Seite teile sie seinen kritischen Blick auf die Welt – doch seine Kunst stelle dem so gar keine menschenfreundliche Alternative entgegen. Martha Hansen war verwirrt.

Michael Neuhuber stand auf, während sie noch sprach, und ging zum Büfett. Wenig später kam er mit einer Runde Schnapsgläser zurück, in denen sich eine grüne Flüssigkeit befand und fragte: »Wer möchte einen Smoothie? Das ist Kale Kiwi.« Wir tranken ihn, und als

Martha Hansen danach weiter von KD Pratz reden wollte, fragte Michael in die Runde:

»Liegt auf euren Nachttischen auch ein Regional-Krimi, der im Rheingau spielt?«

Dann brachte er das Gespräch auf das Museum für Kunst und Mittelalter in St. Rochus. Insbesondere die dortige Sammlung von Altären sei an Relevanz und Schönheit kaum zu überbieten. Und was für eine Ehre, von der dortigen Kuratorin, *der* international renommierten Expertin für mitteleuropäische mittelalterliche Altäre, geführt zu werden, die, das betonte Michael mehrfach, so etwas sonst nie tat und nur für uns eine Ausnahme machte, weil Michael sie seit dem Studium kannte! Wenig später stand Michael auf, holte weitere Smoothies, setzte sich an den nächsten Tisch, dann an den übernächsten und erzählte dort dasselbe. So steigerte Michael Neuhuber sich von Tisch zu Tisch in eine fast euphorische Vorfreude hinein, die auf uns zumindest insofern abfärbte, als sie den gestrigen Tag in den Hintergrund rücken ließ.

Jetzt konnte alles werden wie auf den anderen Reisen auch. Die kleine KD-Pratz-Pause würde uns allen gut tun, obwohl wir kaum mehr als eine halbe Stunde mit ihm zu tun gehabt hatten.

Wenig später standen wir vor dem Hotel am Rhein und sahen den Bus herankommen. Der Rhein floss ähnlich aufgewühlt vor sich hin, oder besser gesagt von sich weg, wie gestern. Dann schob sich langsam und komplett geräuschlos der Reisebus mit dem bunten *Bossel*-Schriftzug und dem comichaft überzeichneten Logo in unser Blickfeld, einem tanzenden Bus mit großen Augen, der mich an die Büroklammer erinnerte, die einem früher bei Word ihre Hilfe angeboten hatte.

Und während wir dort in der noch nicht allzu brennenden Sonne standen und im Hintergrund die Vögel sangen, wurde die Stimmung wieder ähnlich gut wie gestern auf der Hinfahrt aus Frankfurt. Wir plauderten, scherzten, päppelten das zarte Pflänzchen Vorfreude.

Ingeborg trug ein farbenfrohes Kleid und heute sogar die Sonnenbrille, die sie schon besessen hatte, als ich klein war, aber erst seit einigen Jahren wieder trug, weil sie jetzt so vintage war. Sie redete mit einer unscheinbaren Frau, die dem Förderverein neu beigetreten war, und hörte zugewandt zu, ohne sich anzubiedern, war einfach auf entspannte Weise an ihrem Gegenüber interessiert. Dazu lächelte sie wieder ihr Kontaktlächeln, das in diesen Situationen eigentlich immer funktionierte. Nun war mit KD Pratz ausgerechnet der Mensch, den sie so verehrte, auch der erste Mensch seit langer Zeit gewesen, bei dem sie damit gescheitert war.

Der Bus hatte sich in Position rangiert und öffnete die Tür. Doch sobald die ersten Leute einstiegen, merkte ich, dass etwas anders war als sonst. Das Einsteigen ging merkwürdig langsam. Als ich näher an die Tür kam, sah ich auch, warum. Jeder und jede blieben nach dem Einsteigen einen kurzen Moment überrascht stehen, denn direkt hinter dem Busfahrer, in der erste Reihe, am Fenster, saß KD Pratz.

Die Leute vor mir trauten sich kaum zu reagieren und gingen, nachdem sie die besagte Überraschungssekunde stehen geblieben waren, nach hinten durch. Nachdem ich den Bus betreten hatte, war ich kurz davor, es ihnen gleichzutun, doch irgendetwas ließ mich stattdessen Hallo sagen, und als er aufsah und meinen Gruß erwiderte, setzte ich mich neben ihn, auf den Platz am Gang.

Ab und zu tat ich solche Dinge. Tat etwas, ohne zu überlegen, nahm die Pille, drückte die Klingel, schickte die Nachricht ab, und genoss dann den Augenblick danach, den Moment der Leere, den Nachhall einer potenziell dummen Aktion, die unwiderruflich geschehen war und noch keine Konsequenz gehabt hatte – auch wenn sie das sicher bald haben würde.

Die nach mir Einsteigenden sahen mich kurz und verwundert an, dann schnell woandershin. Die Einzige, die nicht überrascht schien, war Ingeborg. Sie quittierte die Anwesenheit von KD Pratz und die Tatsache, dass ich neben ihm saß, mit einem freundlichen Nicken, als hätte sich gerade etwas bestätigt, mit dem sie eh gerechnet hatte. Michael Neuhuber, mit nunmehr sechs grünen Smoothies intus, zuckte merklich zusammen, wenn auch nur für eine Schrecksekunde, eine Schreckmillisekunde, dann hatte er sich wieder im Griff, beugte sich über mich, ergriff die Hand von KD Pratz mit beiden Händen, schüttelte sie und sagte: »Schön, dass Sie da sind« – einen Satz, den ich ihn auf jeder Ausstellungseröffnung sicherlich hundert Mal habe sagen hören. Dann ließ er sich auf den Reiseleitersitz fallen, der das mit einem angestrengten Quietschen quittierte.

Da ich nicht wusste, was ich machen sollte, lächelte ich ihn an. KD Pratz verzog für einen Moment das Gesicht, sodass ich zuerst dachte, er fühlte sich gestört, dann merkte ich, dass er versuchte zurückzulächeln, wobei seine Gesichtsmuskulatur sich offenbar erst daran erinnern musste, wie das noch mal ging.

»Hübsches Städtchen«, sagte ich.

»Ja. Früher zumindest mal. Da hatten wir hier alles, was man brauchte. Hier Gemüse, da der Fleischer, dort Blumen. Da konnte ich meine Einkäufe zu Fuß machen. Heute wollen die Leute ja unbedingt zu diesen Verbrauchermärkten, und hier gibt es nur noch Touristenkitsch. Die fallen ja im Sommer in ganzen Busladungen hier ein, die reinste Landplage! Am schlimmsten sind die Pfälzer. Und die Holländer.«

Dass er sich in genau so einer »Busladung« befand, schien KD Pratz nicht zu interessieren. Auch wenn wir uns nicht als Touristen begriffen, sondern als Individualisten, die ihre gemeinsame Kunstbegeisterung hierhergebracht hatte, waren wir doch genau das.

»Ich war neulich in so einem Verbrauchermarkt an der Mosel. Da bekommt man jetzt sogar guten Käse«, sagte ich, weil mir nichts Besseres einfiel.

»Tja. Käse«, sagte KD Pratz. »Wer weiß, wie lange es da noch diese enorme Vielfalt gibt. Bei den ganzen überzogenen Regulierungen, das werden doch jedes Jahr mehr.«

Der Bus fuhr los. Wir saßen eine Weile schweigend nebeneinander, ich betrachtete, an KD Pratz vorbei, den Rhein. Auch KD Pratz sah aus dem Fenster, allerdings weiter in die Ferne, und als wir wieder auf der Höhe von Rüdesheim waren, gab er ein verächtliches Schnauben von sich:

»Das ist eine Frechheit, oder?«

»Was ist eine Frechheit?«

»Diese Deutschlandfahnen werden immer größer. Und immer mehr.«

Er klopfte drei Mal an die Scheibe des Busses. Und in der Tat, dort drüben, auf der Binger Seite, wehte auf einer Burg eine riesige Deutschlandfahne.

»Die muss ich sogar von meiner Burg sehen, jeden Tag. Da vergeht einem die Lust am Rausgucken. Ich muss sie bewusst negieren, sonst verdirbt mir das den Tag.«

Ich wollte KD Pratz schon fragen, ob dies für ihn ein normaler Tag war oder einer der Tage, die ihm bereits durch irgendwen oder irgendwas verdorben worden waren, beschloss dann aber, das lieber nur mich selbst zu fragen.

»Hat Sie das zu Ihrer Arbeit *Die schlecht gemalte Deutschlandfahne* inspiriert?«, warf da Ingeborg ein, die sich hinter uns gesetzt hatte.

»Inspiration existiert nicht«, sagte er.

»Ich mag die besonders gern«, sagte Ingeborg. »Dieser Titel. Und dann eine absolut perfekt gemalte Deutschlandfahne. Als wäre auch das Perfekte nicht gut genug.

Als wäre dies ein Land, dem man es nie recht machen kann.«

»Das Bild ist nichts. Danach habe ich aufgehört mit politischer Kunst«, sagte KD Pratz. »Seit dieser grässlichen WM finden das ja alle wieder super mit Deutschland. Alles ist immer nur noch LikeLikeLike.«

Da nahm Michael Neuhuber das Mikro:

»Die Fahrzeit nach St. Rochus beträgt leider nur zwanzig Minuten. Dabei wünscht man sich doch, länger durch diese wunderbare Landschaft zu fahren. Aber es gibt uns zumindest noch einmal ein bisschen Gelegenheit zum Kontemplieren, vielleicht kann ich Ihnen da noch ein Zitat aus dem äußerst lesenswerten Buch *Der literarische Rheingau* von Heiner Boehncke und Hans Sarkowicz mit auf den Weg geben, die so klug über die in dieser Gegend besonders sinnfälligen Wechselwirkungen von Landschaft und Literatur geschrieben haben, über den Rheingau als poetisierte Landschaft, die nicht nur den Rhein umfasst, sondern auch *die Ufer, den Wein, die Burgen* und das damit zusammenhängende *erträumte deutsche Mittelalter*. Sie beschreiben sehr schön, wie der Rheingau *zu einem Mischgebilde aus Landschaft und Geschichte wurde, wie er für politische Träume und Zwecke mit seltsamen Mythen, Freiheitswünschen oder nationalistischen Misstönen belehnt wurde* – es geht hier um nichts weniger als einen *poetischen Fluss, um die Verwandlung von Landschaft in Literatur.*«

In diesem Moment stand KD Pratz auf, drängelte sich an mir vorbei und nahm Michael Neuhuber das Mikro aus der Hand.

»Ich komme mit«, sagte er. »Ich weiß viel zu wenig über Kunst.« Einige lachten. Er wartete ab. Wartete er auf Applaus? »Sie sind den ganzen Weg hierhergekommen, in der knappen freien Zeit, die Ihnen bleibt, außerhalb Ihrer Büros und Praxen und Kanzleien. Da wäre es unhöflich von mir, wenn ich Sie nicht begleite. Es gibt zu wenig Höflichkeit in dieser Welt.«

»Da haben Sie allerdings recht«, sagte das Einstecktuch von etwas weiter hinten. »Die Sitten verrohen immer mehr.«

»Genau. Und der Ehrliche ist der Dumme, heute mehr denn je«, sagte KD Pratz. »Ich will gar nicht wissen, wie das wird, wenn bald elf Milliarden Menschen auf der Erde leben und das Eis an den Polen abgeschmolzen ist. Dann werden wir erst wirklich merken, was Verrohung ist.«

Michael Neuhuber wartete geduldig darauf, sein Mikrofon wiederzubekommen, streckte ab und zu freundlich lächelnd den Arm danach aus, doch KD Pratz gab es nicht mehr aus der Hand. Er hatte sich warmgeschimpft. Er wirkte weder sauer noch beleidigt, das Schimpfen schien ihm Energie zu geben, es belebte ihn. Er tat mit seiner schlaksigen Gestalt einen Schritt hierhin, einen Schritt dorthin, zeigte und gestikulierte mit seinem freien Arm, als boxte er mit einem virtuellen Gegner, und dieser Gegner waren längst nicht mehr wir, die Eindringlinge, dieser Gegner war die Schlechtigkeit der Welt. Es hatte fast etwas Tänzerisches, wie er es genoss, Gegenwart und Zukunft in den schwärzesten Farben auszumalen.

Ich sah mich nach Ingeborg um und rechnete damit, dass sie etwas sagen würde, doch sie sah aus dem Fenster und versuchte offenbar, sich auf die Landschaft zu konzentrieren, als hätte sie sich nach dem gestrigen Tag vorgenommen, nicht mehr auf das kulturpessimistische Gewäsch von KD Pratz zu reagieren. Einige andere schienen wirklich interessiert zuzuhören, nickten engagiert, doch erstaunlich viele machten es wie Ingeborg, sahen hinaus oder hatten den Blick gesenkt, als beschäftigten sie sich heimlich mit ihren Handys.

»Und wissen Sie, was der Grund dafür ist, dass es so weit gekommen ist? Die Leute haben kein kritisches Bewusstsein mehr. Niemand denkt mehr.«

»Das ist in der Tat eine Entwicklung, die auch ich mit Sorge beobachte«, sagte Martha Hansen.

Michael Neuhuber hatte anfangs noch in die Runde gelächelt, während er neben KD Pratz stand und darauf wartete, das Mikro zurückzubekommen, doch je länger KD Pratz redete, desto schmaler wurde sein Lächeln, bis es schließlich gänzlich dem panischen Ausdruck gewichen war, der sich seit gestern Nachmittag immer wieder kurz auf seinem Gesicht gezeigt hatte, wenn etwas nicht so klappte wie geplant. Obwohl ich ahnte, dass er kein besonders ausgeglichener Mensch war, gelang es Michael unter normalen Umständen, eine Ruhe auszustrahlen, die den Eindruck erweckte, der Chef hätte alles unter Kontrolle. Er bewegte sich dann mit ruhigen Schritten in unserer Gruppe herum und warf mit kumpeligen Sprüchen um sich: *Schön, dass Sie da sind! Wie isses? Alles im grünen Bereich?*, wobei ich Letzteres für einen Museumsdirektor besonders passend fand.

Doch jetzt konnte man zumindest anzweifeln, ob es wirklich so schön war, dass wir alle da waren; es war auch nichts im grünen Bereich. Und das hasste Neuhuber ebenso sehr, wie er es liebte, uns Dinge zu zeigen, sein Wissen und seine erstklassigen internationalen Kontakte vorzuführen.

»… die durchschnittliche Aufmerksamkeitsspanne des heutigen jungen Menschen beträgt neunzig Sekunden. Das ist nicht einmal mehr ein Popsong!«

Michael ließ sich resigniert wieder auf seinen Sitz plumpsen, flüsterte der auf der anderen Seite des Ganges sitzenden Katarzyna Pyszczek etwas zu, die nickte und sich daraufhin wieder dem Laptop zuwendete, den sie auf ihrem Schoß balancierte. Wir fuhren eine Weile vor uns hin, da wandte sich KD Pratz zu dem Busfahrer um und sagte so, dass man es halblaut über die Lautsprecher im ganzen Bus hörte:

»Hier. Hier ist das, hatte ich Ihnen doch gesagt. Links! Links!«

Wir bogen hinter einer dunklen Kirche in eine Straße, die zwischen den wie Scheibchen an den Rhein gestellten Häusern hindurchführte, und hielten ein, zwei Minuten später vor einem alten Bauernhof. St. Rochus war das nicht.

»Ein vollständig erhaltener Hof aus dem späten 18. Jahrhundert«, sagte KD Pratz mit einer gewissen Wehmut in der Stimme und zeigte einmal um sich herum. Im Gegensatz zu der wegwerfenden Handbewegung, mit der er gestern die beeindruckende Rheinlandschaft negiert hatte, war es nun eine sanfte, fast streichelnde Geste.

»Sie wollen wissen, was wirklich eine Bedeutung für mein Werk hat? Wo es wirklich noch echte Kunst gibt? Dann kommen Sie«, sagte KD Pratz in die ratlose Stille hinein, die sich im Bus ausgebreitet hatte, warf das Mikro, ohne es abzuschalten, auf einen freien Sitz, ließ den Fahrer die Tür öffnen und verließ den Bus.

Das Hauptgebäude des Bauernhofs stand einige Meter von der Straße entfernt, auf dem Platz davor standen Tische und Stühle im Schatten einer Linde. Einige Menschen saßen dort und aßen Brötchen, die sie offenbar in der Bäckerei gekauft hatten, die in einem Nebengebäude ihren Sitz hatte. Daneben führte ein farbenfroh bemaltes Holztor wohl in einen Innenhof, und es war dieses Tor, auf das KD Pratz zuging, dann blieb er stehen und sah sich nach uns um. Offenbar wollte er, dass wir ihm folgten.

Was war das für ein Versprechen? *Echte Kunst?*

Erst als Michael Neuhuber sich mit einem ähnlichen Seufzer erhob, mit dem er sich vor wenigen Minuten in das Polster seines Reiseleitersitzes hatte fallen lassen, und KD Pratz folgte, verließen auch wir unschlüssig den Bus und folgten dem ungleichen Duo des großen Mannes im Maleranzug und des kleinen Mannes in dem dünnen schwarzen Rollkragenpullover, über dem er auch bei diesen Temperaturen ein schwarzes Sakko trug.

Vielleicht lag es daran, dass wir einige Zeit in dem klimatisierten Bus gesessen hatten, ich hatte auf jeden Fall den Eindruck, als wäre es auch jetzt, obwohl es erst kurz vor elf Uhr war, schon wieder unerträglich heiß. Wir stellten uns in den Schatten der Linde, so gut es ging. In den Schaufenstern der Bäckerei lagen braune und schwarze Brote, kleine Obsttörtchen, umgeben von einer aufwendigen Deko aus Rhabarberstangen, Kürbissen und Mohnblumenarrangements. Darüber hing ein Zunftzeichen, das eine Brezel und einen Bund von Kornähren zeigte und darunter einen Schriftzug in Fraktur: *Erbenheim 1827*.

»Von wann ist dieses Haus genau?«, fragte jemand aus der Gruppe Michael Neuhuber. Auch das kannte ich von vorherigen Reisen. Einige sahen Michael als absoluten Experten für alles an, was den Ort betraf, an dem wir uns ein Wochenende lang aufhielten. Ich erinnere mich noch daran, als wir im Veneto mit 90 Stundenkilometern die Landstraße entlangbrausten, jemand mit dem Zeigefinger an die Scheibe klopfte und beleidigt war, als Michael auf die mit dieser Geste einhergehende Frage »Da! Was ist das für ein Vogel?« keine Antwort wusste.

»Handwerkliche Fertigkeiten haben ihren Wert in unserer Welt verloren. Niemand begreift mehr, was er tut, weil niemand mehr anfasst, womit er arbeitet. Weil alle nur noch Knöpfchen drücken. Daher kommen die Probleme unserer Gesellschaft. Deswegen ist die Kunst heutzutage so schlecht und so schlicht. Kann denn noch jemand eine Hand malen oder ein Gesicht aus Ton formen? Die Leute können ja nicht einmal mehr sehen. Nur noch Fotos machen. Alle haben einen Knopf im Ohr und wischen auf ihren Gerätchen herum und merken gar nicht, wie sehr diese Tablets und Handys sie versklaven. Generation head down, sage ich nur. Selbst Leute wie Sie. Intelligente Menschen wischen, anstatt zu denken. Da brauchen wir gar keine neue Diktatur mehr.«

In unserer Gruppe sorgte sein Geschimpfe nun immer mehr für Unruhe. Einige tauschten genervte Blicke, flüsterten sich Kommentare zu. Auch das hatte ich bei unseren Reisen noch nie erlebt. Ingeborg hingegen reagierte überhaupt nicht, doch ich ahnte, dass ihr das mit jedem nörgeligen Satz von KD Pratz schwerer fiel.

Allerdings gab es auch die anderen, die KD Pratz weiterhin zustimmten, allen voran das Einstecktuch:

»Schrecklich, oder? Egal, ob man in der Bahn ist oder im Café, keiner liest mehr. Alle machen nur noch so …« Er machte die verächtliche Wischbewegung, die er sich von KD Pratz abgeguckt hatte. »In China wollen sie jetzt Ampeln in die Bürgersteige tun, weil die Fußgänger nicht mehr hochgucken.«

»Aber es gibt sie noch, die alte Handwerkskunst. Sie ist uns noch nicht ganz verloren gegangen«, sagte KD Pratz nun. »Es gibt Menschen, die sie bewahren, und diese Menschen sind für mich die wahren Künstler.«

Mit diesen Worten öffnete er das große, neben der Bäckerei gelegene Holztor und führte uns in einen

Innenhof, der mit groben Steinen verschiedenster Größe gepflastert und so uneben war, dass jemand auf Stöckelschuhen keinen Meter vorangekommen wäre. Der Hof wurde eingefasst von niedrigen Fachwerkgebäuden, die sicherlich zweihundert Jahre alt waren, wenn nicht älter.

»Seit 1827 wird hier ohne Unterbrechung gebacken«, sagte KD Pratz und blieb zum ersten Mal seit einer langen Zeit still. Sah sich zufrieden um, während die meisten von uns versuchten, auch in diesem Hof etwas Schatten zu finden, doch hier war keine Linde, die Häuser waren niedrig, die Sonne stand weit oben. Die Hitze war mit ihrer ganzen Brutalität zurück.

»Gutes, mit gebührlichem Ernst ausgeführtes Handwerk«, sagte KD Pratz. »Das ist die Kunst, zu der ich aufblicke. Ich komme jeden dritten Tag hierher und kaufe mir ein Brot.«

Ich sah, wie Michael Neuhuber angestrengt nachdachte. Er musste etwas sagen, musste etwas tun. Da flüsterte er Katarzyna Pyszczek etwas zu, die sich daraufhin entfernte und anfing zu telefonieren, wahrscheinlich mit der unangenehmen Aufgabe, der weltweit führenden Expertin für mitteleuropäische Mittelalter-Altäre im Museum St. Rochus zu erklären, warum wir nun doch nicht kämen.

Michael Neuhuber nahm Katarzynas Arbeit, ihr Engagement, ihre Zuverlässigkeit als vollkommen selbstverständlich hin. Er hielt es für normal, dass er in einer eigentlich für Sachbearbeiter und Haustechnikerinnen gedachten Tarifgruppe eine Assistentin gefunden hatte, die ihm nicht nur kunstwissenschaftliche Texte lektorierte, sondern auch die Aufgaben einer Reiseplanerin, Gruppenbetreuerin und Eventmanagerin erfüllte.

Katarzyna hatte ihren Bachelor in Warschau gemacht, danach war sie für das Masterstudium nach Berlin gegangen und mischte sich dort unter die vielen osteuropäischen Künstler, Intellektuellen und Party-People; man traf sie in Kulturzentren und Bibliotheken, vor und hinter Bartresen und Plattentellern.

Dann bekam Katarzyna eine Stelle als Volontärin im Frankfurter Städel Museum. Wir hatten uns einmal durch Zufall in der Plank-Bar im Frankfurter Bahnhofsviertel getroffen, da hatte sie mir erzählt, was das für eine Umstellung für sie gewesen sei, wie befremdlich, auf die anderen Volontärinnen und Volontäre zu treffen, die allesamt aus wohlhabenden westdeutschen Familien kamen. Das wiederum bestätigte Katarzyna in ihrer während des Kunstgeschichte-Studiums erworbenen Verachtung für Töchter aus besserem Hause, für die das mies bezahlte Museums-Volontariat eher eine Dating-Plattform war als eine Karrieremöglichkeit. Muschelperlohrringe tragende junge Frauen, die alle dieselbe feminine Langhaarfrisur trugen, größtenteils bereits verlobt waren und ihr Volontariat liebend gern bei der *Verwaltung der Staatlichen Schlösser und Gärten Hessens* absolvierten, weil sie es vom Schloss Bad Homburg nicht so weit zu ihrem Reitpferd hatten. Im Gegensatz zu Katarzyna gingen sie gar nicht erst davon aus, dass man von diesem Beruf irgendwann einmal leben musste.

Während Katarzyna mir das erzählte, verdrehte sie

immer wieder kurz die Augen, um dann sogleich in den ihr eigenen eleganten Fatalismus zurückzufallen und mit einem Achselzucken die beschriebenen Verhältnisse hinzunehmen, genauso wie sie nach dem Volontariat die Stelle im Museum Wendevogel und die Zusammenarbeit mit Michael Neuhuber hinnahm.

Als Katarzyna noch telefonierend beschäftigt war, kam eine Frau in einer grau karierten mehlbestäubten Hose und einem weißen T-Shirt aus einem der Fachwerkgebäude und sagte:

»Herr Pratz!«

Sie streckte ihm die Hand zur Begrüßung hin, doch KD Pratz umarmte sie, gab ihr ein angedeutetes Küsschen links, ein Küssen rechts und sagte:

»Grüß dich, Gabriele.« Dann wandte er sich an uns. »Das, liebe Freunde, ist Gabriele Erbenheim. Bäckermeisterin Erbenheim.«

»Gegründet von meinem Urururururururgroßvater 1827, sind wir eine der ältesten Bäckereien der Welt. Und eine der ganz wenigen, die immer noch im Familienbesitz ist«, sagte sie.

»Hier hätte sogar Goethe schon Brot kaufen können!«, sagte KD Pratz.

»Wir backen hier weiterhin nach den Rezepten von 1827 – nur Steine sind nicht mehr im Mehl«, sagte die Bäckermeisterin, woraufhin KD Pratz herzhaft lachte. Einige taten es ihm nach. Andere versuchten verschämt, mit ihren Handys das eine oder andere Foto zu machen, ohne dass es auffiel. »Wir benutzen keine künstlichen

Treibmittel, keine Konservierungsstoffe und nur echte Hefen.«

»Man muss sein Metier ernst nehmen«, sagte KD Pratz.

»Genau das«, sagte die Bäckerin, »tun wir hier seit Generationen.«

»Gabriele ist außerdem Dozentin für Brotkultur an der Akademie Deutsches Bäckerhandwerk«, sagte KD Pratz, der nun richtig aufgekratzt war. »Kommen Sie. Kommen Sie!«

KD Pratz und die Bäckerin führten uns in eines der Fachwerkhäuser. Nur das Einstecktuch murrte kurz, weil er seinen Bernhardiner draußen anbinden musste, wir anderen folgten ohne Widerrede, vielleicht in der Hoffnung, dass es drinnen ein bisschen kühler war, doch diese Hoffnung wurde sofort enttäuscht, denn Frau Erbenheim führte uns in Richtung Backstube. Wir betraten einen Vorraum, in dem weiße Hygiene-Schutzumhänge hingen. KD Pratz schritt voran und griff sich einen, mit der energetischsten Bewegung, die ich je an ihm gesehen hatte. Er setzte sich eine Hygienehaube auf den Kopf, sodass er nun mit seiner gelben Brille wie ein leicht durchgeknatterter Forscher aussah. Wir anderen hatten uns inzwischen derart mit der Absurdität der Situation abgefunden, dass wir ohne nachzudenken dasselbe taten. Dann wurden wir in die Backstube geführt.

Die Backstube war offenbar entworfen worden mit dem Gedanken, Besuchergruppen hindurchzuführen, eine Art gläserne Manufaktur. Vier junge Männer, die zu ihren grau karierten Hosen und weißen T-Shirts noch weiße Schürzen trugen, formten Teigklumpen, einer holte gerade mit einer langen hölzernen Schiebe fertige Brote aus dem Ofen. Alle vier hatten tätowierte Unterarme. Unter den Hygienehauben, die sie ebenfalls trugen, zeigten sich lange Haare, zwei trugen Ohrringe, zwei andere hatten Bärte. Weiter hinten fotografierte ein weiterer bärtiger junger Mann ein gerade fertiggestelltes Obsttörtchen, sodass ich sofort ahnte, dass die Bäckerei Erbenheim auf Instagram war, doch hier schien das KD Pratz plötzlich nicht mehr zu kümmern.

»Großartig, oder?«, sagte er.

»Jetzt ist gerade unser Schwarzes Mühlenbrot fertig geworden«, sagte Gabriele Erbenheim. »Wir stellen es aus 100 Prozent Roggenvollkornschrot her, eine Mischung aus den Getreidesorten Winterkerner und Scheurogge, die hier seit Jahrhunderten angebaut werden. Dazu kommt natürlich unser eigener Natursauerteig.«

»Und das ist die Rheingauer Wingertsknorze?«, fragte KD Pratz und zeigte auf die Teigklumpen, die einer der jungen Männer mit seinen tätowierten Unterarmen knetete. Mir fiel auf, dass dies das erste Mal war, dass er jemandem eine echte Frage stellte.

»Genau. Ein Brötchen, das nachmittags und abends oft gekauft wird und hier in der Region auf keiner Grillparty fehlen darf, weil es so gut mit Kräuterbutter und Spundekäs harmoniert. Daher stellen wir es erst jetzt her, genau wie den klassischen Wasserweck, den Enver dort hinten gerade vorbereitet«, sagte sie und zeigte auf denjenigen der bärtigen jungen Bäcker, der eine Rührmaschine bediente.

KD Pratz nahm eines der Schwarzbrote, die der Bäcker soeben aus dem Ofen geholt hatte, brach es und legte die Stücke des innen noch dampfenden Brotes auf ein Holzbrett, das wohl extra dafür bereitgelegt worden war. Das erste Stück steckte er sich selbst in den Mund.

»Das müssen Sie probieren«, sagte er kauend und ging mit dem Holzbrett zwischen uns herum. »Nehmet und esset«, rief er. Rainer Hansen schaute pikiert.

Obwohl ich sehr viel lieber ein kaltes Getränk gehabt hätte, nahm ich von dem warmen Brot. Ich sah KD Pratz an, um herauszufinden, ob mir irgendwas in seinem Gesicht, seiner Körperhaltung, seinem Blick oder auch nur in seiner Stimme verraten könnte, warum er das alles tat. Begeisterte er sich wirklich dafür? Wollte er zeigen, dass er keineswegs so einsam war, wie Ingeborg es ihm unterstellt hatte? Oder war das etwas ganz anderes – wollte er sich an uns rächen, indem er uns in absurde Monturen zwang und uns etwas über die Wingertsknorze und Roggenschrot erzählte, während wir in St. Rochus etwas über Altarschnitzereien des Mittelalters lernen wollten? Wollte er testen, wie weit er mit uns gehen konnte, mit unserem Bedürfnis, etwas Authentisches, Exklusives aus seiner Welt zu erfahren?

»So muss man essen. Aber die meisten von uns fressen ja lieber Plastik. Und Antibiotika. So lange, bis die Meere sterben und bei uns kein Medikament mehr wirkt. Und wenn dann mal wieder eine große Epidemie kommt –

gute Nacht. Da warnt doch selbst Bill Gates vor. Sogar dieser Computerfuzzi hat die Gefahr erkannt, aber es ist allen egal.«

Wieder öffnete jemand den Ofen und eine Hitzewelle ging durch den Raum. Ich hätte nicht gedacht, dass das ging – noch mal heißer als draußen. Langsam rechnete ich damit, dass jemand umfiel. Nachdem KD Pratz nun auch auf Plastik geschimpft hatte, waren nach den Handys auch die Wasserflaschen, die viele von uns dabeihatten, unter den Umhängen und in Taschen verschwunden.

»Köstlich«, sagte das Einstecktuch. »So viel besser als dieses pappige amerikanische Weißbrot.«

»Ja. Die Amerikaner nehmen sich alles von der Welt, dann ruinieren sie es und verkaufen es der Welt teuer zurück. So ist das mit dem Brot, dem Kino, dem Datenklau der NSA. So funktioniert der Kapitalismus.«

Nun standen wir alle kauend da.

»Wirklich sehr gut. Alle anderen backen ja nur noch auf«, sagte Martha Hansen.

»Der intensive Geschmack entfaltet sich natürlich besonders gut, wenn das Brot warm genossen wird«, sagte KD Pratz, und das Einstecktuch, das inzwischen neben ihm stand, knuffte ihm in die Seite und sagte dann leise:

»Wie eine schöne Frau.«

Es war nicht leise genug.

»Die Frauen waren Ihrer Meinung nach früher bestimmt auch besser«, sagte Ingeborg.

KD Pratz sah sie an.

»Nun seien Sie doch nicht so streng«, sagte das Einstecktuch. »Das ist doch nicht böse gemeint. Wir sind halt ein bisschen alte Schule.«

»Also meinen Patienten darf ich es ja nicht sagen, aber haben Sie nicht das Gefühl, dass das alles Quatsch ist?«

»Quatsch?«, sagte KD Pratz. »Es geht hier um den Zustand der Welt.«

»Der Welt ist auch nicht damit geholfen, dass Sie sich allen moralisch überlegen fühlen«, sagte Ingeborg.

Dass sie vom Ton her vollkommen freundlich blieb, während sie diese Dinge sagte, änderte nichts daran, dass alle Umstehenden einen Schreck bekamen. Auch die, die dem Geschimpfe von KD Pratz gar nicht mehr zugehört hatten, waren nun wieder voll dabei. Es hatten doch gerade alle eine Ebene gefunden, auf der sie reden konnten, selbst das Einstecktuch schien sich nun auf KD Pratz einlassen zu wollen. Nun war diese fragile Harmonie zerstört. Michael Neuhuber hatte sich gerade ein zweites Stückchen von dem Brot genommen und traute sich nun nicht mehr, es zum Mund zu führen, sodass er an eine Figur auf einer antiken Vase erinnerte, mitten in der Bewegung erstarrt.

»Aber er hat doch recht«, sagte Martha Hansen, begleitet von einem heftigen Nicken ihres Mannes, der hinzufügte:

»Die anderen backen wirklich nur auf.«

»Genau. Das ist doch alles schlimm, das sehen Sie ganz richtig«, sagte die esoterisch angehauchte Personalberaterin mit dem Skizzenbuch, deren Stimme auch bei solchen Sätzen immer einen ausgesprochen herzlichen Ton behielt, der für mich immer ein bisschen bemüht klang, von oben herab, als täte sie ihrem Gesprächspartner einen Gefallen, wenn sie sich mit ihm unterhielt.

»Aber machen wir uns denn hier wirklich Sorgen um die Welt? Oder nörgeln wir einfach gern?«, sagte Ingeborg und wandte sich dann an KD Pratz. »Wenn etwas Schönes nicht mehr da ist, dann beweinen Sie, dass alles Schöne verschwindet. Und wenn doch noch etwas Schönes da ist, beweinen Sie, dass es bald verschwinden wird. Das fühlt sich für mich nicht richtig an.«

Ich hatte es befürchtet. Das war genau die Situation, in der auch Ingeborg die Fassung verlieren konnte. Es passierte ihr selten. Aber wenn, dann waren es immer solche Situationen, Konfrontationen mit Menschen, die sich erst gut fühlten, wenn sie alles schlecht finden konnten.

Was Ingeborg daran besonders hasste, war die Verlogenheit – waren das doch meist Menschen, die behaupteten, es ginge ihnen um das Wohl der Welt, obwohl es ihnen in Wirklichkeit um etwas anderes ging: Sie wollten sich ihren Mitmenschen überlegen fühlen, indem sie immer noch ein Problem *mehr* bejammerten als die anderen.

»Wie soll ich denn sonst reagieren auf diesen ganzen Mist, den es heutzutage gibt in unserer Welt, etwa mit Humor?«

»Egal wie gut die Welt wäre, Sie würden doch immer alles schlimm finden, sind Sie das nicht langsam leid?«, sagte Ingeborg und fügte hinzu: »Das ist noch verlogener als die Priester früher!«

Sie mochte die Contenance verloren haben, doch zumindest hatte sie noch ein sicheres Gespür dafür, wie man einen im Rheinland der Nachkriegszeit aufgewachsenen Intellektuellen am härtesten treffen konnte.

»Das verbitte ich mir. Ich mache das nicht zum Spaß«, sagte KD Pratz.

»Aber genau das glaube ich leider. Sie machen das doch nicht, weil es etwas bringt. Sondern weil Sie sich daran gewöhnt haben.«

»Ich mache das so lange, bis mir alle zuhören«, sagte KD Pratz.

»Also ich finde auch, Sie sollten ihn in Ruhe lassen. Meine Stimme hat er«, sagte das Einstecktuch.

»Meine auch«, sagte Rainer Hansen.

»Wem hilft denn dieses Geschimpfe?«, sagte Ingeborg. »Das ist doch nur ein Panzer gegen ... was auch immer.«

Da ging Martha Hansen auf Ingeborg zu.

»Künstler dürfen bei uns schwierig sein«, sagte sie. »Das haben wir doch gestern besprochen.«

»Genau«, sagte das Einstecktuch. »Schwierige Künstler gibt es doch kaum noch auf der Welt, die muss man schützen und fördern und ermutigen.«

»Sie haben mich nicht gekauft! Noch nicht!«, rief da KD Pratz. »Ich lasse es nicht zu, dass Sie über mich reden wie über eine aussterbende Reptilienart. Und ich lasse mich hier erst recht nicht beschauen wie eine Braut. So weit ist es gekommen mit der Welt. Das ist der Kapitalismus im Endstadium, die Fans erwarten von den Künstlern, dass sie vor ihrem Geld zu Kreuze kriechen!«

KD Pratz hatte sich aufgerichtet, dann pellte er sich – sichtbar darauf bedacht, keine lächerliche Figur abzugeben – aus seinem weißen Hygieneumhang, schmiss ihn, inklusive Haarhaube, vor uns hin und ging.
Der Hygieneumhang, unter dem sich im Fallen Luft gesammelt hatte, sank langsam in sich zusammen. Wir standen da. Schwitzend. Es dauerte einen Moment, bis jemand reagierte und sich ebenfalls auszog. Es war das Einstecktuch.
»Soll er doch sein wie er will, aber nicht mit meinem Geld«, schimpfte er und ließ uns ohne ein weiteres Wort in der Backstube stehen.

»Musstest du ihm wirklich so in die Parade fahren?«, sagte Martha Hansen zu Ingeborg.
»Das kann man doch so nicht stehen lassen.«
»Ihm hat wahrscheinlich seit fünfundzwanzig Jahren niemand mehr widersprochen. Da ist es klar, dass er so reagiert.«
»Wenn ihm wirklich seit fünfundzwanzig Jahren niemand mehr widersprochen hat, wird es langsam Zeit.«
»Aber er ist nicht dein Patient, Ingeborg«, sagte Martha.
»Ich rede ja auch mit ihm nicht wie mit einem.«
»Den kann man doch nicht ändern, er ist ein alter Mann«, sagte nun Martha.

»Er ist jünger als ich«, sagte Ingeborg.

»Ein Jahr.«

»Der denkt doch jetzt, du verachtest ihn«, sagte Martha Hansen.

»Aber ich war doch ganz freundlich.«

»Was sagst du denn dazu?«, sagte da Rainer Hansen. Ich hatte schon einen Schreck bekommen, weil ich dachte, ich wäre gemeint, dann stellte ich fest, dass alle Michael Neuhuber ansahen, der schweißüberströmt dastand und auf sein Handy sah, vielleicht in der Hoffnung, auf diese Weise so beschäftigt zu wirken, dass ihn niemand ansprechen würde. Ich hatte immer stärker das Gefühl, dass er sich wünschte, er hätte diese Reise nie gemacht, dieses Grundstück nie geerbt, wäre nie Direktor des Museums Wendevogel geworden, er sah aus, als wäre er überhaupt am liebsten nie mit Kunst in Berührung gekommen, und auch nicht mit Künstlern und erst recht nicht mit Kunstfans wie uns.

»Das hat jetzt so lange gedauert, dass wir am besten gleich zum Lunch fahren sollten, der in einem klimatisierten Raum ist ...« Michael wartete auf eine freudige Reaktion, die nicht kam. »Und danach ein bisschen Pause machen. Und duschen.«

5

Dieses Mal herrschte im Bus keine Einigkeit über die Frage, wie kalt die Klimaanlage einzustellen sei. Einigen war es zu warm. Diejenigen, denen es zu kalt war, untermauerten ihre Position mit geräuschvollem Niesen. Wir wurden zum Mittagessen zurück ins Hotel gefahren, danach stand *Zeit zur individuellen Verfügung* auf dem Reiseplan, die Michael Neuhuber zu einer, wie er es auszudrücken pflegte, Siesta nutzte. Ich kannte das von anderen Reisen. Michael Neuhuber meinte, man sei sonst nicht fit für den Nachmittag und meinte damit hauptsächlich sich selbst. Ich hatte heute noch weniger das Bedürfnis nach einem Mittagsschlaf als sonst, also aß ich schnell und stand noch vor dem Dessert – Windbeutel – auf und lief los in Richtung Rhein, und erst als ich schon eine Weile gelaufen war, merkte ich, wie gut es mir tat, allein zu sein.

Je länger ich lief, desto klarer wurde mir, dass Ingeborg den Bogen überspannt hatte. Sie hatte natürlich recht mit ihrer Kritik an KD Pratz. Doch dies war eben der falsche Moment, um recht zu haben. Umso unklarer war mir, warum sie das tat. Was war aus der coolen Person geworden, die sie gewesen war?

Ingeborg hatte KD Pratz immer verehrt. Sie hatte generell eine Schwäche für Männer wie KD Pratz, Männer, die ihr ganzes Leben daran gewöhnt waren, in der Mehrheit, an der Macht und gleichzeitig auf der guten Seite zu sein und nun – je mehr die Welt sich änderte – anfingen zu denken, dass es vielleicht am nettesten wäre, wenn alles so blieb, wie es war. Oder, noch besser, wieder so würde wie vor vierzig Jahren. Männer, die ihr ganzes Leben davon überzeugt waren, für allen Fortschritt und überhaupt alles Gute in unserer Welt verantwortlich zu sein, unherausgefordert, unangefochten, unbeirrt. Um es kurz zu sagen: Sie hatte eine Schwäche für alte Säcke. Ihr war klar, dass diese Menschen es leichter hatten als alle anderen, doch sie wusste natürlich auch, dass Menschen, die es leichter hatten, es deswegen noch nicht leicht hatten.

Das Problem war, dass sie diese Männer auf Dauer nie so lassen konnte wie sie waren. Man konnte Menschen kaum ändern, das wusste sie natürlich, doch irgendwann versuchte sie es trotzdem. Im Laufe meiner Kindheit und Jugend hatte sie einige von diesen Männern mit nach Hause gebracht, die allesamt wieder weg waren, sobald Ingeborg sie nicht mehr wie Liebhaber behandelte, sondern wie Projekte.

So waren wir während meiner Kindheit und Jugend letztendlich zu zweit geblieben. Wir beide. Wobei, eigentlich waren es nie nur wir beide, sondern wir beide, die Kunst und die Kultur. Theater, Literatur, klassische Musik, Jazz, Skulpturen, Malerei, Installationen – all das, da bin ich mir sicher, hatte dazu geführt, dass Ingeborg keine abgearbeitete alleinerziehende doppelbelastete Schmerzensfrau geworden war. Die enge Beziehung zur Kunst, zu diesem ganzen schwer verdaulichen, diskursiven, theorieschwangeren Nachkriegskram, zu Künstlern wie KD Pratz, hatte ihr emotionales und intellektuelles Überleben garantiert.

Doch dass Ingeborg ihrem Idol KD Pratz nun begegnet war, hatte sie verändert. Hatte sie im Kopf ein ganz anderes Bild von ihm gehabt und konnte nun nicht anders, als sich mit ihm anzulegen, weil sie hoffte, er könnte dadurch zumindest ein bisschen so werden, wie er in ihrer Vorstellung gewesen war? Wie dem auch sei, auf jeden Fall brachte er in Ingeborg eine Rechthaberin hervor, die sonst unter einer gigantischen Schichttorte aus Überzeugungen, Idealen, professionellen und persönlichen Erfahrungen verborgen war. Ich hatte das so noch nie erlebt. Es kam ihr sonst ja auch nicht darauf an, ein Exempel zu statuieren oder möglichst gut dazustehen. Doch wenn Männer aus dieser Generation sich zu sicher fühlten in ihrer Unangefochtenheit und sich dann noch das Recht herausnahmen, alles um sie herum kennerhaft zu bewerten – von Frauen bis Brötchen –, war es mit Ingeborgs Geduld vorbei. Das wusste ich jetzt.

Und mir wurde auf meinem Spaziergang noch etwas anderes klar: Ich mochte Ingeborg für diese Rechthaberei! Ebenso, wie Ingeborg etwas für diese Generation von Männern übrighatte, hatte ich etwas für diese Generation von Frauen übrig, die in Museen gingen, gemeinsam mit Freundinnen Theaterabos hatten, Programmhefte aufbewahrten und ein Jahr später noch einmal lasen, Lesungen besuchten, Buchklubs betrieben. Diese Frauen, die sich für Kultur nicht nur interessierten, sondern sich hineingruben. Die verstehen wollten. Herausgefordert werden wollten in ihrer Art zu sehen, zu denken, zu fühlen.

Dafür war die moderne Kunst doch einmal da gewesen. Ich wusste nicht, warum das in dieser Generation hauptsächlich Frauen waren, vielleicht waren die »richtigen« Themen wie Politik und Geld immer schon von Männern besetzt gewesen, egal – auch wenn nicht klar war, woher das kam –, irgendwo musste es ja herkommen. Und auch, wenn nicht klar war, was das bedeutete, bedeutete es deswegen noch lange nicht nichts.

Natürlich hatte das auch manchmal etwas Kratzbürstiges, Bemühtes. Ich erinnere mich noch gut an eine meiner Geburtstagsfeiern, zu der ich einige Kollegen eingeladen hatte, die gern darüber redeten, wie nachhaltig sie seien, weil sie mit jedem Flug Bäume pflanzten und in ihrem Auto immer einen Mehrwegbecher für Kaffee liegen hatten. Die Gäste hatten sich in meiner Wohnung verteilt, aßen, tranken. Ich sah, dass Ingeborg sich am anderen Ende des Raumes genau zu den Kollegen gestellt hatte, die sich den ganzen Tag lang über ihren irrelevanten Nachhaltigkeitskonsum freuen konnten, da hörte ich quer durch den Raum auch schon die laute Stimme meiner Mutter:

»Das ist doch leeres Geschwätz!«

Es war nicht die schlechteste Art zu leben.

Außerdem sah ich in Ingeborg die Vertreterin einer

Generation, in der man sein Glück noch in der Zukunft gesucht hatte und nicht in der Vergangenheit. Die Zeit der Unigründungen und Museumsneubauten, die Zeit, in der Theaterskandale spannender waren als die Entdeckung alter Getreidesorten und das Sammeln von Schallplatten, um nicht von schlimmeren Vergangenheitshinwendungen zu sprechen. Ich blicke mit Nostalgie auf diese Zeit zurück, in der die Leute weniger nostalgisch waren.

In der Nacht musste es im Süden weitere heftige Regenfälle gegeben haben. Ich besah mir die Bojen, die fast waagerecht in dem schnellen Fluss des Rheins standen, sich gegen den Strom stemmten, gegen den Lauf der Dinge. An den Rändern der Bundesstraße lag hier und da Müll, eine Colaflasche, eine Bierdose, eine leere Packung Fleischsalat. Dahinter die Berge, von den ordentlichen Reihen der Weinreben durchzogen, die hin und wieder von gemauerten Wasserabflussrinnen unterbrochen wurden. Ich kam an eine Treppe, die steil den Berg hinaufführte. Obwohl ich normalerweise nicht besonders empfindlich war, musste ich einen Moment überlegen, ob ich es bei dieser Hitze schaffen würde hinaufzukommen. Dann nahm ich mein Telefon, schrieb Ingeborg, dass ich auf einem Spaziergang sei und sie bei der Abfahrt zu unserem Nachmittagsprogramm nicht auf mich warten sollten, und ging los.

Die Erde auf den Fußwegen durch die Weinberge war trocken. Ab und zu ein bisschen Kies, eine ausgeblichene Zigarettenkippe, gelbes Restgras. Alles war erstarrt wie bei starkem Frost, niedergedrückt wie nach einem Sturm – nur dass das die Hitze war. In der Ferne ein Geräusch, zirpende Insekten wahrscheinlich, vielleicht aber auch nur das Summen der Hitze auf dem Land oder in meinen Ohren. Vor mir stiegen zwei Kleiber auf in das heiße Blau und sanken wieder zu Boden. Ansonsten waren die einzigen Tiere, die ich sah, Spatzen, und auch die schienen bei dieser Hitze langsamer herumzuhüpfen als sonst. Das Wetter war wie eine Wand, gegen die ich mit jedem Schritt aufs Neue lief, dicht und hart. Ich fand das gar nicht schlecht. Ich mochte Hitze, die Art und Weise, wie sie mein Denken verlangsamte, das sonst dazu neigte, sich schlimme Dinge immer und immer wieder vorzustellen, so lange, bis sie ins Rennen kamen und zu dem Schlimmsten wurden.

KD Pratz tat mir leid. Es war eine Gemeinheit von uns, ihn mit der Aussicht auf sein eigenes Museum aus seiner Isolation zu locken. Seinen Ruhm, seine Produktivität, seine besten Bilder verdankte er dieser Isolation, nun sollte er sie aufgeben, uns nett empfangen und gleichzeitig weiterhin den entrückten, genialischen Einsiedler geben. Dann hatte er diesen Spagat sogar versucht und fand sich mir nichts, dir nichts mitten in diesem Flohzirkus von Förderverein wieder, umringt von anspruchsvollen Kunstfreaks, wo man mit allem, mit dem man es der einen recht machte, einen anderen vergrätzte.

Je weiter ich lief, desto klarer wurde es mir. KD Pratz hatte gar keine Chance. Er war berühmt geworden durch seine menschenscheue, wenn nicht gar menschenfeindliche Art. Nun könnte er seinen Ruhm durch ein ›eigenes‹ Museum mehren, musste aber dazu die Einsamkeit aufgeben, auf der ebendieser Ruhm basierte. Das war doch gaga. Kein Wunder, dass KD Pratz vor dieser Welt die Zugbrücke hochgezogen hatte.

Nur dass wir jetzt als Belagerer davorstanden.
Und er uns reingelassen hatte.
Aber jetzt hatte er seinen Fehler bemerkt. Dr. Höllinger aus Berlin hatte nicht recht. Nicht alle Menschen waren käuflich. Es gab ihn noch, den einen Menschen, der sich nicht von Geld und Ruhm beeindrucken ließ, den einen Gerechten!

Burg Ernsteck kam in Sicht. Natürlich war das mein Ziel gewesen, von Anfang an. Ich wollte ihm sagen, dass er uns unrecht tat, dass wir keinesfalls das Gefühl hatten, ihn gekauft zu haben, schon gar nicht Ingeborg. Ich war auf dem Weg zu KD Pratz, um ihm zu sagen, dass wir eigentlich gar nicht so waren. Zumindest nicht alle. Zumindest nicht Ingeborg und ich. Vielleicht waren wir ein bisschen spießig, ein bisschen normal – zumindest aus der Perspektive von KD Pratz. Aber wir wollten ihn nicht kaufen. Wir wollten ihm nichts Böses, im Gegenteil.

Obwohl die Burg nicht mehr weit weg schien, brauchte ich noch eine Weile, bis ich sie erreichte, denn der Weg war zwar nicht lang, aber teilweise anstrengend steil. Immer war irgendwo ein Schieferfelsen im Weg. Die hatten sich schon etwas dabei gedacht, die Burg genau hier zu bauen.

Sobald ich vor dem Tor der Burg angekommen war, klingelte ich. Nichts passierte. Ich klingelte ein zweites Mal und nach einigen Minuten des Wartens noch mal. Nichts.

Um nicht das Gefühl zu haben, umsonst losgegangen zu sein, wollte ich einen anderen Weg zurückgehen und nahm einen schmalen, leicht ansteigenden Pfad, der auf der Rüdesheimer Seite um die Burg herumführte. Da entdeckte ich eine riesige Front großer moderner Fenster mit Stahlprofilen, die in die Burgmauer hineingebaut waren. Ich zögerte nur kurz, dann ging ich nah heran, schaute hinein, doch auch als ich beide Hände um meine Augen legte, um das gnadenlose Licht dieses Sommertages auszublenden, sah ich nur ein paar Umrisse von, wie ich annahm, Staffeleien, die allerdings so weit weg von den Fenstern in den Tiefen des offenbar sehr großen Raumes standen, dass kaum etwas zu erkennen war.

Das musste es sein. Das Atelier, das KD Pratz uns offenbar nicht zeigen wollte. Ich legte die Hände noch dichter um meine Augen, versuchte es an einer anderen Stelle, doch mehr sah ich nicht.

Auf der oberen Seite der Burg angekommen, fiel mir der Toyota Land Cruiser auf, der gestern bei unserer Ankunft unten am Zugang zur Burg gestanden hatte. Er stand heute in den Weinbergen, knapp oberhalb der Burg, direkt an dem Weg, den ich nun eingeschlagen hatte, um zurück zu unserem Hotel zu gelangen. Wollte ich hier zum Hotel zurückgehen, würde ich direkt daran vorbeikommen.

Zuerst konnte ich kaum sehen, wer darin saß, weil sich in dem ganzen vorderen Bereich des Autos Rauch ausgebreitet hatte, in dem ab und zu ein orangefarbenes Licht aufglomm. Als ich genauer hinsah, wanderte das Glimmen zum Fenster, das einen Spaltbreit geöffnet war, dann flog Asche auf den Weg. Ich sah die gelbe Brille von Alain Mikli, dann das Gesicht von KD Pratz.

Ich überlegte einen Moment umzudrehen. Doch er hatte mich bestimmt schon gesehen, es war ja nicht so, dass hier dauernd Leute vorbeikamen. Jetzt umzukehren wäre eine Kapitulation gewesen, eine Kapitulation der Normalos. Also ging ich weiter und tat so, als hätte ich ihn nicht bemerkt, als wäre das nur irgendein am Rand parkendes Auto, das ich, wie aus der Stadt gewöhnt, gar nicht weiter wahrnahm, obwohl der Motor lief und jemand aus dem Fenster aschte – das mochte absurd sein, aber etwas Besseres fiel mir in der Situation nicht ein.

Als ich näher kam, blinkte er mit der Lichthupe und schickte dann, vielleicht unsicher, ob man das an diesem grellen Tag überhaupt sah, ein halbes Hupen hinterher.

Ich ging an den Land Cruiser heran. Sah, wie die Sonnenbrille, die glimmende Zigarette sich zur Seite neigte, dann flog die Beifahrertür auf. Ich ging hin. KD Pratz sah mich an, lächelte nicht und sagte:

»Halt. Stopp. Nicht einfach weglaufen. Sie sind doch auch einer von denen aus dem Förderverein.«

»Ja, das bin ich.«
»Setzen Sie sich. Hören Sie sich das an.«

Ich setzte mich auf die Beifahrerseite. Die Klimaanlage arbeitete hart daran, die Hitze aus dem Auto rauszuhalten und gleichzeitig den Rauch hinauszubefördern, wobei ihr Letzteres nur halb gelang, aber wenigstens war es angenehm kühl. KD Pratz trug wie immer seinen Maler-Overall. Auf der Mittelkonsole des Jeeps stand ein Thermobecher mit Kaffee, was mir ungewöhnlich modern erschien für einen Menschen, der mit allem Neuen auf Kriegsfuß stand. Was mich als Nächstes wunderte, war, dass das Radio lief. Stimmen sprachen, mehrere, durcheinander, und in diese Stimmen mischte sich noch etwas ganz anderes: Stadionlärm.

... und es sind natürlich alle gespannt, wie sich José Mourinho als neuer Trainer von Union Berlin schlagen wird, jetzt zum Beginn der neuen Saison. Während wir uns alle noch über diesen Sensations-Deal wundern. Wie haben die das geschafft, dieser Verein mit diesem schmalen Etat und der umso breiteren Brust?

»Ich höre jeden Samstag die Bundesligakonferenz«, sagte KD Pratz.

»Ich wusste gar nicht, dass Sie sich für Fußball interessieren.«

»Das tue ich auch gar nicht so sehr. Aber ich liebe diese Bundesligakonferenz. Dieses Unmittelbare. Diese Präsenz!«

Er zündete sich eine neue Zigarette an, lehnte sich zurück und sagte nichts. Sicherlich lag die Frage in der Luft, warum er sich in sein Auto setzte, um Fußball im Radio zu hören – das wäre auch auf Burg Ernsteck möglich, Radioempfang musste es geben.

Ich hatte damit gerechnet, dass er mit mir über das sprechen wollte, was vorhin und gestern vorgefallen war, doch vielleicht wollte er auch nur mit mir Radio hören. Als er weiterhin nichts sagte, hörte ich einfach zu, und je länger ich das tat, desto weniger wollte ich damit aufhören. Überall *Hitzeschlachten*. Die Begeisterung, mit der die Reporter vom groß angelegten Spielzug bis zur einzelnen Bewegung eines Spielers alles beschrieben, was da auf den Plätzen passierte, schlug mich so in ihren Bann – ich vergaß vollkommen, dass es sich nicht um das packende Finale der alten Saison handelte, sondern um den zweiten Spieltag der Neuen, wo ja eigentlich noch gar nichts besonders Spannendes passieren konnte. Burkhard Hupe beschrieb ein Spiel von Werder Bremen, die seiner Meinung nach *etwas farbiger unterwegs* waren als letzte Woche, da mischte sich Sabine Töpperwien ein mit der Beschreibung eines spektakulären Schusses auf das Kölner Tor, der allerdings sein Ende fand in einer *Parade von Hooooooorn*. Schon klatschte der nächste Reporter ab, in diesem dauernden Streben nach Gleichzeitigkeit in fünf Stadien.

Tor in Bremen! Ein brillanter Schuss von Roland Sallai, aus sieben Metern, aus der halb linken Position über den chancenlosen Pavlenka, doch es zählt nicht, das Tor!

Sallai war beim Abspielen ganz klar im Abseits und schlägt jetzt mit der Faust auf den grünen, ausgetrockneten Rasen, das Tor wird nicht gegeben, und doch wackelt dieses 1:0, wackelt und wackelt und ist nicht mehr in eine stabile Seitenlage zu bringen.

Da sagte KD Pratz: »Braucht es noch mehr Beweise dafür, wie meilenweit das Radio dem Fernsehen überlegen ist?«

»Es hat etwas von einer Performance, oder?«, sagte ich.

»Ach, Performance«, sagte KD Pratz. Und sah durch seine getönte Brille in die sommerliche Welt.

... und Thuram geht zu Fall, und alle Fans warten natürlich mit Bangen darauf, ob er wieder aufsteht, ob er weiterspielen kann, diese tragende Säule des ganzen Spielaufbaus dieser Saison in Gladbach ...

»Ich höre das jede Woche.«

»Im Auto?«

»Das ist eine ganz schnöde Kindheitserinnerung. Mein Vater hatte einen Opel Kapitän, da hat er sich immer reingesetzt, wenn es Fußball im Radio gab. Anfangs die Länderspielübertragungen, später, ab 1963, als ich dreizehn war, die Bundesligakonferenz. Er hat mir nie gesagt, warum. Mein Vater hat überhaupt nie gesagt, warum er die Dinge getan hat, die er getan hat. Aber ist ja auch eigentlich klar, warum. Er wollte seinen Frieden haben vor seiner schwermütigen Frau.«

Es überraschte mich, dass KD Pratz plötzlich so offen sprach. War es das Auto? Dieser Raum mit den Airbags und dem Sicherheitsglas, mit dem perfekten Klima und dem perfekten Sound, in dem man sich sicher fühlte und sich nah war, aber trotzdem nach vorn blickte, anstatt sich anzusehen? Eine perfekte moderne Version von Sigmund Freuds Couch.

»Diese zwei Stunden am Samstag waren die einzige Zeit, wo mein Vater für mich überhaupt existierte. Sonst war er nie zu Hause, aber im Auto, beim Fußball, das ging. Da durfte ich zwar auch nicht reden, aber er war wenigstens mal da.«

»Wie alt sind Ihre Eltern denn jetzt?«

Die Frage war ein bisschen als Kompliment gedacht. Ich hatte mit älteren Kollegen, Geschäftspartnern und Dates die Erfahrung gemacht, dass es Menschen über sechzig freute, wenn man ihnen diese Frage stellte. Beziehungsweise, dass man auf gar keinen Fall überrascht reagieren sollte, wenn man erfuhr, dass die Eltern eines selbst schon älteren Menschen auch noch lebten.

»Mein Vater ist erst vor einigen Jahren gestorben. Mit weit über neunzig. Er hat in der Zeit gebaut, als es noch Geld für öffentliche Bauten gab, für Museen, für Baukunst. Heute werden ja nur noch Einkaufszentren und Straßen gebaut. Mein Vater hat diese ganze Baubranche gehasst, diese Baumenschen, diese Bauherrenmenschen. Das waren natürlich alles Altnazis. Und dann wurde ausgerechnet *er* so alt, dass er gerade noch miterleben musste, wie das letzte von ihm entworfene Haus abgerissen wurde. Die Postpyramide in Hamburg. Den Rest haben sie schon in den Achtzigerjahren plattgemacht, da war das Geld noch da, etwas Neues zu bauen, aber der Geschmack nicht mehr. Heute fehlt beides.«

Wir warten auf Tore ... in Berlin. Bitte, Guido.

»Seine Gebäude waren in einem Topzustand. Top! Er hat mich sogar mal hier besucht. Ich hatte damals überlegt, ob er die Umbauten machen könnte, die ich hier haben wollte. Den Wohntrakt, das Atelier. Aber das war natürlich Quatsch. Wir hatten ja gar kein Verhältnis zueinander. Eine komplette Nicht-Beziehung. Möchten Sie auch eine?«

»Danke.«

»Danke nein oder danke ja?«

»Nein, danke. Ich rauche nicht.«

»Mein Vater hat seinen Job gehasst. Wenigstens nur das, da hat er noch Glück gehabt – meine Mutter hat ihr ganzes Leben gehasst. Sie kommt aus einem kleinen Dorf, gar nicht so weit weg von hier, ist aufgewachsen mit dem Blick auf den Rhein. Und den sah man, wenn man in unserem Düsseldorfer Mief-Pief-Vorort wohnte, auch nicht öfter als in Berlin. Sie hat das nie ausgehalten und irgendwann einfach aufgehört, Gefühle zu zeigen. Dass meine Mutter mich mochte, konnte ich mir theoretisch herleiten, weil sie mich versorgte und nie gemein zu mir war. Gespürt habe ich das nie. Und dass mein Vater meine Mutter mochte, ist mir erst aufgefallen, als sie tot war und er auf einmal anfing, von ihr zu erzählen, und so einen Ton in der Stimme bekam, wie ich ihn nie bei ihm gehört hatte. Sie wissen, was ich meine.«

»Ich bin mir nicht sicher«, sagte ich. Ich war mir wirklich nicht sicher, was er meinte, das stimmte schon. Doch ich meinte es auch so: Ich war mir nicht sicher, ob ich das alles überhaupt hören wollte. Es war schon merkwürdig. Vor uns als Gruppe hatte er die ganze Zeit diesen allgemeinen Politikquark zum Besten gegeben, während sich sicherlich viele von uns ein etwas persönlicheres Gespräch gewünscht hätten. Jetzt, wo wir zu zweit waren, erzählte er mir eher zu viel Persönliches, ohne dass ich das wollte. Schließlich musste ich auf diese ganzen Bekenntnisse irgendwie reagieren und hatte keine Ahnung, wie.

»Gefühle eben«, sagte er. »Die einzigen Momente, die ich erinnere, wo meine Mutter Gefühle gezeigt hat, waren hier am Rhein. Ein Blick auf die Weinberge und es gab für sie kein Halten. Wenn wir einen Ausflug hierher gemacht haben und der Fluss zum ersten Mal in den Blick kam, hat meine Mutter heimlich im Auto geweint. Sie dachte wohl, es fällt keinem auf, weil alle im Auto immer nur geradeaus vor sich hin gucken«, sagte er, woraufhin ich ihn ansah. Er erwiderte meinen Blick:

»Meine Mutter ist kurz nach meiner ersten großen Einzelausstellung in der Neuen Nationalgalerie gestorben. Ich war noch bei ihr, mit einem riesigen Packen Presse aus Berlin, doch sie hat das nur kurz angesehen und mich gefragt: Wann schenkst du mir ein Enkelkind?«

Aus irgendeinem Grund musste ich lachen. Sofort tat es mir unglaublich leid. Doch KD Pratz schien es entweder zu ignorieren, oder er war mit dem Spiel Düsseldorf–Köln beschäftigt:

Riesenchance im rheinischen Duell, da haben die Düsseldorfer hier in Köln schon wieder eine dicke Möglichkeit liegen gelassen.

»Einzelausstellung in der Neuen Nationalgalerie in Berlin, und das ist es, was meine Mutter fragt. Dabei ging das damals eigentlich noch mit diesem Kinderwahn, heute ist das noch viel schlimmer, damals waren Kinder normal, man hat sie ja auch nicht dauernd auf Facebook fotografieren müssen. Heute wollen alle Frauen ihre Kinder so passgenau in ihre Karriere einbauen, dass sie reihenweise gar nicht mehr schwanger werden. Und wenn es klappt, haben sie so viel Angst um die, dass ...«

Er war wieder ins Schimpfen gekommen, doch ich spürte, dass es dieses Mal nicht richtig funktionieren wollte. Der heilige Zorn, der ihn gestern und auch vorhin noch durch derartige Tiraden getragen hatte, stellte sich nicht ein.

Auch KD Pratz schien das verwundert zur Kenntnis zu nehmen, er verstummte und sah mich nicht an. Sah geradeaus in dieselbe Richtung wie ich, hinunter auf den Rhein. Mir fiel wieder ein, was Ingeborg über Angeliki Florakis erzählt hatte, KD Pratz' große verflossene Liebe, die Kunstlehrerin geworden war. Ingeborg hatte sogar gemeinsame Bekannte mit ihr. Das hatte ich fast vergessen, doch vor ungefähr einem Jahr hatte Ingeborg mir ganz aufgelöst erzählt, sie habe von diesen gemeinsamen Bekannten erfahren, Angeliki sei an Krebs erkrankt. Damals hatte es mich gewundert, dass Ingeborg das so beschäftigt hatte, schließlich kannten sie sich gar nicht. Aber auch das lag wahrscheinlich daran, dass es irgendwie das Leben von KD Pratz betraf.

»Leben *Ihre* Eltern denn noch?«
»Aber natürlich«, sagte ich.
»Was ist denn daran natürlich?«
»Gut, natürlich ist es vielleicht nicht. Aber Sie kennen meine Mutter doch.«
»Woher?«
»Na, von vorhin. Und von gestern.«
Er überlegte einen Moment.
»Die Chefin da? Der Oberhäuptling?«
»Wenn Sie so wollen.«
Nun war ich es, der ihn *nicht* ansah. Dem Klang seiner Stimme nach zu urteilen, war er zumindest überrascht.
»Diese Frau ist Ihre Mutter?«
»Ja, das ist sie. Wussten Sie das echt nicht?«
»Woher denn? Hätte ich Ihnen das ansehen sollen?«
Fast hätte ich Ja gesagt. Sah man es uns nicht an, dass wir Mutter und Sohn waren, sondern, ich wusste nicht, was es sonst für realistische Konstellationen gab, Freunde? Kollegen? Liebhaber?
Ich hatte immer gedacht, dass man sich irgendwie an-

ders verhielt, wenn man mit seiner Mutter unterwegs war, eine ganz besondere Mischung aus Vertrautheit und Distanzierungsbedürfnis an den Tag legte, die bei Leuten, die sich erst später kennenlernten, niemals entstand. Aber vielleicht stimmte das nicht, oder nur mir fiel es auf, anderen hingegen nicht.

»Was machen wir nicht alles, um unseren Eltern zu gefallen«, sagte er dann.

»Wie meinen Sie denn das?«

»Tja, wie meine ich das wohl?«

Tor in Düsseldorf, rief da Sabine Töpperwien. *Im Rheinland-Derby, Düsseldorf gegen Köln. Ein Vollspannschuss aus 40 Metern von Youngster Thielmann, so etwas, wo man denkt, das kann gar nicht klappen, und dann ist der Ball drin, die Fanfare geht an. Und die Kölner Welt ist wieder rosa.*

Tor! Tor! Tor in Leipzig. Der Ball ist drin, Marco Reus hat getroffen. Man muss nur lange genug schimpfen, dann klappt es.

»Das ist Burkhard Hupe«, sagte KD Pratz.

Ich hörte nur mit einem Ohr hin. Hatte er recht? Ich war davon überzeugt gewesen, dass ich diese Reisen gern machte. Was, wenn das nicht stimmte?

Burkhard Hupe, du bist die Unke des Nachmittags. Da zweifelst du eben noch daran, dass Mainz sich mit diesem knappen Rückstand zumindest in die Halbzeit-

pause retten kann, da fällt auch schon das Tor! Und wir gehen nach München.

Ich war mir nicht einmal sicher, ob ich die Kunst von KD Pratz wirklich mochte. Wie mit vielen Dingen, mit denen ich aufgewachsen war, die seit meiner frühesten Kindheit immer da waren, war das schwer zu entscheiden. Aber selbst wenn ich all das hier nur tat, um meiner Mutter zu gefallen, wäre das doch auch nicht schlimm. Das Problem war nur, dass ich mir nie darüber Gedanken gemacht hatte, ob das so sein könnte, daher kam ich mir plötzlich merkwürdig manipuliert vor, fremdbestimmt, ohne eigenen Willen, ein bisschen so wie auf der Arbeit.

Wann immer mir unsere Sohn-Mutter-Dynamik seltsam vorkam, musste ich an eine Videoinstallation denken, die Ingeborg und ich einmal im Kunstmuseum Stuttgart gesehen hatten. Der isländische Künstler Ragnar Kjartansson filmte alle fünf Jahre, wie er und seine Mutter nebeneinander in seinem Elternhaus standen. Die Videoarbeit bestand aus einer einzigen Einstellung, eine ganz alltägliche Szenerie, wie für ein bildungsbürgerliches Foto, beide fein gemacht, Kleid, Hemd, im Hintergrund ein imposantes Bücherregal, gebundene Nachschlagewerke und Gesamtausgaben.

Dann spuckte Kjartanssons Mutter ihrem Sohn, dem Künstler, vollkommen unvermittelt ins Gesicht. Immer wieder. Minutenlang. Die Videoarbeiten von Kjartansson wurden im Stuttgarter Kunstmuseum damals in verschieden großen, abgedunkelten Kabinetten abgespielt. Um eine Videoarbeit anzusehen, mussten wir uns durch eine Art Lichtschleuse in den Vorführraum zwängen. Drinnen angekommen, setzten wir uns nebeneinander auf die für das Publikum aufgestellten Bänke und schauten uns an, wie sich Ragnar Kjartansson von seiner Mutter wieder und wieder ins Gesicht spucken ließ. Irgendwann war das Video zu Ende und wir verließen das Kabinett. Normalerweise hätten wir nun unseren Rundgang fortgesetzt und dabei über die gerade gesehene Videoinstallation geredet, gerade Videokunst war oftmals so schräg, ulkig oder absurd, irgendwas konnte man da immer sagen.

Doch nachdem wir Kjartanssons *Me and My Mother* angeschaut hatten, fehlten uns die Worte. Es war zu offensichtlich, dass das Video etwas mit uns zu tun hatte – um das zu bemerken, musste man nun wirklich keine Psychologin sein. Und auch kein Psychologinnen-Sohn.

Ich erinnere mich noch heute sehr genau daran, dass ich mich an dem Tag fragte, wie wohl das Verhältnis des Videokünstlers zu seiner Mutter war. War das Video ein Anzeichen dafür, dass sie ein besonders gutes Verhältnis zueinander hatten, oder deutete es darauf hin, dass es bei den Kjartanssons besonders gestört zuging? Bei dem Gedanken, von der eigenen Mutter ins Gesicht gespuckt zu bekommen, schämte ich mich. Dabei gab es nichts, wofür es sich zu schämen gab. Genau genommen konnte ich mit Ingeborg besonders offen reden. Mit einer angenehmen Mischung aus Interesse, Anteilnahme und Respekt hatte sie über die Jahrzehnte auch die peinlichsten

Episoden meines Lebens begleitet, egal ob ich betrunken von einer Party nach Hause kam, ob ich Liebeskummer, Stress vor Prüfungen, mit Liebhabern oder nervigen Bürokollegen hatte. Ich lebte in dem Gefühl, dass wir ein gutes Verhältnis zueinander hatten, aber trotzdem war es mir unverständlich, wie der Künstler seine Mutter darum bitten konnte, ihm ins Gesicht zu spucken. Wortlos waren wir danach weiter durch das Museum geirrt und konnten uns auf kein anderes Kunstwerk konzentrieren. Erst bei einer Pause mit Kaffee und Kuchen kamen wir wieder ins Gespräch. Über Kjartanssons Video sprachen wir allerdings nicht.

»Jetzt nehmen Sie doch endlich eine Zigarette«, sagte KD Pratz, woraufhin mir auffiel, dass er schon eine Weile nichts gesagt hatte. Er steckte sich selber wieder eine an. Ich tat es auch. Wenn ich eh schon dabei war, mich von meinem ohnehin nicht ausgeprägten freien Willen zu verabschieden, war das jetzt auch egal. Die Zigarette schmeckte nach Beton. Ich rauchte eigentlich nie, nur wenn ich sehr betrunken war. Doch irgendwie wollte ich sie nicht ausmachen. Egal, ob das nun ein Zeichen war, dass ich doch einen Willen hatte. Oder genau das Gegenteil davon.

»Und Ihr Vater?«, fragte KD Pratz.
»Ist in Amerika«, sagte ich knapp. Es klang wie eine Notlüge, aber es stimmte. Mein Vater forschte in Connecticut am Wahlverhalten von Randgruppen herum und hatte immer regelmäßig Geld überwiesen. Als

Jugendlicher hatte ich ihn einmal besucht und danach seine Briefe nicht mehr aufgemacht, obwohl in jedem bestimmt mindestens 100 Dollar lagen – und das musste für einen Teenager, der gerade das Frankfurter Nachtleben entdeckt hatte, einiges heißen.

Meine Mutter und ich waren immer allein gewesen. Also zu zweit. Sie allein als Elternteil. Und ich allein als Kind. Alleinerziehend und alleinerzogenwerdend. Einzelkind und einzelerziehend.

»Ich habe alles gemacht, um meinem Vater zu gefallen«, sagte KD Pratz, »und meiner Mutter natürlich auch. Selbst als ich von einem Tag auf den anderen mein Jurastudium geschmissen und Kunst studiert hatte, wollte ich, dass die das gut fanden. Aber was ich am allermeisten wollte, ist mir erst klar geworden, nachdem meine Mutter gestorben war: Ich wollte zwar, dass mein Leben ihr gefiel. Aber noch viel mehr hatte ich alles dafür getan, dass meiner Mutter ihr *eigenes* Leben endlich gefiel. Erst als sie starb, wurde mir klar, dass das nie hätte klappen können.«

»Also, wenn Sie damit sagen wollen, dass ich das hier auch nur mache, um …«

»Ich habe nur das gesagt, was ich gesagt habe.«

»Ich mache das nicht, um meiner Mutter zu gefallen. Ich bin gern hier.«

»Wie soll das auch gehen? Dieser Spinatwachtel kann man es doch gar nicht recht machen.«

»Das ist jetzt ein bisschen hart.«

»Aber natürlich, Spinatwachtel. Ich kenne die doch.

Die springen in allen Museen und Kunstvereinen rum. Sind immer ganz interessiert. Und ganz kritisch. Und haben alle diese Ketten, genau wie Ihre Mutter, diese groben Holzdinger mit einem gewissen künstlerischen *touch*. Wenn ich das schon sehe.«

»Aber das ist doch eine tolle Generation.«

»Generation Spinatwachtel.«

»Ingeborg will halt herausgefordert werden«, sagte ich dann. Herausgefordert. Ein Wort, das ich seit frühester Kindheit kannte. Sie hatte es benutzt, bevor Leute wie ich es andauernd von ihren Chefs aufs Brot geschmiert bekamen, die nicht mehr von Problemen reden wollten und stattdessen alles zu Herausforderungen erklärten, selbst eine kaputte Kaffeemaschine.

»Mir ist das zu viel Flintenweib«, sagte KD Pratz. »Jetzt gucken Sie nicht so. Das wird man doch wohl noch sagen dürfen.«

»Das ist halt eine Generation von Kunstfans, die nicht eingelullt werden will«, sagte ich. »Das müsste Ihnen doch gefallen. Sie haben sich doch erst vorhin darüber beschwert, dass heutzutage keiner mehr kritisches Bewusstsein hat. Und wenn dann mal jemand welches hat, ist es auch nicht richtig.«

»Sie verachtet mich. Was soll ich daran denn richtig finden?«

»Wie kommen Sie denn darauf?«

»Sie kritisiert mich die ganze Zeit. Ich werde hier dauernd tödlich beleidigt.«

»Aber sie widerspricht Ihnen doch nur.«

Er zündete sich eine neue Zigarette an und gab auch mir eine, dieses Mal, ohne zu fragen.

Dann beugte er sich nach vorn und stellte die Klimaanlage erst auf meiner, dann auf seiner Seite ein halbes Grad wärmer.

»Es gab zumindest mal Zeiten, da ... Ich bin nicht so einsam, wie Sie denken. Da sind ... Man kann nicht all das hier erschaffen und gleichzeitig gemocht werden.«

»Ich glaube sogar ziemlich sicher, dass Ingeborg Sie mag.«

»So ein Quatsch.«

»Nur, weil sie Sie mag, muss sie Ihnen ja noch nicht alles durchgehen lassen, was Sie sagen. Oder denken Sie automatisch, dass jemand Sie nicht mag, wenn er Ihnen widerspricht?«

»Wie sollte es denn sonst sein?«

»Na, gerade umgekehrt. Sie widerspricht Ihnen, weil sie sich auf Sie einlässt.«

»Typisch Spinatwachtel.«

»Jetzt hören Sie doch endlich auf mit diesem Wort. Sie glauben gar nicht, wie sehr Ingeborg sich auf diese Reise gefreut hat. Sie *verehrt* Sie. Und zwar nicht erst seit gestern. Sie war schon auf Ausstellungen von Ihnen, da war ich noch gar nicht geboren. Und Sie waren noch in der Akademie.«

»Ja, ja, ich weiß«, sagte er.

»Sie würde alles tun, damit das mit dem Museum klappt«, sagte ich.

»Das glaube ich nicht.«

»Ingeborg mag Sie. Und ich, ich auch.«

KD Pratz lehnte sich zurück, als wäre ihm nun auch aufgefallen, wie sehr der gemütliche Fahrersessel dieses Land Cruisers ihm zur Couch von Sigmund Freud geworden war. Dann fragte er, weiterhin ohne mich anzusehen:
»Sind Sie auch Psychologe?«
»Ich bin in der Baubranche«
»Baubranche. Aha.«

Er zündete sich schon wieder eine Zigarette an und bot auch mir wieder eine an, doch dieses Mal lehnte ich ab. Nun schwiegen wir beide und hörten zu, wie Sabine Töpperwien, Burkhard Hupe und die anderen uns den heutigen Spieltag der Bundesliga Stück für Stück zusammensetzten.

Versucht es vom Rand des 16-Meter-Raums, doch Parade von Hoooooorn. Klasse!

Und wenig später:

Werder Bremen geht die Weser runter.

Plötzlich fand ich es geradezu verrückt, dass ich mit KD Pratz hier saß. Wenn ich Ingeborg das vor zehn, fünf, zwei Jahren vorausgesagt hätte, sie hätte es nie geglaubt. Ich saß hier mit dem Menschen, ohne den ihr Leben ein ganz anderes gewesen wäre, und – das wurde mir jetzt klar – natürlich auch meins.

»Jetzt kommt die Halbzeit-Konferenz, die ist immer besonders spannend«, sagte er.

Und wirklich. Jetzt ging es Knall auf Fall. Spielernamen, Trainernamen, Vereinsnamen, Spielstände prasselten aus allen Stadien auf uns ein.

Die Mannschaft, die hier heute steht, die rennt, die fightet, die hat den Kampf angenommen. Sie waren schon ganz weg, doch jetzt sind sie wieder da. Die laufstarken, bärenstarken Bomberborussen, Reus, Reus, Reus auf Brandt, Haaland läuft links vorbei, steiler Pass und zieht ab und Tor!

KD Pratz lächelte. »Das ist immer am schönsten, wenn die vorher schon ahnen, dass gleich etwas passiert.«

Tor in Düsseldorf!

Es war wieder Sabine Töpperwien.

»Wie ist noch mal das Nachmittagsprogramm?«, fragte KD Pratz.

»Dieses Weingut, von den jungen Winzern. Wo zwei Ihrer Gemälde hängen: *18 Quadratmeter Frau* und *18 Quadratmeter Land*.«

»Wollen Sie sie sehen?«, fragte er. Und ließ den Motor an.

6

Wir fuhren los und hörten dabei die Nachrichten, Wetter, Verkehr, Werbung, und nachdem etwa fünfzehn Minuten von der zweiten Halbzeit gespielt waren, waren wir angekommen. Bis Rüdesheim waren wir am Rhein entlanggefahren, dann hatten wir uns von ihm entfernt, durchquerten eine Ortschaft, auf deren Namen ich nicht geachtet hatte, und fuhren durch endlos scheinende Reihen von Reben in das Land hinein, das stille, heiße Land.

Einige Minuten später tauchte vor uns ein großes modernes Gebäude auf, und davor stand tatsächlich der Reisebus. Unsere Gruppe war schon da!

Es war inzwischen kurz vor fünf. Auf dem Plan stand ein Besuch bei jungen Winzern, die sich die *Weinpiraten* nannten und von dem dänischen Stararchitekt Hjalmar Bjørnstad ein Weingut hatten bauen lassen, in dem zwei großformatige Gemälde von KD Pratz hingen, die unsere Gruppe an diesem Nachmittag betrachten sollte. Und als wir in KD Pratz' Land Cruiser näher kamen, sahen wir auch schon, wie alle vom Parkplatz aus auf das Gebäude zugingen, Michael Neuhuber mit kleinen schnellen Schritten voran, Katarzyna Pyszczek telefonierend weiter hinten, dazwischen die Hansens und Ingeborg, die sich mit dem Einstecktuch unterhielt.

Ich lächelte, als ich die beiden miteinander sah. Das Einstecktuch konnte nicht ahnen, dass wir ihn so nannten, und erst recht nicht, dass der Spitzname von Ingeborg kam. Es passte vielleicht nicht sonderlich gut zu ihrer ansonsten so menschenfreundlichen Art, aber meine Mutter hatte großen Spaß daran, scharfzüngige Spitznamen für Menschen aus ihrem Umfeld zu erfinden. »Einstecktuch« war bei Weitem nicht der gemeinste Name, den Ingeborg erfunden hatte, auch einige ihrer Patienten und Patientinnen bedachte sie mit einer solchen Kreation, sie sprach dann von dem hartherzigen Surfer-Boy, der kiffenden Sozialpädagogin mit dem geschmacklosen Tattoo oder dem zwanghaften Industriedesigner, doch das waren natürlich Verletzungen ihrer psychotherapeutischen Schweigepflicht, weswegen wir diese Namen nur äußerst selten aussprachen. Mit umso größerem Vergnügen benutzten wir den Spitznamen »Einstecktuch«.

Wir parkten neben dem Bus und schlossen vorsichtig die Autotüren. Streng genommen wäre das nicht nötig gewesen, waren wir doch, erstens, ziemlich weit von der Gruppe entfernt, und hatten, zweitens, keinen Grund zur Geheimniskrämerei. Und dennoch taten wir es. Beide, ohne uns abgesprochen zu haben. Offenbar hatten wir Freude an unserem Überraschungsauftritt und vielleicht auch daran, dass wir etwas miteinander teilten, von dem sonst niemand etwas ahnte.

Vom Parkplatz führte der Fußweg im Bogen erst vom Weingut weg, in die Weinberge hinein, um dann besonders effektvoll wieder auf das Gebäude zuzulaufen. Der Bau hatte nur an der schmalsten Stelle Kontakt zum Boden und ragte von dort in alle Richtungen auf, je höher, je mehr. Der breiteste Punkt war das Dach, wobei ein Dach eigentlich schwer auszumachen war, eigentlich bestand das Gebäude nur aus einem einzigen, prismatisch abgewinkelten Betonkeil, der sich quasi aus dem Hang erhob – wie eine auf den Kopf gestellte Pyramide. Oder, umgekehrt gedacht, wie ein abgestürzter Sternenzerstörer aus Star Wars, der sich mit voller Geschwindigkeit in die Erde gebohrt hatte, aus der er nun noch halb herausragte.

Dies war längst nicht nur ein Gebäude, es war ein Statement: Hier machen wir das mit dem Wein anders als unsere Vorfahren. Hier gibt es smarten, modernen Wein, kein Fachwerk, keine pummeligen Engel, die sich mit Trauben füttern.

Der Weg endete auf einem großen, mit weißem Kies bedeckten Platz, der einen freien Blick auf die etwa vierzig Meter lange Erdgeschossfront mit vielen Fenstern erlaubte, die zwar viel Licht in das Gebäude ließen, aber aufgrund der Ausrichtung direkt nach Norden kein direktes Sonnenlicht. Optimale Verhältnisse, um im Inneren des Gebäudes die Kunst-am-Bau zu betrachten, die Großgemälde *18 Quadratmeter Frau* und *18 Quadratmeter Land*.

Hier war der Förderverein zum Stehen gekommen, und wir stellten uns ganz hinten dazu.

Niemand nahm Notiz von uns. Alle blickten auf Michael Neuhuber, der die architektonischen Qualitäten des Gebäudes pries, und auch er bemerkte uns nicht, da die anderen Leute aus der Gruppe den Blick auf uns verstellten. Michael trug weiterhin sein Jackett, ihm musste unglaublich heiß sein, und doch schien er überglücklich, dass endlich etwas so lief, wie er es sich vorgestellt hatte.

Wieder einmal setzte Michael Neuhuber seinen Charme strategisch ein. Er war ein absoluter Experte darin, Menschen alles Mögliche zu erzählen und doch mit jedem Satz, welchen Inhalt der auch haben mochte, ein und dieselbe Botschaft zu vermitteln: »Du willst es doch auch.«

Nachdem Michael Neuhuber Direktor des Museums Wendevogel geworden war, begann er sofort, mit einer Charme-Offensive den Förderverein zu umwerben. Ingeborg, die das sehr viel schneller durchschaut hatte als ich, fragte sich sofort, wo bei dieser Sache der Haken war. Wie konnte jemand mit einem so brillanten Auftreten, so viel Fachkenntnis und einem Lebenslauf, der hauptsächlich aus Superlativen bestand, sich mit Laien wie uns abgeben, und, die noch viel drängendere Frage, warum war er auf dem Höhepunkt seiner Karriere ausgerechnet im Museum Wendevogel gelandet?

Sicher, wir liebten das Museum Wendevogel, dennoch war uns klar, dass es nicht einmal in Deutschland in der ersten Liga der Museen spielte. Es war kein Museum Folkwang, keine Neue Nationalgalerie, keine Schirn, kein Städel und auch nicht die Bundeskunsthalle.

Auch ich war mir sicher, dass Michael Neuhuber sich in höheren Sphären gesehen hatte. Schon als Student hatte er Ausstellungen in der Neuen Gesellschaft für Moderne Kunst kuratiert und die jahrgangsbeste Magisterarbeit verfasst. Er war Stipendiat der Studienstiftung des deutschen Volkes gewesen, und zwar sowohl im Studium als auch mit seiner Dissertation, einer Arbeit über Fluxus-Kunst in Deutschland, die von Suhrkamp verlegt worden war, nachdem Neuhuber Angebote von Verlagen wie Diaphanes, Merve und Passagen ausgeschlagen hatte.

Es folgte ein Stipendiums-Aufenthalt am Getty Center in Los Angeles, wobei Michael Neuhuber es irgendwie geschafft hatte, von dort nebenbei einen Projektraum für Videokunst in München-Schwabing zu betreiben. Dort lernte er schon als junger Mann – Michael Neuhuber hatte sein Promotionsverfahren mit siebenundzwanzig Jahren abgeschlossen – Künstler wie Matthew Barney und Julian Rosefeldt kennen und machte sich gleichzeitig einen Namen als Experte für die deutsche Kunst der Siebziger- und Achtzigerjahre. Michael Neuhuber besaß die perfekte Mischung aus Ehrgeiz, Intelligenz, Skrupellosigkeit und Charme, um es bis nach ganz oben zu bringen.

Doch dann musste etwas schiefgelaufen sein, und auf einem Treffen des Arbeitskreises der Fördervereine deutscher Museen hatte Ingeborg darüber mehr herausgefunden, als es Michael Neuhuber lieb wäre – würde er es jemals erfahren:

Das Museum Wendevogel war Neuhubers zweiter Anlauf als Museumsdirektor. Er hatte es vorher schon einmal probiert, und das war gründlich in die Hose gegangen. Vor über zehn Jahren war er Direktor des Museums Henricianum in Kassel geworden. Es war eine Sensation gewesen, dass dieses Museum einen so jungen Direktor bekommen hatte, denn in Kassel, am Ort der Documenta, befand Neuhuber sich an einer wichtigen Stelle der internationalen Kunstszene.

Neuhuber wollte in dieser legendären Kunststadt, in der noch immer jedes Frühjahr die von Joseph Beuys gepflanzten Eichen blühten, ein für alle Mal aufräumen mit der Aura des Angestaubten, die das Henricianum seiner Meinung nach umgab. Er hatte schon immer etwas gegen traditionelle Museen mit ihren großen Sammlungen gehabt, in denen Kuratoren und Kuratorinnen sich wie Gollum an ihre Schätze krallten und sie am liebsten niemandem zeigen wollten. Im Grunde war ihm die Idee von Sammeln und Bewahren ein Graus. Neuhuber wollte im Museum Henricianum nur das haben, was man auch zeigen konnte, die Sammlung hätte er am liebsten radikal verkleinert und nur die Publikumslieblinge behalten.

Dementsprechend hatte er das Budget für Kommunikation und Ausstellungsplanung aufgestockt und dafür die Budgets für Depot und Restaurierung heruntergefahren. Besonders unsinnig waren ihm in Kassel immer die Kosten für Schädlingsbekämpfung vorgekommen. Warum sollte ein Museum so viel Geld für Kammerjäger ausgeben?

Anfangs hatte er mit seinem Konzept Erfolg. Das Museum Henricianum bekam eine neue Corporate

Identity, einen größeren Museumsshop und eine neue Gastronomie, in der es jetzt Quinoa-Quiche statt roter Grütze mit Sprühsahne gab. Dann jedoch mehrten sich die Anzeichen, dass etwas nicht stimmte.

In der Rückschau vermutete ein Experte, dass alles mit einem Blumenstrauß den Anfang genommen hatte, überreicht bei einer Ausstellungseröffnung und dann auf einer Truhe im Depot vergessen. In diesem Blumenstrauß hatten offenbar einige kleine Parkettkäfer gelebt, die sich daranmachten, im Museum eine Population zu gründen.

Die Parkettkäfer waren nur der Anfang. Während Michael Neuhuber noch sämtliche Mitarbeiter anwies, sich nicht öffentlich zu den mitten im Tagesbetrieb über das Museumsparkett kreuchenden Tierchen zu äußern, fand sich im Depot Schimmel auf einem Kunstwerk, das nicht von Dieter Roth war. Dafür war der Schimmel auf den Schimmelpilz-Installationen von Dieter Roth vertrocknet.

Als die Käfer sich in einer Holzplastik von Stephan Balkenhol eingerichtet hatten, versuchte Michael Neuhuber noch immer, alles mit Charme zu überspielen. Euphorisch sprach er von der »Kulturtechnik des Entsammelns«, wenn wertvolle Kunstwerke wegen ihres nicht restaurierbaren Zustands entsorgt werden mussten, und auch als die oberste Etage des Museums wegen Parkettkäfer-Befalls gesperrt werden musste, konnte er sich noch aus allem herausreden.

Erst als Kleidermotten einen Filzanzug von Joseph Beuys zerfraßen, war es mit der Geduld seiner Mitarbeiter und der Öffentlichkeit vorbei. Der Filzanzug gehörte nicht einmal zu den wertvollsten Exponaten des Museums Henricianum, aber angesichts der besonderen Beziehung zwischen Beuys und Kassel kam es nun doch zum Eklat. Ein Filzanzug des Helden Beuys, zerfressen von unansehnlichen Raupen!

Neuhuber musste seinen Posten räumen, war sich aber keiner Schuld bewusst. Im Gegenteil, er fühlte sich ausgebootet. Missverstanden! Hätte er nicht aufgrund der stark gestiegenen Besucherzahlen bald genug Geld gehabt, um die besten Restauratorinnen der Welt zu bezahlen und ein neues Depot-Gebäude noch dazu? Doch so weit kam es nie, und was als sensationelle Erfolgsgeschichte begann, endete als hässlicher Knick in einer bis dahin perfekten Karriere.

Umso erstaunlicher war der Enthusiasmus, mit dem Neuhuber sich direkt nach diesem Vorfall an die Bewerbung für das Museum Wendevogel gemacht hatte. Er tat fast so, als wäre er nie am Museum Henricianum – das ihm quasi unter dem Hintern weggefressen und weggeschimmelt war und danach für viel Geld grundsaniert werden musste – gewesen. Und jetzt, in diesem Moment, vor dem Weingut der *Weinpiraten*, tat er genau dasselbe, er sprach zu uns, als hätte es auf dieser Reise nie auch nur das geringste Problem gegeben:

»Der dänische Stararchitekt Hjalmar Bjørnstad gehört zu den bedeutendsten Vertretern des Neo-Brutalismus. Als Erstes fällt sofort der abstrakt-skulpturale Charakter des Baus auf, durch den Bjørnstad die freie Formbarkeit des Baumaterials auslotet und bis an die Grenzen des statisch Machbaren geht. Die Massivität des Betons wird sogar noch dadurch gesteigert, dass das Gebäude nach oben hin breiter wird. Der optische Schwerpunkt verlagert sich nach oben, weswegen das Gebäude geradezu über dem Berghang zu schweben scheint. Diesen Effekt haben sich auch schon die bekannten Großmeister der brutalistischen Architektur zunutze gemacht. Man denke nur an die kühn auskragenden Gebäudeformen von Eero Saarinen oder die des späten Marcel Breuer. Man sieht hier einen ganz deutlichen Bezug zu Breuers Whitney Museum in New York, das wäre übrigens auch mal etwas für eine unserer Reisen.«

Ich fragte mich langsam, ob uns wirklich noch niemand bemerkt haben konnte. Wir standen ja nun schon eine Weile hier am hinteren Rand der Gruppe, und zumindest nach meinem Eindruck hatte KD Pratz eine ziemliche körperliche Präsenz, allein durch seine Größe. Doch offenbar war nicht nur Michael Neuhuber in seinem Element, auch die Mitglieder unseres Fördervereins waren es, hörten ihm gebannt zu und versuchten sich zu merken, was sie konnten. Brutalismus. Eero Saarinen. Marcel Breuer!

»Auch bei der Behandlung der Materialoberflächen verwendete Bjørnstad die Methoden, die seine persönlichen Idole entwickelt haben. Die glatten Flächen nehmen die Schalungsmuster von Tadao Ando und Louis Kahn auf, während die mit Hammerschlag aufgerauten Flächen eindeutig an die Entwürfe von Paul Rudolph erinnern, und die exquisite Bretterschalung ist natürlich eine Verneigung vor Le Corbusier.

Seine Herkunft aus Dänemark zelebrierte Bjørnstad bei der Lichtführung im Atrium. Hier sind die Fenster als schmale Vertikalen vom Boden bis zur Decke geführt, wodurch der Eindruck entsteht, als würde das Dach auf Säulen von Licht aufliegen. Wie Sie sicher wissen, war das das leitende Gestaltmotiv, das Arne Jacobsen beim Entwurf der dänischen Nationalbank in Kopenhagen verwendet hat. Arne Jacobsen hat übrigens auch, gar nicht weit von hier, das Rathaus von Mainz gebaut. Auch diesen lokalen Bezug hat Bjørnstad in seinem Entwurf berücksichtigt und damit gewissermaßen den Genius Loci der Region erspürt«, schloss Michael Neuhuber und zeigte in die Ferne, in Richtung Rhein, auf dessen anderer Seite die Stadt Mainz lag. Und in dem Moment, als Michael Neuhuber in Richtung Mainz wies, drehten einige sich um.

Martha Hansen entdeckte uns zuerst. Ihr Blick wollte weit hinaus, blieb aber an der großen weiß gekleideten, gelb bebrillten Gestalt von KD Pratz hängen, der nur wenige Meter hinter ihr stand. Als Nächstes bemerkte sie mich. Ihr Blick wechselte von kontemplativ zu bass erstaunt. Auch Ingeborg, die neben ihr stand, hatte sich umgedreht, und auch sie sah zuerst KD Pratz. Dann mich. Dann blickte sie wieder zu KD Pratz. Er war es wirklich, sie hatte sich nicht getäuscht. Martha Hansen drehte sich sofort wieder um, als hätte sie uns bei irgendetwas ertappt, Ingeborg hingegen sah uns länger an und lächelte das diskrete, leicht amüsierte Lächeln, mit dem ich sie in den letzten Jahrzehnten schon viele absurde Situationen habe kommentieren sehen. Sie konnte ihre Überraschung nicht verbergen, und abgesehen davon hätte sie es wahrscheinlich nicht gewollt.

Nun drehten auch einige andere sich um und sahen uns an. Auch Michael Neuhuber hatte uns entdeckt, was ich daran merkte, dass er für einen kleinen Moment langsamer sprach als sonst, doch es dauerte nur Sekunden, dann hatte er seine Souveränität zurückerlangt.

»Aber die ... Hauptattraktion unserer kleinen Fahrt sind natürlich zwei ... monumentale Gemälde. *18 Quadratmeter Frau* und *18 Quadratmeter Land* von KD Pratz«, sagte Michael Neuhuber. »Auch diese Arbeiten legen wieder Zeugnis von einer radikalen Wende im Werk des Künstlers ab. Sie sind Symbol geworden für seine späte Rückwendung zur figurativen Malerei, zum Bild, zum Realismus, ja zum Fotorealismus gar. Durch das große Format, die enorme handwerkliche Präzision und sein konsequentes Engagement, jahrelang nur noch so zu malen, lieferte KD Pratz *den* richtungsweisenden Beitrag zu der Frage, wie Gegenständlichkeit in der Moderne, Gegenständlichkeit nach der großen Unterbrechung durch die abstrakte Kunst, aussehen kann. Doch mehr dazu drinnen«, sagte Michael und führte uns in das Gebäude.

Wieder einmal bewegte er sich dabei so, als ob er auch hier, auf diesem Weingut, das er zum ersten Mal betrat, der Chef wäre. »Walk like you own the place!«, hatte ich ihn einmal am Telefon sagen hören, vermutlich als er der Person am anderen Ende einen Tipp für erfolgreiches Auftreten im Beruf gab. Und das war nun wirklich einmal ein Ratschlag, den er anderen gab und selbst beherzigte. Er betrat das Gebäude, als hätte er es selbst entworfen, gebaut und bezahlt.

Wir gelangten in die Eingangshalle des Weinguts, die offenbar dafür gemacht war, größere Besuchergruppen zu empfangen. Oder zahlungskräftigeren kleineren Besuchergruppen das Gefühl zu geben, sich an einem exklusiven Ort zu befinden. Wir kamen in der Mitte des riesigen Raumes zum Stehen. Vor uns lag eine große freie Fläche, an deren Ende eine große geschlossene Doppeltür war und zu deren Seiten, linker und rechter Hand, zwei Gemälde, die sich sicherlich bis in den dritten Stock des Gebäudes erstreckten.

Die Halle war klimatisiert. Wir genossen die Kühle, hätten uns am liebsten an sie geschmiegt wie an einen Ofen. Alle sahen sich um und natürlich immer wieder zu den Gemälden. Auf den ersten Blick schienen sie identisch zu sein. Beide zeigten Frauen vor einer Landschaft. Auf den zweiten Blick gab es Unterschiede. Auf den dritten Blick bekam ich das Gefühl, mir diese Unterschiede nur einzubilden, auf den vierten Blick war ich mir nicht einmal mehr sicher, ob es sich bei den abgebildeten Personen überhaupt um Frauen handelte. Und auf den fünften Blick zweifelte ich daran, ob es sich überhaupt um Malerei handelte oder um riesige Fotografien.

Auch draußen war es nicht laut gewesen, und doch fand ich es wieder einmal erstaunlich, wie anders, fast sakral Stille wirkte, wenn sie in einem Innenraum herrschte. Niemand sagte etwas. Selbst das Einstecktuch sprach nicht wie sonst, als er seinem Bernhardiner über das Fell strich, der sich am allermeisten über die Kühle freute. So standen wir da und hörten nichts, nur das Hecheln des Hundes, das allmählich langsamer wurde.

Das Einstecktuch kraulte seinen Bernhardiner hingebungsvoll. Er war drei Mal verheiratet gewesen, wobei wir über Alter und Hintergrund seiner Frauen nur spekulieren konnten und das auch gern taten – gesehen hatten wir sie nie. Nur ab und zu bekamen wir indirekt eine Art Beweis von ihrer Existenz, wenn das Einstecktuch einen seiner drei Söhne mit zu Ausstellungseröffnungen des Wendevogel-Museums nahm, schüchterne Jungen in durchgeknallt teuren Streetware-Outfits, von Kopf bis Fuß vollverschalt in Supreme, Off-White, Kanye West und natürlich Balenciaga, die gelangweilt, kabellose Kopfhörer im Ohr, auf überdimensionierten Smartphones herumdaddelten.

Doch jedes Mal, wenn ich sah, wie er seinen Hund kraulte, ahnte ich, dass Hunde seine wahre Leidenschaft waren, mehr noch als Autos, Frauen, Geldverdienen und Kunst.

Die durchschnittliche Lebenserwartung eines Bernhardiners war verhältnismäßig kurz, doch jedes Mal nach dem Ableben des jeweils aktuellen Bernhardiners fuhr Herbert von Drübber zum Züchter und kaufte sich umgehend einen Neuen, den er dann auch wieder überall mit hinnahm, in der Sommersaison dauernd mit Wasser versorgte und in der Wintersaison mit blinkenden LEDs behängte.

Bemerkenswert war daran auch, dass der Trend zum Luxus-Geländewagen ausgerechnet an einem Hundenarren wie dem Einstecktuch vorbeigegangen war. Er hatte einfach die winzige Rückbank seines cremefarbenen Porsche Carrera mit Hundedecken und Kauknochen ausgestattet und kutschierte seinen jeweils aktuellen Bernhardiner mit 250 Sachen über die Autobahn. Platz für andere Menschen wäre in dem Auto ohnehin kaum gewesen.

Da öffnete sich mit einem gedämpften, wohlkontrollierten Geräusch eine Hälfte der Doppeltür. Herein kam ein Mann, dessen Alter aufgrund seines Vollbartes schwer zu schätzen war. Dass er auch bei diesem Wetter eine Wollmütze trug, machte es nicht leichter.

Es war der Winzer. Er stellte sich uns als Dennis Mendig vor und erzählte, er habe vor fünfzehn Jahren zusammen mit seiner Frau Chelsea dieses Weingut von seinen Eltern übernommen und daraus die *Weinpiraten* gemacht, eine Marke, die die Qualität des elterlichen Weines deutlich erhöht habe. Gleichzeitig hatten sie die Hemmschwelle für kultivierten Weingenuss gesenkt, veranstalteten legere Weinproben mit vollgeschenkten Gläsern, wo, anstatt übertriebenem Experten-Trara jeder an einem bereitgestellten Mikro seine Meinung zu dem Getrunkenen äußern durfte und die Leute explizit dazu angehalten wurden, auch spontane, nicht besonders kluge Dinge zu sagen. »Einfach Spaß an Wein haben«, sagte Dennis Mendig. Ich dachte an eine Art Poetry-Slam der Önologie.

»Und da war es uns eben wichtig«, fuhr Dennis Mendig fort, »der deutschen Weinkultur auch durch die Architektur einen neuen Drive zu verleihen. Und eben, durch die Kunst.«

Mit diesen Worten drehte Dennis Mendig sich zu den Gemälden um und blickte nach oben. Wir alle taten das. Michael Neuhuber nahm es als Stichwort:

»Sie erinnern sich, dass ich Ihnen gestern noch die Arbeiten *Der Malerfürst, vom Universum aus betrachtet* und *mobil bis in den tod* gezeigt habe. Hier ist nun wieder alles anders, bei *18 Quadratmeter Frau* und *18 Quadratmeter Land*. Allein schon anhand der Titel, die vielleicht auch die Kunst-am-Bau-Aufgabe ironisch brechen, 18 Quadratmeter Kunst wie 18 Quadratmeter Auslegeware, könnte man denken, dass es sich hier um …«, sagte Michael Neuhuber und zögerte, denn KD Pratz, der sich bisher hinten gehalten hatte, bahnte sich nun einen Weg durch die Gruppe hindurch, die sich teilte wie ein Rotes Meer, und stand wenig später neben ihm.

Michael Neuhuber schwieg schon, bevor KD Pratz ihn hätte unterbrechen können, und machte ein Gesicht wie jemand, dem immer wieder derselbe Streich gespielt wurde, den er schon beim ersten Mal nicht besonders lustig fand.

»Vielleicht *schauen* Sie einfach erst mal?«, sagte KD Pratz und blickte in die Runde.
Und wir schauten.

Wir schauten lange.
Jedes der beiden Bilder war größer als mein Hotelzimmer und zeigte vier Frauen, die einander sehr ähnlich sahen. Sie blickten mit unbeteiligtem, nein, eher müdem Blick in Richtung der Betrachter, wobei diese Müdigkeit in auffälligem Widerspruch zu den knalligen Farben stand, in denen beide Bilder gehalten waren. Um die Frauen herum breitete sich eine weitläufige Landschaft aus, die auf rätselhafte Weise kaum etwas erkennen ließ, nur baumlose Hügel. Erst überraschte es mich, dass auf diesen Hügeln keine Weinreben waren, doch dann wurde mir klar: das wäre KD Pratz bei einer Auftragsarbeit für ein Weingut natürlich zu wohlfeil gewesen.

Es waren derart viele Hügel, dass die Frauen trotz des riesigen Formats der Bilder dicht zusammengedrängt standen, stehen mussten. Einen Ausweg gab es nicht. Doch diese merkwürdigen Hügel, die grellen Farben, die klaustrophob von der Landschaft bedrängten Frauen – all das nahm den Bildern nichts von ihrer Natürlichkeit. Sie sahen aus wie Fotos oder besser: nicht wie Fotos. Sondern so, als hätte der Maler eine neue Art von Fotografie erfunden.

Es war klar, dass KD Pratz das Gespräch wieder eröffnen musste. Ab und an warf der eine oder die andere ihm einen Blick zu, doch er erwiderte diese Blicke nicht, er betrachtete seine eigenen Gemälde. Und als er nach einer langen Zeit endlich sprach, sagte er:

»Halt! Schauen Sie nicht so wie immer. Schauen Sie überhaupt nicht, nicht wie sonst im Museum, nachdenklich mit der Hand am Kinn und dann die Beschreibung lesen. *Sehen* Sie! Wir sind doch zum Sehen geboren! Lassen Sie sich ein, bis es anfängt zu leben. Bis es Ihnen etwas sagt. Das braucht Zeit. Das braucht Raum, und zwar in Ihrem Herzen, nicht in Ihrem Kopf. Verbannen Sie die Frage, wie es in mein Werk passt. In die Kunstgeschichte. Verlassen Sie Ihren Kopf.«

Und wir *sahen*.

Je länger ich das Bild ansah, desto sonderbarer erschien es mir, wie gedrängt die Frauen zusammenstanden, obwohl da eigentlich so viel Platz war. Sie überschnitten sich, schoben sich ineinander, als wollten sie sich hintereinander verstecken, und blickten gleichzeitig so unbeteiligt aus dem Bild heraus, als gäbe es gar keine Beziehung zwischen ihnen. Die erste der vier Frauen auf jedem der beiden Bilder war die größte. Von ihr aus wurden die Figuren nach hinten kleiner, in einer ausdrucksvoll zum Horizont fliehenden Linie. Niemand von uns hatte diese Bilder jemals gesehen. Sobald Ingeborg von der Existenz dieser Bilder erfahren hatte, hatte sie gehofft, sie würden mal in einem Kunstmagazin veröffentlicht, doch KD Pratz hatte die Bildrechte nie freigegeben. Nur ein paar private, mit #kdpratz getaggte Instagram-Fotos hatte sie mir einmal gezeigt, doch darauf war natürlich nichts zu erkennen gewesen –18 Quadratmeter auf einem Handybildschirm. Doch jetzt entdeckten wir diese Bilder, nach und nach, Detail um Detail. Die erste, im Vordergrund stehende Frau war mit einer hochgeschlossenen Bluse bekleidet, die Bluse war in eine Jeans gesteckt, deren Bund noch sichtbar war, dann war der untere Rand des Bildes erreicht. Die zweite Frau trug eine ähnliche Bluse, die allerdings halb aufgeknöpft war, die Bluse der dritten Frau war gänzlich aufgeknöpft, die der vierten kaum noch zu sehen, war sie vielleicht nackt?

Man musste sehr genau hinsehen, es war viel los auf diesen Bildern, und weit weg waren sie auch. Ja. Nackt, dafür hielt sie, als einziges Zugeständnis an den Ort, an dem die Bilder hingen, ein Weinglas vor den Brüsten, das mit einer hellen Flüssigkeit gefüllt war, vielleicht war es auch leer.

Dann drehte sich meine Blickrichtung um. Alles schien mir nun von dieser letzten, nur mit einem Weinglas angetanen Frau auszugehen und drängte von ihr aus nach vorn mit einer enormen Energie, so enorm, dass es mir fast vorkam, als wollten die Frauen aus dem Bild springen, sich dem Betrachter an den Hals werfen, und zwar sofort. Es hatte etwas Lüsternes.

Ingeborg stand ein paar Schritte entfernt von mir, vollauf damit beschäftigt zu *sehen*. Natürlich waren das großartige Gemälde. Monumental und introvertiert zugleich; stille, die Verlorenheit des Menschen in der Welt beweinende Anklagen und gigantische Bekundungen eines enormen ... ja was? Willens? Begehrens? Ich war mir sicher, dass Ingeborg von diesen Bildern ähnlich überwältigt war wie ich. Ähnlich sicher war ich mir aber auch, dass sich etwas in ihr gegen dieses Überwältigtsein wehrte.

Ingeborg hatte mir einmal gesagt, dass sie nie als feministische Krawallschachtel gelten wollte. Auch wenn sie vielen radikalen Positionen zustimmen würde, war es ihr doch wichtig, nie wütend zu sein, denn das erste Opfer seiner Wut war man schließlich selbst, wie sie gern sagte. Sie fand es wichtiger, eine souveräne Haltung einzunehmen, anstatt den ganzen Tag über Machos, Pornos und Prostitution zu schimpfen.

Die Einstellung meiner Mutter zum sozialen Wandel – insbesondere der Geschlechtergerechtigkeit – hatte eine lange Geschichte. Geschlechtergerechtigkeit war, neben der Kunst, die andere Grundfeste ihres Lebens. Doch auch wenn es, wie gesagt, eine lange Geschichte war – einfach war diese Geschichte nicht, denn sie beinhaltete die Trennung meiner Eltern.

Ingeborgs Eltern waren kleine Angestellte gewesen. Meine Großmutter benötigte noch die schriftliche Einwilligung meines Großvaters, damit sie arbeiten gehen konnte. Ihre Kindheit hatte meine Mutter in den rückständigen Verhältnissen der Nachkriegszeit verbracht. Der von ihr kolportierte Ursprungsmythos ihres Feminismus war, dass sie als Teenager ihren Eltern abgerungen hatte, zur Schule Jeans tragen zu dürfen anstatt die von meiner Großmutter für sie genähten Röcke.

Im Fahrwasser der Achtundsechziger absolvierte Ingeborg ihr Studium, erst in Düsseldorf, dann in Frankfurt. Dank unseres Familiennamens Marx wurde sie mit Handkuss in alle K-Gruppen eingeladen.

Und es blieb nicht nur bei Handküssen. Mein Vater Hanjo war ein besonders linksradikaler Revoluzzer gewesen, wobei Ingeborg und Hanjo die Phase der freien Kommunen-Liebe übersprangen und schnell ein ziemlich bürgerliches Liebespaar wurden. Sie strebte nach dem Studium die Ausbildung zur Psychotherapeutin an, mein Vater promovierte in Politikwissenschaften. Ich wuchs in derart geregelten Verhältnissen auf, dass ich als Kind gar nicht begriff, warum linke Studenten als verzottelte Losertypen dargestellt wurden. Meine linksradikalen Eltern waren stets akkurat frisiert, und unsere Altbauwohnung im Frankfurter Nordend hätte in jedes Design-Magazin gepasst.

Diese Art von Lifestyle-Entscheidung war für meine Eltern offenbar kein Widerspruch gewesen – dafür traten die Gegensätze an anderer Stelle umso deutlicher zutage: Meine Mutter liebte ihren Beruf, sie liebte Frankfurt, sie liebte Kunst. Mein Vater hingegen schielte immer mit einem Auge ins Ausland. Genau genommen schielte er auf eine Karriere als Professor an einer amerikanischen Universität, am liebsten in Harvard oder Yale. Er hatte ganz andere Prioritäten als sie, wobei das dem psychologisch geschulten Blick meiner Mutter lange Zeit verborgen geblieben war. So traf es sie wie ein Blitz aus heiterem Himmel, als mein Vater eines Tages sagte, er werde eine feste Stelle an der Yale University antreten. Er hatte zwar oft gesagt, dass dies für ihn ein Traumziel sei, doch die konkreten Bemühungen, die er unternommen hatte, um diesen Traum umzusetzen, hatte er Ingeborg verschwiegen.

Das wäre an sich wahrscheinlich nicht einmal so schlimm gewesen. Das Problem bestand darin, dass Hanjo wie selbstverständlich davon ausgegangen war, dass meine Mutter und ich ihm folgen würden. Das löste in meiner Mutter eine massive Abwehrreaktion aus. Anfangs versuchten sie noch, eine Lösung zu finden, doch relativ schnell zeichnete sich ab, dass der plötzliche Karrieresprung in meinem Vater noch ganz andere Instinkte geweckt hatte. Je mehr meine Eltern versuchten sich zusammenzuraufen, desto klarer wurde, dass mein Vater von seiner Frau erwartete, dass sie sich nach den Anforderungen richtete, die seine Karriere stellte.

Schon die K-Gruppen der Studienzeit waren für ihn eigentlich nur etwas für Jungs gewesen. Nun konnten sie ihre Differenzen nicht mehr ignorieren. Ingeborg hatte mir oft davon erzählt, doch wie groß sie wirklich waren, wurde mir erst bei dem einen Mal klar, als ich meinen Vater in den USA besucht hatte. Sein politischer und sozialer Idealismus hatte sich in ein theoretisches Gedankenutopia verflüchtigt – im Alltag hingegen war er einfach nur ein Patriarch mit einer fünfzehn Jahre jüngeren Lebensgefährtin, die ihm, er sagte das wirklich, *den Rücken freihielt*.

Dieser Widerspruch wurde mir selbst damals, mit sechzehn Jahren, sofort und schmerzlich klar. Wir hatten uns nichts zu sagen.

Ganz im Gegenteil zu meinem Vater war Ingeborg in Bezug auf ihre sozialen und politischen Ideale im Laufe der Zeit nachgiebiger geworden. Sie hielt an diesen Idealen zwar weiterhin fest, hatte jedoch großes Verständnis für alle, die ihnen nicht gerecht wurden. Schließlich war auch sie nicht frei von Widersprüchen gewesen, immerhin hatte sie einen K-Gruppen-Macho wie meinen Vater geheiratet. Wenn Ingeborg so etwas wie einen blinden Fleck hatte, dann bestand er darin, dass sie sich zu Männern hingezogen fühlte, die ihren Idealen nicht entsprachen.

Ingeborg fand die meisten Dinge erst einmal *interessant*. Damit sie etwas *unmöglich* fand, musste schon eine Menge passieren. Selbst als wir vor einigen Jahren einmal vor einer Zeichnung von Horst Janssen mit dem Namen *Chianti Classico* standen, die einen angesäuselten, dem Künstler nicht unähnlichen älteren Mann zeigte, der Rotwein quasi direkt aus der Brust einer jungen Frau trank und dabei nicht einmal die Lesebrille abnahm, hatte das bei Ingeborg keine Empörung oder gar Wut hervorgerufen, sondern eher ein mitleidiges Schmunzeln angesichts dieses männlichen Blicks auf Frauen, auf Nacktheit, Brüste, Lippen, Haut, Weib und Wein – dieser Blick, der immer etwas kennerhaft Bewertendes, Preisrichterliches hatte.

KD Pratz hatte so etwas in seinem Werk bisher auffallend vermieden, und ich überlegte, ob das vielleicht sogar einer der Gründe war, warum Ingeborg ihn so verehrte. Doch mit diesen beiden Arbeiten, mit *18 Quadrat-*

meter Frau und *18 Quadratmeter Land* – so beeindruckend monumental und handwerklich perfekt sie sein mochten –, reihte er sich nun doch bei den Frauen-Connaisseur-Künstlern ein.

Ich ging ein paar Schritte nach vorn, um Ingeborgs Gesicht sehen zu können, und sobald ich sah, wie sich ihre Lippen kräuselten, der Mund ein bisschen schmaler, die Augen ein bisschen kleiner waren als sonst, ahnte ich: Dies war eine radikale Wende zu viel. Wenn Horst Janssen das tat oder Helmut Newton oder Pablo Picasso – geschenkt. Aber nicht ihr KD Pratz!

Ich versuchte die Stimmung in der Gruppe zu messen, einen Hinweis darauf zu bekommen, was als Nächstes passieren würde. Doch alle sahen einfach nur. Selbst Katarzyna Pyszczek, die einige Meter links von mir stand und sich sonst um eine bewusst neutrale, um nicht zu sagen gleichgültige Haltung zu sämtlicher Kunst bemühte, die wir auf den Fördervereinsreisen besichtigten, zeigte fast so etwas wie Bewunderung oder zumindest Interesse.

Als ich zu dem Einstecktuch hinüberblickte, hatte der gerade kurz die Hand an das Kinn gelegt, ließ sie dann aber sofort wieder sinken. Versenkte sie in der Hosentasche. Den Bernhardiner zu seinen Füßen, wiegte er sich hin und her, bewegte nur ab und zu den Kiefer, spitzte konzentriert die Lippen. Ich überlegte, ob ich es irgendwie vermeiden konnte, dass er etwas sagte, und wusste bereits im nächsten Moment, dass es zu spät war, denn KD Pratz brach das Schweigen und sagte:

»Und?«, worauf das Einstecktuch, als hätte er nur auf sein Stichwort gewartet, wie aus der Pistole geschossen antwortete:

»Großartig.«

»Danke«, sagte KD Pratz.

»Das ... das ist großartig, weil es so traurig ist und gleichzeitig so kalt«, fuhr das Einstecktuch fort.

»Also, eine emotionale Textur, die im Widerspruch steht zu ...«, schaltete Michael Neuhuber sich ein, doch KD Pratz schnitt ihm das Wort ab und sagte zu dem Einstecktuch:

»Das ist ein guter Gedanke.«

»Ich habe so etwas noch nie gesehen. Ich habe das Gefühl, ich habe überhaupt noch nie gesehen.«

»Eben. Man sieht oft nicht«, sagte KD Pratz.

»Wer sind denn diese Frauen?«, fragte das Einstecktuch.

»Wie meinen Sie das?«

»Na, Sie haben doch bestimmt Vorbilder dafür, aus dem wirklichen Leben.«

»Nein«, sagte KD Pratz.

»Ach kommen Sie, mir können Sie es doch verraten.«

»Nein«, sagte KD Pratz und war plötzlich wieder ganz einsilbig geworden, als hätte ihn etwas an dieser Frage irritiert, doch dem Einstecktuch entging diese atmosphärische Störung. Seine Sensibilität, wenn es darum ging, Kränkungen seiner Person wahrzunehmen, wurde wieder einmal übertroffen von dem Talent, Leute mit seiner kumpeligen Art vor den Kopf zu stoßen, ohne es selber zu merken.

»Ich sag es auch niemandem weiter«, sagte das Einstecktuch und hielt das offenbar für lustig, da sagte Martha Hansen:

»Ich bin verwirrt. Also, im positiven Sinne. Diese Frauen sind so präsent, und doch scheinen sie überhaupt nicht miteinander zu interagieren.«

»Genau das ist das Konzept des Bildes, oder?«, sagte Ingeborg. »Darum geht es.«

»Es spricht auf jeden Fall zu mir«, sagte Martha Hansen. »Isolation von Menschen, die gemeinsam irgendwo sind.«

»Einsamkeit. In der Gruppe«, fügte jemand von hinten hinzu.

»Ja«, sagte KD Pratz. »Genau. Einsamkeit. In der Gruppe.«

Ein allgemeines Nicken setzte ein. Manche nickten deutlich sichtbar, um ihre Zustimmung zu einem interessanten neuen Gedanken zu signalisieren, andere beiläufig, als wollten sie nur etwas absegnen, das für sie nichts Neues bedeutete. Andere wiederum nickten so heftig, als wollten sie einen Gedanken vertreiben, der ihnen unangenehm war. Nur Katarzyna nickte nicht.

KD Pratz gab sich wirklich Mühe, nett zu sein, das war klar. Anfangs hatte ich noch überlegt, ob auch das eines seiner Machtspielchen sein könnte, schließlich hatte ich es in der kurzen Zeit unserer Bekanntschaft einige Mal erlebt, wie er im Gespräch abrupt die Rolle gewechselt hatte. Aber vielleicht gewöhnte er sich auch langsam wieder an Menschen.

Ich konnte nicht anders als mich darüber zu freuen. Mir kam sogar der verrückte oder vielleicht verrückterweise gar nicht so verrückte Gedanke, dass ich diesen Wandel zumindest befördert, wenn nicht sogar herbeigeführt hatte, schließlich hatte ich ihn in seinem Land Cruiser davon überzeugt, dass wir eigentlich ganz in Ordnung waren.

Hatte ich damit unsere Fördervereinsreise gerettet? Ich will mich nicht überschätzen, aber in diesem Moment fühlte es sich so an. Das Einstecktuch fraß KD Pratz nun regelrecht aus der Hand, und selbst Martha Hansen, die Künstlern zwar erlaubte, schwierig zu sein, aber die Kunst von KD Pratz nie mochte, hatte nun etwas Positives über eine seiner Arbeiten gesagt.

Und alle hatten die unausgesprochene Vereinbarung getroffen, das zu ignorieren, was man an diesen Bildern heutzutage problematisch finden könnte. Ein Dialog, der dadurch zustande kam, dass man über bestimmte Dinge einfach nicht sprach. Ich sah stolz zu Ingeborg, die immer noch die Bilder ansah. So konnte es klappen mit dem Museum. So wird es klappen! Mit dem Museum, das genauso ihr Museum sein würde wie das von KD Pratz.

»Fragt sich niemand von Ihnen, ob das nicht ein Klischee ist?«, fragte KD Pratz.

»Also, um ehrlich zu sein«, begann Rainer Hansen, sprach dann jedoch nicht weiter. Niemand anders sagte etwas. So ganz schienen sie dem Frieden noch nicht zu trauen, es könnte ja eine Falle sein, die falsche Antwort könnte wieder zu einem von KD Pratz' Wutausbrüchen führen.

»Das Spiel mit Klischees ist ja seit der Postmoderne ...«, sagte Michael Neuhuber.

»Ist doch eine berechtigte Frage«, sagte KD Pratz. »Genau das habe ich mich zumindest gefragt, als ich diese Bilder konzipiert habe. Natürlich ist das ein Klischee! Die Darstellung von Einsamkeit in der Kunst ist immer ein Klischee. Doch trotzdem war es mir wichtig, das so darzustellen, gerade an einem solchen Ort, an dem sich so viel um gemeinsame Erlebnisse dreht. Wein. Trinken. Plaudern. Das hier soll doch ein Ort der Geselligkeit sein.«

»Genau«, sagte da Dennis Mendig, der unbeteiligt am Rand gestanden hatte und jetzt endlich etwas gefunden hatte, um sich in das Gespräch einzubringen.

»Da konnte ich nicht anders, das musste ich brechen«, sagte KD Pratz. »Aber ich wollte natürlich auch zeigen, dass diese Bilder extra für diesen Ort gemalt sind. Ich habe mich eine Woche hier einschließen lassen. Eine Woche Baustopp, ohne jede Störung. Die Bauherren haben es mitgemacht, auch wenn sie nicht begeistert waren.«

»Aber mit dem Resultat sind wir es umso mehr«, sagte Dennis Mendig. Auf immer mehr Gesichtern in unserer Runde zeigte sich ein vorsichtiges Schmunzeln.

»Eine Woche habe ich Skizzen gemacht, aus den Skizzen wurden großformatige Entwürfe, die habe ich hier an die Wand projizieren lassen und immer wieder verändert. Erst als ich damit zufrieden war, bin ich in mein Atelier und habe gemalt. Erst die absolute Versenkung, dann ein noch absoluteres Auftauchen.«

»Dass Sie so arbeiten, höre ich zum ersten Mal. So ortsbezogen«, sagte Michael Neuhuber.

»Ich versuche mit jedem Gemälde, die Kunst neu zu erfinden. Ah, da kommt der Wein.«

Und in der Tat tauchte in diesem Moment die feiste Winzertochter mit einem Tablett vor uns auf. KD Pratz nahm ein Glas.

»Ich wollte den Wein nicht in den Mittelpunkt des Gemäldes stellen, Wein als abstraktes Konzept ist nicht so meins. Aber als konkretes Getränk ...«

Er prostete in die Runde und nahm einen Schluck. Daraufhin lachten einige und erhoben die Gläser. Jemand rief von hinten:

»Auf Ihr Wohl«, andere wiederholten es. »Prost.«
»Salut!«

Es war fast wieder wie auf einer ganz normalen Reise, mit ganz normalen Menschen. Oder zumindest ganz normalen Kunstfans.

Nur Ingeborg sah weiterhin konzentriert die Bilder an. Sie hatte nicht in das allgemeine Geproste eingestimmt, nicht einmal ein Weinglas genommen. Doch nun, als hätte sie meinen Blick bemerkt, sah sie mich an, und ich merkte, dass auch ihre Gesichtszüge sich entspannt hatten. Die Begeisterung, mit der sie früher die Werke von KD Pratz betrachtet hatte, war zurück.

»Zwei Bilder«, sagte sie dann. »So identisch, wie es nur geht. Mit zwei verschiedenen Titeln, um einmal das eine in den Vordergrund zu rücken, einmal das andere, einmal die Frauen, einmal die Landschaft.«

»Ja. Hm«, sagte das Einstecktuch.

»Das weist natürlich auch hin auf die Situation der Frauen in der Welt. Jahrhunderte von Unterdrückung und Ausbeutung stecken da drin, aber natürlich auch der Wandel des Menschen. Der Wandel des Weiblichen«, sagte KD Pratz. Er hatte sein Weinglas bereits geleert und nahm ein zweites.

»Und dann kommt es letztendlich hinten bei der letzten Frau an«, sagte das Einstecktuch. »Beim ewig Urweiblichen, das immer gleich bleibt. In das Land übergeht. In die Erde.«

Ingeborg atmete geräuschvoll ein, woraufhin Michael Neuhuber, der das Gespräch eben noch beobachtet hatte wie eine stolze Entenmama die ersten Schwimmversuche ihrer Jungen, sich nervös nach ihr umsah. Auch er wusste offenbar genau, dass das immer noch sehr dünnes Eis war.

»Genau. Alles wandelt sich. Es verändert sich so schnell, dass wir alle vergessen haben, dass es ewige Wahrheiten gibt«, sagte KD Pratz.

Das Einstecktuch wollte etwas sagen, da grätschte Michael Neuhuber in das Gespräch hinein:

»So wird das letztendlich zur Darstellung einer allegorischen Wahrheit? Es handelt sich hier also um eine *verità*?«

»Die nackte Wahrheit!«, sagte das Einstecktuch. »Das ist Ihnen wirklich ausgezeichnet gelungen.«

Ich sah zu Ingeborg. Das war der Punkt, an dem ich mir sicher war, dass sie sich einmischen würde, die Frage war nur, wie. Als sie meinen Blick erwiderte, sah ich ihr an, dass sie es nicht wusste. Vorhin mochte sie irritiert gewesen sein, dann begeistert, jetzt wirkte sie einfach nur noch ratlos.

Mir fiel auf, dass Michael Neuhuber mich ansah. Seit ich mit KD Pratz hier aufgetaucht war, dachte er offenbar, dass ich einen besonderen Zugang zu ihm hätte. Und das stimmte ja vielleicht auch. Als er sah, dass ich seinen Blick bemerkte, nickte er mir kaum merklich zu und machte eine Geste, die wohl aufmunternd gemeint war, aber ziemlich panisch wirkte.

»Und das in dieser Wiederholung des immer Gleichen? Ein serielles Prinzip, das unsere Individualität infrage stellt?«, fragte ich eilig. Das war ein bisschen geschwurbelt, aber mir fiel auf die Schnelle nichts anderes ein, um das Gespräch über diese Frauenbilder in eine andere Richtung zu lenken.

»Sind das vielleicht Schwestern? So ähnlich wie sie sich sehen? Vier Schwestern?«, fragte Martha Hansen, die offenbar auch von dem Thema wegwollte.

»Zwei Mal vier Mal Schwestern«, korrigierte Rainer Hansen seine Frau.

Da war mir endlich die rettende Idee gekommen. Ich sagte:

»Sind das denn überhaupt Frauen? Ist das nicht auch

ein Spiel mit gewissen, durch Gendermainstreaming definierten Zuschreibungen und Geschlechterrollen?«
Viele nickten. Selbst in unserem etwas gealterten Förderverein konnte man inzwischen mit solchen Themen punkten. Sogar das Einstecktuch nickte und sagte:

»Aber absolut. Ich sehe da auch keine richtig eindeutige Ausstattung.«

Wie aus dem Nichts tauchte in diesem Moment erneut die Winzertochter mit einem Tablett frisch gefüllter Weißweingläser auf.

»Das ist natürlich einer unserer Weine, ist ja klar, habe ich eben gar nicht gesagt, weil Sie so im Gespräch waren«, sagte Dennis Mendig. »Ich habe uns einen 2018er Ehrenfels rausgesucht, das ist so ein bisschen der Rockstar unter den Rieslingen, tough und sofort da, aber man entdeckt auch beim dritten Schluck noch etwas Neues.«

Monique Schnier drehte ihre Runde, von einer zum anderen, ähnlich schweigsam, wie wir sie gestern auf der Burg kennengelernt hatten. Doch im Gegensatz zu gestern sah sie uns heute allen direkt ins Gesicht, als wir Danke sagten, nachdem wir die Gläser genommen hatten – als hätte sie ein plötzliches Interesse an unserer sonderbaren Reisegruppe entwickelt.

KD Pratz nahm ein drittes Glas Wein für sich selbst und noch ein weiteres, das er dem Einstecktuch reichte. Dann lächelte er erst das Einstecktuch mit einem kumpelhaften Lächeln an, dann Rainer Hansen, der das ohne jede Regung quittierte. Da sagte das Einstecktuch:

»Wenn die nackte Wahrheit so aussieht, bin ich auf jeden Fall ein Fan von ihr.«

Ingeborg setzte an. Jetzt *musste* sie etwas sagen, das war klar, doch ich ahnte, dass sie sich vorgenommen hatte, nicht schon wieder Streit anzufangen.

»Wo ist hier eigentlich der Maler?«, sagte sie mit überraschend ruhiger Stimme. »Ist er der Betrachter? Oder sind die Frauen die Betrachter und sehen den Maler an? Ist er nicht da, und doch in ihren Köpfen präsent?«
»Jetzt wollen wir mal nicht hochtrabend werden, junge Frau«, sagte das Einstecktuch, was eindeutig ein Scherz sein sollte. KD Pratz nahm es genau so auf. Er legte den Arm um Ingeborg und sagte.
»O doch, junge Frau. Lassen Sie uns traben. So hoch es geht.«

Er konnte nicht wissen, dass Ingeborg nicht gern angefasst wurde.
»Vielleicht eine ideale Betrachterin?«, sagte sie. »Ich weiß ja nicht, ob Sie so was haben, eine ideale Seherin.«
»Eine Seherin? Das klingt jetzt für meinen Geschmack ein bisschen zu sehr nach nordischer Mythologie«, sagte KD Pratz, offenbar fest entschlossen, jede unserer Fragen mit einem lustig gemeinten Kommentar zu kontern.
»Für mich ist das gar nicht so allegorisch, sondern ein sehr persönliches Bild«, sagte sie. Das war also ihre Strategie! Auch sie wollte das Thema wechseln. »Ein sehr

persönlicher Blick. Sie haben acht Mal dieselbe Person gemalt.«

»Wie kommen Sie denn darauf?«

»Das ist meine Interpretation. Ich sehe eine einzige Person. Eine bestimmte Person, die hier acht Mal abgebildet ist.«

»Das ist also Ihre *Interpretation*«, sagte KD Pratz.

»Acht Mal dieselbe Person zu malen, in dieser Größe, das ist ein Liebesbeweis.«

»Soso«, sagte das Einstecktuch.

»Na, dann weiß ich ja jetzt, was meine Bilder bedeuten, vielen Dank«, sagte KD Pratz, dessen Arm weiterhin um Ingeborgs Schulter gelegt war. Er war fast zwei Köpfe größer als sie:

»Ich mag Sie. Sie sind eine kluge und patente Frau.«

Ingeborg lächelte noch immer das Lächeln, das für ihre kommunikative Art so typisch war. Nur dass es nun völlig deplatziert in ihrem sich rapide verfinsternden Gesicht stand, als hätte sie es dort vergessen.

Anstatt sofort etwas zu erwidern, wandte sie sich erneut den Bildern zu, und das Lächeln auf ihrem Gesicht verschwand. Sie starrte die Bilder jetzt regelrecht an – als könnte sie für nichts garantieren, sobald sie sich wieder von ihnen abwenden und auf KD Pratz' Kommentar reagieren musste.

Dann passierte genau das:

»Für mich sieht diese Frau sehr nach Angeliki Florakis aus«, sagte sie.

»Wie kommen Sie denn auf so was?«, sagte KD Pratz und behielt dabei seinen gut gelaunt jovialen Tonfall bei, nahm jedoch den Arm von Ingeborgs Schulter weg.

»Das hat doch von der Ästhetik her unter der kühlen Oberfläche etwas ungeheuer Privates. Intimes«, sagte Ingeborg, und ich wünschte mir zum ersten Mal seit langer Zeit, sie möge den Mund halten.

In so einer ohnehin schon aufgeladenen Situation auch noch die große verflossene Liebe des Gegenübers zu erwähnen, war sicher keine gute Idee. Auch, wenn dieses Gegenüber kein kränkbarer Malerfürst gewesen wäre. Und auch, wenn diese verflossene Liebe nicht an Krebs leiden würde.

»Ich bin privat völlig unwichtig. Was sind wir schon im Vergleich zu dem Großen. Politischen«, sagte KD Pratz. Er war in seinen harten, anklagenden Tonfall zurückgefallen, schmiss die Wörter regelrecht aus sich heraus, als wollte er nichts mehr mit ihnen zu tun haben. »Angeliki. So ein Quatsch. Es gibt die Personen auf diesen Bildern nicht! Nirgendwo. Nur hier«, sagte er. Sah Ingeborg an. Und tippte sich an die Stirn.

»Vielleicht war Ihnen das einfach nur nicht bewusst«, sagte Ingeborg, die einen Schritt zurückgetreten war, um ihm, trotz des Größenunterschieds, direkt in die Augen sehen zu können. Auch ihr Tonfall war härter geworden. »Überlegen Sie doch mal.«

»Hier geht es um die Welt. Die Gesellschaft. Hören Sie auf, das durch Ihren Psycho-Kakao zu ziehen!«

Dass KD Pratz wieder sauer wurde, überraschte mich

nicht. Doch dass auch Ingeborg sauer wurde, schockierte mich. Demontierte sich gerade vor ihren Augen das, woran sie ihr Leben lang geglaubt hatte? Und ihr Lebensziel der letzten Jahre? Nein. Sie demontierte es selbst! Ingeborg war es, die auf eine radikale Wende zusteuerte.

»Wenn Sie so reden, wie kann ich das denn *nicht* durch meinen Psycho-Kakao ziehen?«

»Lassen Sie es einfach.«

»Sie haben gerade selbst gesagt, dass Sie Frauen nicht als Frauen wahrnehmen, sondern nur als Allegorien, an denen Sie über die Verkunstung hinaus gar nicht interessiert sind.«

»Das habe ich nicht gesagt. Sondern Sie.«

»Ich habe gesagt, dass ich hier Angeliki Florakis sehe.«

»Und Sie wissen so viel über sie, dass Sie sie hier erkennen?«

»Eine Freundin von mir kennt sie.«

Nun trat auch KD Pratz einen Schritt zurück und trank auch das dritte Weinglas aus.

»Angeliki Florakis hat eine Zusatzausbildung zur Kunsttherapeutin gemacht, wie Sie vielleicht wissen.«

»Nein.«

»Da hat eine Kollegin von mir sie unterrichtet.«

»Ja, ja, und den Rest kennen Sie aus den Medien. Meine große Liebe aus Studentenzeiten. Die große Künstlerfreundschaft, so lange, bis sie nichts mehr von mir wissen wollte, weil ich groß wurde und sie Kunstlehrerin an einer Gesamtschule.«

»Stimmt das etwa nicht?«

»Das ist fast dreißig Jahre her!«

»Nur weil Dinge lange her sind, sind sie nicht automatisch vorbei.«

»Das war eine rein private Sache und hat nichts mit diesen Bildern zu tun.«

»Diese Bilder haben nichts mit Ihnen als Mensch zu tun?«

»Hat Angeliki Sie geschickt?«

»Ich kenne sie ja gar nicht persönlich.«

»Ich auch nicht mehr. Seit Jahren. Da würde ich doch jetzt kein Bild von ihr malen. Und erst recht nicht gleich zwei.«

»Ich weiß nicht, wie ich es sagen soll, aber irgendwie muss ich das jetzt, weil ich denke, dass es für Sie wichtig ist. Es geht ihr gesundheitlich nicht gut. Das wissen Sie aber, oder?«, sagte Ingeborg.

In ihrer Wortwahl war sie jetzt wieder maximal vorsichtig. Doch das war es auch nicht, was mir Sorgen machte. Es war ihr Tonfall. Ihre Stimme zitterte, als müsste sie sich mühsam beherrschen, ihn nicht anzuschreien.

»Nein«, sagte er.

»Sie ... Sie wissen das wirklich nicht? Sie hat Krebs. Derzeit macht sie wieder einmal eine Chemo. Ich weiß nicht, aber es berührt mich einfach sehr, obwohl ich sie gar nicht persönlich kenne. Und seit ich diese Bilder betrachtet habe, denke ich, dass Sie das wissen sollten. Alles andere erscheint mir nicht richtig.«

Bis zum Schluss hatte ich fest daran geglaubt, dass sie das nicht sagen würde. Das war jetzt wirklich mit keinem politischen, künstlerischen oder sonstigen Bedenken mehr zu erklären, es gehörte einfach nicht hierher.

Sie hatte das nicht einmal im Affekt gesagt, dazu hatte sie zu lange überlegt, zu vorsichtig formuliert. Sie hielt das ernsthaft für eine gute Idee. Nun war er wirklich gekommen. Der Punkt, an dem Ingeborg mich nicht nur, wie sonst manchmal, überraschte. Ich hatte das Gefühl, sie gar nicht mehr zu kennen.

Aus unserer Gruppe schauten die meisten den dunkelgrauen Fußboden an. Martha und Rainer Hansen tauschten einen kurzen Blick, dann senkten auch sie betreten den Blick, erst sie, dann er.

KD Pratz stand einen langen Moment einfach nur da. Dann sagte er langsam und leise:

»Das wusste ich nicht.«

Einige warfen ihm einen kurzen Blick zu, überlegten vielleicht, ob sie etwas sagen sollten. Ich überlegte das zumindest. Er hatte nicht einmal gewusst, dass die einzige große Liebe seines Lebens todkrank war, so sehr hatte er sich isoliert. Aber dies war nicht die Situation, in der er sich über Mitleidsbekundungen von unserer Seite freuen würde, sosehr es ihn auch augenscheinlich getroffen hatte.

»Es ist sicher nicht leicht für Sie, das zu hören«, sagte Ingeborg.

KD Pratz blickte sie noch eine Weile schweigend an, dann wandte er sich von ihr ab, als hätte er genug gesehen. Sie endgültig verstanden.

»Maßen Sie sich nicht an, etwas über mein Privatleben zu wissen«, sagte er mit einer Schärfe, die jeden Menschen dazu gebracht hätte, alles zu bereuen, was er soeben gesagt hatte.

»Aber ...«

»Ich sage es noch einmal. Sie wissen rein gar nichts über mich. Also maßen Sie sich das auch nicht an. Es hat Sie nicht zu interessieren!«

»Sie maßen sich doch auch an, etwas über die Situation der Frauen in der Welt zu wissen.«

»Angeliki und ich haben seit Jahren keinen Kontakt mehr. Ich hatte keine Ahnung, dass sie krank ist.«

»Aber das muss doch irgendwas mit Ihnen machen, jetzt, wo Sie es wissen.«

»Es tut mir leid für sie. Alles andere geht mich nichts an. Und Sie erst recht nicht.«

»Ich glaube einfach nicht, dass das nichts mit Ihnen zu tun haben soll.«

»Und was habe ich davon, wenn *Sie* mir glauben?«, sagte KD Pratz, wobei er das ›Sie‹ so aussprach, als wäre es das widerlichste Wort der Welt.

Ich sah mich erneut in unserer Runde um. Die Betretenheit, das peinliche Berührtsein, war einer Neugierde gewichen, die zu verstecken sich immer weniger der Anwesenden bemühten.

Michael Neuhuber hob den Kopf. Das Einstecktuch

hob den Kopf und fast synchron dazu sein derzeit aktueller Bernhardiner. Katarzyna hob den Kopf. Die kühlen Augen unter ihrem schief geschnittenen Pony verfolgten die Auseinandersetzung wie ein psychologisches Experiment, während die meisten anderen von Ingeborg zu KD Pratz, von KD Pratz zu Ingeborg sahen wie bei einem Tennisspiel.

Und während Rainer Hansen das Gespräch alarmiert verfolgte, zeigte sich auf dem Gesicht seiner Frau ein Grinsen, das umso hämischer geriet, je persönlicher der Streit wurde. Rainer Hansen quittierte das mit einem vorwurfsvollen Blick, der Martha gar nicht auffiel, sie war viel zu sehr mit Zuhören beschäftigt – natürlich war das alles unangenehm, doch es hatte auch einen ziemlichen Unterhaltungswert. Selbst der Arzt-oder-Rechtsanwalt mit der Halbglatze und der Lesebrille am Band, der sich sonst stets seriös gab, schmunzelte.

»Das hier ist mein Leben, tut mir leid, dass es Ihnen nicht gefällt. Ich habe alles dafür geopfert. Dreißig Jahre Einsamkeit. Ja, da haben Sie es, ich bin einsam, sind Sie jetzt zufrieden? Verkaufen Sie es doch gleich an die BILD!«

»Also, ich denke ...«, versuchte Ingeborg ihn zu unterbrechen, doch ohne Erfolg. KD Pratz sprach immer lauter. Immer schneller, als könnte ihn nun niemand mehr aufhalten.

»Aber hierher zu ziehen, *das* war nicht der Fehler. Der Fehler war, dass ich das alles für Sie aufgegeben habe. Ich gebe die fundamentalen Grundlagen meiner Kunst preis und Sie? Sie nehmen sich mal ein Wochenende frei von Ihren kleinen gehorsamen Leben, mit Ihren glücklichen Ehen und Ihren wohlgeratenen Kindern, und bohren in mir herum!«

KD Pratz hatte nun gar keine Ähnlichkeit mehr mit dem souveränen, weltabgewandten Künstler von gestern. Er machte wilde Gesten. Seine Stimme hallte durch den hohen leeren Raum, der zweifellos nicht dafür gedacht war, dass jemand hier so laut sprach. Um die Nasenwurzel herum waren seine Brillengläser von innen beschlagen.

»Also, ich denke ...«, versuchte Ingeborg es erneut.

»Ich weiß doch, was Sie denken! Sie denken, ich habe hier jahrelang gelitten und nur darauf gewartet, dass endlich jemand wie Sie kommt, mit der ich dann über meine Problemchen reden kann. Jeden Tag habe ich darauf gewartet und aus meinem Türmchen geschaut wie ein depressives Burgfräulein und gehofft, dass die rettende Psychoprinzessin auf ihrem weißen Pferd endlich kommt. Und die Wartezeit, die habe ich mir halt mit Malen vertrieben!«

KD Pratz atmete hektisch ein und sprach sofort weiter:

»Sie tun mir einfach nur leid.

Nein, das tun Sie nicht.

Ich verachte Sie.

Ich verachte Sie für Ihre gepflegten Ausflüge in die Welt der Kunst, wo Sie sich über das Provokante freuen und dann zurück in Ihren Konformitätskomfort gehen.

Wann merken Sie endlich, dass diese Einsamkeit für mich ernst ist?

Ich bin nicht der Pausenfüller in Ihren langweiligen Leben.

Mein Leben ist nicht Ihr Wochenendspaß!«

Niemand konnte reagieren. Michael Neuhuber war in den letzten Minuten mit kleinen Schritten immer weiter an den Rand der Gruppe gewichen und schien zu hoffen, sein schwarzer Anzug würde die Farbe des dunkelgrau glänzenden Estrichs annehmen, mit dem der Fußboden bedeckt war.

»Sie können mich verachten, so viel Sie wollen«, sagte da das Einstecktuch. »Es sind immer noch wir, die entscheiden, ob Sie dieses Museum kriegen oder nicht. Und so bekommen Sie die 500 000 Euro für das Museum von mir nie.«

KD Pratz wollte schon antworten, da zögerte er, als hätte er nicht richtig gehört. Und während er einen Moment nachdachte, verzog sein Gesicht sich zu einem Grinsen.

»500 000? Es geht um 500 000 Euro?«, fragte KD Pratz.

»Ja«, sagte da Michael Neuhuber von ganz hinten. »Die brauchen wir leider. Das BKM und die Stadt Frankfurt zahlen nur den Rest.«

KD Pratz lachte auf, es war fast wie ein Schrei: »500 000 Euro?«, wiederholte er und hörte gar nicht wieder auf zu lachen. »Fünfhundert ... tausend? Echt jetzt? Das ist ein Witz, oder?«

Das Einstecktuch sah ihn fassungslos an.

»Und wegen dem bisschen Geld machen Sie hier so einen Aufriss? Fünfhundert ... Dann zahle ich das halt selber. Oder ich baue Ihnen den Anbau komplett! Wie wäre das?«, sagte KD Pratz und machte zwei Schritte auf das Einstecktuch zu. »Ich habe nämlich das Geld. Und Sie?«

Da sprang Michael Neuhuber noch einmal in die Bresche und rief:

»Aber meine Herren, es kommt doch nicht darauf an, hier einfach nur den Geldhahn aufzudrehen, es geht hier um Kultur, und die muss doch in einen gesellschaftlichen Prozess eingebunden sein. Immerhin ist das Museum Wendevogel eine Institution, die aus bürgerlichem Engagement hervorgegangen ist, und das steht auch weiterhin im Zentrum unseres Denkens und Handelns.«

»Bürgerliches Engagement. So ein Unsinn. Das ist doch alles nur ein Kasperltheater für privilegierte Langweiler!«, sagte KD Pratz.

Ein Knall hallte durch den Raum. Hektisch sah ich mich um, dann sah ich Scherben auf dem Boden, den Stiel eines Weinglases und den verschämten und gleichzeitig wutverzerrten Ausdruck auf dem Gesicht des Einstecktuchs. Er hatte sein Glas zu Boden geschmissen. Jetzt, wo alle ihn ansahen, öffnete er den Mund, dann schloss er ihn wieder und ging mit kleinen eiligen Schritten, den Bernhardiner eng am Körper geführt, in Richtung Ausgang.

Die Erste, die ihm folgte, war Ingeborg. Auch sie sagte kein Wort.

Einer nach dem anderen folgte ihr. Michael Neuhuber ging noch einmal zu KD Pratz, sagte aber nur: »Ich ... muss mich um die Gruppe kümmern.« Dann durchquerte auch er die Halle in Richtung Ausgangstür, Katarzyna Pyszczek folgte ihm mit unbewegter Miene.

Gemeinsam mit KD Pratz sah ich zu, wie sich das Gebäude leerte, wie sich Kunstfan um Kunstfan empört zurück in die Hitze flüchtete, die meisten hielten sich nicht einmal mehr die Tür auf. Ingeborg sah sich nach mir um, doch ich blieb stehen, und bald waren KD Pratz und ich allein in dem riesigen, lichtdurchfluteten Raum.

»Was denn? Gehen Sie und regen Sie sich mit denen darüber auf, was ich für ein Vollidiot bin.«

»Ich würde gern noch einen Moment hierbleiben.«

»Ich brauche keinen Aufpasser.«

»Ich will nicht auf Sie aufpassen. Ich will nur nicht in die Diskussion geraten, die es da draußen jetzt bestimmt gibt. Können wir noch ein paar Minuten hier stehen, bis die sich wieder eingekriegt haben?«

»Da können Sie lange warten. Das hat doch keinen Zweck, Sie müssen da jetzt hin. Ob Sie wollen oder nicht.«

»Vielleicht haben Sie recht«, sagte ich. Doch als ich mich umgedreht hatte und schon Richtung Tür gehen wollte, spürte ich seine Hand auf meiner Schulter.

»Hier. Halten Sie mich auf dem Laufenden.« Dann holte er einen Zettel heraus und schrieb eine Telefonnummer mit einer langen Vorwahl darauf. Die eigentliche Nummer hatte nur drei Ziffern.

7

Unsere Gruppe war auf dem Weg in Richtung Bus schon ein gutes Stück vorangekommen, als ich sie einholte. Wir waren wieder auf dem gewundenen Weg, der uns durch die Weinberge so effektvoll auf das Weingut zugeführt hatte, und ja auch wirklich zu dramatischen Effekten geführt hatte. Nun ging es wieder zurück.

Ich überholte einige Leute, bis ich den Teil der Gruppe erreicht hatte, den das Einstecktuch mit eiligen Schritten auf dem knirschend trockenen Untergrund anführte, dicht gefolgt von Ingeborg, den Hansens und Michael Neuhuber. KD Pratz hatte recht, ich musste hier hin.

»Das können wir getrost vergessen«, rief das Einstecktuch, in einer Weise aufgebracht, wie ich es selbst bei ihm, der sich nun wirklich gern aufregte, noch nicht erlebt hatte.

»Aber irgendwie hat er doch auch recht«, sagte Martha Hansen.

»Recht?«

»Na, wir sind doch genau so, wie er gesagt hat. Das ist eine berechtigte Gesellschaftskritik.«

»Ich bin halt normal«, sagte das Einstecktuch. »Was

ist daran so schlimm? Soll ich mich jetzt dafür schämen? Sollen wir etwa alle so sein wie der?«

So weit war es also gekommen, dass sich inzwischen Leute wie das Einstecktuch für normal hielten. Das hatte KD Pratz geschafft.

»Aber, aber«, sagte Michael Neuhuber. »Das gab es in der Kunstwelt doch schon immer. Die Tradition der Publikumsbeschimpfung ...«

»Das weiß ich auch«, sagte das Einstecktuch. »Aber ich fühle mich unter Niveau beschimpft. Wenn ich schon beschimpft werde, dann anders. Originell. Nicht mit demselben Murks, den man seit den Siebzigerjahren hört, wir sind alle blöde Spießer, ich kann das nicht mehr hören. Das mit dem Museum kann der sich abschminken. Diese Hohlpratze.«

»Wenn man diese Aussagen vielleicht einmal dekonstruiert«, stammelte Michael Neuhuber, der inzwischen nur noch reflexhaft versuchte, das Schlimmste zu verhindern, obwohl er wusste, dass es dafür längst zu spät war. Dann verstummte er mitten im Satz, obwohl ihn niemand unterbrach.

»Das ist doch genau die Rolle des Künstlers in der Gesellschaft. Der Künstler muss uns den Spiegel vorhalten«, sagte Martha Hansen. »Oder, Herr Neuhuber? Es *ist* doch auch problematisch, was wir hier tun!«

»Wieso denn das?«, rief das Einstecktuch.

»Wir haben ihn zu unserem Wochenendspaß gemacht, das stimmt doch.«

»So etwas Blödes. Habe ich ja lange. Nicht mehr

gehört«, rief das Einstecktuch, der aufgrund seines enormen Schritttempos jetzt ziemlich kurze Sätze machen musste. »Hier hat doch niemand. Mehr Spaß. Als er.«

»Sie glauben doch nicht ernsthaft, dass es dem armen Kerl gut geht dabei?«, sagte Martha. Sie war überhaupt nicht außer Atem und legte sogar noch einen Schritt zu, während sie weitersprach. Offenbar genoss sie es, dass das Einstecktuch kaum noch Puste hatte, um ihr zu widersprechen: »Ich glaube das nicht. Und sogar noch mehr als das, ich glaube, ohne uns wäre er nie so geworden, wie er jetzt ist. Also, ohne Leute wie uns. Wenn die Kunstwelt, und zu der gehören wir ja wohl, ihn nicht seit Jahrzehnten für genau dieses negative Gerede verehren würde, wäre er heute bestimmt anders.«

»Wir sind schuld?«, rief das Einstecktuch.

»Aber so ist es doch«, sagte Martha. »Er muss doch nur etwas schlecht finden, nörgeln, sagen, dass alles immer schlimmer wird, und sofort sagen alle: Ah, der große Künstler! Er prangert an. Er mahnt. Er warnt. Und dann hören wir ihm alle zu. So etwas prägt einen Menschen.«

»Martha, das ist jetzt ein bisschen kurz gegriffen«, sagte Rainer, der ihr mit gesenktem Kopf durch die Hitze folgte.

»Ist doch so«, sagte sie. »Deswegen habe ich immer ein schlechtes Gefühl bei diesen Reisen gehabt. Seit wir hier dabei sind.«

»Ich dachte, du magst das?«, sagte Rainer.

»Ja, schon. Aber mit schlechtem Gefühl.«

»Das verstehe ich nicht«, sagte Rainer und überholte seine Frau, um ihr ins Gesicht zu sehen.

»Das habe ich mir schon gedacht, deswegen habe ich das dir gegenüber auch nie erwähnt.«

»Jetzt tu nicht so, als wäre ich der tumbe Ehemann, der seine Frau nicht versteht«, rief Rainer Hansen und blieb so abrupt stehen, dass der Rest unserer kleinen schimpfenden Gruppe Mühe hatte, ebenfalls stehen zu bleiben, ohne ihn anzurempeln.

»Kritisches Bewusstsein!«, schrie Rainer nun fast in die Weinberge hinein. »Kritisches Bewusstsein war uns immer wichtig! Genau das hat KD Pratz gerade bewiesen. Egal, ob du hier ein schlechtes Gefühl hast oder nicht.«

»Nörgelei ist kein kritisches Bewusstsein!«, entgegnete ihm seine Frau.

»Warum hast du denn nicht gesagt, dass dir das hier alles auf die Nerven geht?«

»Es geht mir nicht auf die Nerven. Wir müssen nur dringend über unser Selbstverständnis nachdenken!«, rief Martha, und ich fragte mich, ob dieser Satz jemals zuvor in dieser Lautstärke ausgesprochen worden war.

»Mit unserem Selbstverständnis wischt dieser Pratz sich doch den Hintern ab«, sagte das Einstecktuch, der nun, wo wir stehen geblieben waren, wieder zu Atem kam.

»Das ist so vulgär«, sagte Martha Hansen.

»Vulgär? Wenn das vulgär ist, sind Sie verklemmt.«

»Nur weil Sie Geld haben, haben Sie noch lange nicht das Recht, so zu reden.«

»Nur weil Sie kein Geld haben, haben Sie noch lange nicht das Recht, sich dauernd ungerecht behandelt zu fühlen.«

»Leute!«, schaltete sich Ingeborg zum ersten Mal in diesen Streit ein und war jetzt, auch vom Tonfall her, wieder ganz die konziliante Therapeutin: »Es bringt doch nichts, wenn wir uns hier streiten.«

Ich hatte sie noch nie etwas so Hilfloses sagen hören.

»Ich finde es ja wichtig, dass solche Dinge zur Sprache kommen, aber können wir das vielleicht ein bisschen konstruktiver hinkriegen und nicht so hitzig? Hier passieren gerade ganz viele Dinge auf einmal. Ich wünsche mir, dass wir das ganz in Ruhe ausagieren.«

»Ohne dich hätten wir diesen ganzen Ärger gar nicht«, sagte da Martha Hansen, jetzt weniger laut, dafür umso schärfer. Ich hatte es noch nie erlebt, dass eine von Ingeborgs psychologisch geschulten Reden derart ins Leere gelaufen war, ja im Gegenteil, sie heizte die ohnehin gereizte Stimmung nur noch weiter auf.

»Du kannst es einfach nicht aushalten, wenn deine weiße Magie mal nicht wirkt, oder?«, sagte Martha. »Wenn du mal nichts ändern oder ausrichten kannst, dann musst du einfach immer wieder nachbohren, nachbohren, nachbohren!«

Ich wollte etwas zu Ingeborgs Verteidigung sagen, da merkte ich, dass ich eigentlich genau das nicht wollte. Es war ein Reflex, ihr in dieser Situation beistehen zu wollen, aber auch ich war enttäuscht von ihr. Warum sabotierte sie sehenden Auges ihren eigenen Lebenstraum?

»Ich habe es wenigstens versucht«, sagte Ingeborg.

»Ja, was hast du denn eigentlich versucht?«, sagte Rainer Hansen. »Das habe ich von Anfang an nicht verstanden. Musstest du dich unbedingt mit ihm streiten?«

»Ich habe doch nur versucht, ein persönliches Gespräch mit ihm zu führen.«

»Und dann wunderst du dich, dass er das auch persönlich nimmt?«, sagte Rainer.

»Soll ich etwa schweigen, wenn hier Frauen zu Objekten und Allegorien verklärt werden?«

»Aber das *gibt* es nun mal in der Welt, da muss man doch nicht immer gleich Streit anfangen«, sagte Martha Hansen.

»Genau«, sagte das Einstecktuch. »Einfach mal öfter den Mund halten.«

»Jetzt hören Sie aber auf!«, sagte Ingeborg.

»Nein, Sie hören auf, Ihren Privatkrieg gegen alte weiße Männer in unseren Förderverein zu tragen«, sagte das Einstecktuch.

»Ich habe nichts gegen alte weiße Männer, nur gegen alte weiße Säcke.«

»So«, sagte das Einstecktuch. »Jetzt fühle *ich* mich hier diskriminiert.«

»Dass Sie das jetzt sagen, ist das beste Zeichen dafür, dass Sie noch nie diskriminiert worden sind«, sagte Ingeborg. »Sie haben höchstens hier und da ein kleines Luxusproblem.«

»Sie haben doch auch nur Luxusprobleme«, sagte das Einstecktuch.

»Ja, das stimmt. Und wissen Sie, was mein schlimmstes Luxusproblem ist? Leute wie Sie«, sagte Ingeborg. »Leute wie Sie, die dafür sorgen, dass es in diesem Land keinen gesellschaftlichen Fortschritt gibt.«

In diesem Moment kamen Michael Neuhuber und Katarzyna Pyszczek hinzu. Michael wollte freundlich nicken, doch als er Ingeborg hörte, merkte er, dass er in einen handfesten Streit hineingeraten war, und hielt sich diskret im Hintergrund, wenngleich es ihm nicht gelang, so unbeteiligt zu gucken wie Katarzyna.

»Wie weit könnten wir schon sein, ohne Leute wie Sie?«, fuhr Ingeborg fort. »Aber nein, stattdessen haben wir immer noch diesen beschissenen Sexismus, und jetzt geht das alles wieder von vorne los, alles wird wieder salonfähig, diese ganzen kleinen und großen Beleidigungen. Dabei hatten wir doch mal gedacht, das wird besser. Doch das wird es nicht, weil Leute wie Sie es nicht ernst nehmen, und das nervt mich kolossal. Nein, es nervt mich nicht, es *kotzt* mich an!«

Ingeborg hielt inne und sah dann mit einem Blick in die Runde, den ich nicht ganz deuten konnte, doch entschuldigend war er auf jeden Fall nicht. Was ging ihr jetzt durch den Kopf?

Ich sollte jetzt wirklich etwas sagen. Etwas Deeskalierendes. Versöhnliches. Doch ich tat es nicht.

»So, das waren jetzt wirklich viele, durchaus kontroverse Eindrücke«, sagte Michael Neuhuber. »Da können wir doch heute Abend vielleicht noch mal drüber sprechen. Und dann haben wir ja morgen noch den Brunch bei KD Pratz und können dann ausgeschlafen und erholt über alles nachdenken. Ja? Gut!«

»Also, ich habe keine Lust mehr«, sagte da Rainer Hansen.

»Ich auch nicht«, sagte seine Frau.

»Ich auch nicht«, rief die esoterisch angehauchte Personalberaterin mit dem Skizzenbuch, die inzwischen auch bei uns stand. Mittlerweile hatten sich eh alle um uns gesammelt, wie mir erst jetzt auffiel, als ich in meinem Rücken weitere Stimmen hörte, die in unsere Runde riefen:

»Ich auch nicht.«

»Ich auch nicht.«

Und dann sagte jemand:

»Wir reisen ab.«

»Ich gebe ja zu«, sagte Michael Neuhuber, »das ist jetzt ein bisschen falsch gelaufen, aber man muss doch trennen zwischen dem Künstler und seinem Werk.«

»Aber genau das bekommen wir ja nicht zu sehen«, sagte das Einstecktuch.

»Genau. Das ist doch albern.«

»Ich glaube auch nicht, dass es einen Sinn hat, wenn wir morgen zum Brunch noch mal auf die Burg gehen«, sagte Ingeborg, die nach ihrem Ausbruch von eben einfach nur noch erschöpft aussah und für mich zum ersten Mal irgendwie alt.

Niemand aus der Gruppe widersprach.

»Aber sollten wir nicht …«, setzte Michael Neuhuber an.

»Nein«, riefen jetzt andere, die sich ebenfalls zu uns gestellt hatten. »Wir reisen ab.«

»Gleich morgen früh.«
»Es reicht.«

Unweit stürzte ein Mäusebussard vom Himmel zwischen die Weinreben, als hätte ihn jemand abgeschossen. Wenig später kam er ohne etwas im Schnabel wieder hervor.

Michael Neuhuber stand einfach nur da. Ich erwartete ein Nicken von ihm, die Zusage, dass der Bus uns morgen gleich nach dem Frühstück zurück nach Frankfurt brachte. Doch Michael Neuhuber sagte einen Moment lang nichts und blickte in die Runde, sah eine nach dem anderen an.

»Warum haben Sie mich nicht einfach machen lassen?«, sagte er dann. Er sprach plötzlich ganz langsam. Seine Stimme hatte sämtlichen Charme verloren, sämtliche Melodie. »*Ich* bin hier der Profi! Aber nein, heute müssen ja unbedingt immer alle mitreden, alles muss interaktiv sein, partizipativ und querfinanziert, verdammte Scheiße!«

Aus unserer Gruppe waren von überallher Protestrufe zu hören, die Michael Neuhuber über sich ergehen ließ.

»Dann hätten Sie als Profi sich auch professionell verhalten sollen«, sagte das Einstecktuch.

»Ja, ja, ja«, sagte Michael Neuhuber. »Aus Ihnen wäre auch ein sehr guter Malerfürst geworden, Herr von Drübber. Aber Sie sind keiner! Warum haben Sie nicht einfach mitgespielt? Dann hätte ich doch meine Arbeit machen können. Glauben Sie nicht, es ist schwer genug, zwei Ministerien und einen durchgeknallten Künstler zufriedenzustellen? Aber nein. Stattdessen muss ich hier auch noch den Flohzirkusdirektor geben für solche Pappnasen wie Sie!«

Wieder war die Empörung der Umstehenden groß. Doch Michael Neuhuber schien sie jetzt nicht mehr nur über sich ergehen zu lassen, er genoss die Aufregung, die er in unserer Gruppe erzeugte. Er wartete in Ruhe ab, bis alle fertig waren mit ihrem Widerspruch, ihren Zwischenrufen, und sprach erst dann in Ruhe weiter.

»Wenn Sie mich einfach hätten machen lassen, wäre das alles längst in trockenen Tüchern.«

»Sehen Sie«, sagte Martha Hansen. »Das ist genau der Grund, warum wir das nicht getan haben.«

»Vielleicht tut es KD Pratz gar nicht so gut, wenn wir das mit dem Museum machen«, sagte Ingeborg, nun völlig resigniert.

»Und uns offenbar auch nicht«, sagte Rainer Hansen.

Wir gingen die letzten Schritte zu unserem Reisebus. Ich stellte mich zu Ingeborg, die zusah, wie unsere Gruppe, unser schöner Förderverein, langsam, Mensch um Mensch, die Stufen erklomm und einstieg, niedergeschlagen und ohne jede Energie. Ohne jedes Ziel.

Da sagte Ingeborg leise zu mir:

»Was, wenn die Nörgler und Schwarzseher doch recht haben und die Welt immer schlechter wird?«

Ich antwortete nichts.

»Wenn wir uns hier, unter diesen paradiesisch perfekten Bedingungen, schon nicht verstehen, wie soll das dem Rest der Welt gelingen?«

Auch darauf antwortete ich nichts. Ich spürte nur, wie müde ich war.

Wir fuhren ins Hotel. Die Rezeption war nur bis 18 Uhr besetzt. Statt einer Hotelbar wartete ein »Vertrauenskühlschrank« auf uns, dem Mineralwasser, Bier und Wein entnommen werden konnte, wenn man dafür Geld in ein Sparschwein schmiss. Ich fragte mich, wer sich dort im Laufe des Abends einfinden würde, wahrscheinlich niemand.

Dann ging ich auf mein stilles Zimmer, in dem die Hitze des Tages stand, und wählte die Nummer mit der langen Vorwahl.

8

Es dauerte nicht lange, bis KD Pratz ans Telefon ging.

»Hallo«, sagte er, und als ich nicht sofort antwortete, fügte er hinzu: »Und? Wie sieht es aus?«

»Ich befürchte«, sagte ich, »wenn Sie denen nicht Ihr Atelier zeigen, wird das auf jeden Fall nichts. Sonst vielleicht auch nicht, aber dann gibt es zumindest eine Chance.«

»Ich habe es nie jemandem recht gemacht und fange jetzt auch nicht mehr damit an.«

Natürlich hatte ich damit gerechnet, dass er so etwas sagen würde, doch trotzdem irritierte es mich. Ich wurde immer genervter davon, dass die Menschen, die am meisten von diesem Museum profitieren würden, nun alles taten, damit es das Museum niemals gab. Wie waren wir in eine Situation geraten, in der alles so vergiftet war, dass Leute, die so viele gemeinsame Interessen hatten, gegeneinander arbeiteten, nur um jemand anderem eins auszuwischen, der nicht ganz genau ihrer Meinung war?

»Wissen Sie, mir ist es eigentlich egal«, sagte ich und hoffte, nicht zu entnervt zu klingen. »Es ist nicht mein Museum. Die Entscheidung müssen Sie allein treffen.«

»Nein, nein. So habe ich das gar nicht gemeint. Ich

freue mich ja, dass Sie sich melden. Es ist nur alles nicht so einfach.«
»Warum nicht?«
»Können Sie herkommen? Ich erkläre es Ihnen.«
Ich schwieg.
»Wie lange brauchen Sie denn? Also, falls ...«
»Eine Stunde oder so.«

Es ging schneller. Als ich aus dem Hotel heraustrat, stand der Reisebus noch da und der Fahrer rauchend davor. Ich schnorrte eine Zigarette von ihm, dann nahm er mich mit und setzte mich auf der Bundesstraße direkt unterhalb von Burg Ernsteck ab, sodass ich schon wenige Minuten nach Ende unseres Telefonats wieder unterhalb von KD Pratz' Festung stand, aber dennoch beschloss, die verabredete Stunde abzuwarten, bevor ich klingelte. Ich wollte nicht zu früh kommen, das hätte irgendwie zu eifrig gewirkt, zu verfügbar.

Und als ich nun hier unten am dunklen Rhein beziehungsweise zumindest auf der vom Autoverkehr der Bundesstraße durch eine Leitplanke abgetrennten Fahrradautobahn stand, merkte ich bald, dass es noch etwas anderes war. Ich musste meine Gedanken sammeln. KD Pratz hatte mich ganz eindeutig als Kontaktperson zu unserer Gruppe auserkoren, und ich hatte ganz eindeutig mehr Lust auf einen Abend mit ihm als auf einen Abend am Vertrauenskühlschrank in unserem Hotel. Ich war neugierig, was er von mir wollte. Und fühlte mich auch ein bisschen verpflichtet, diese Chance zu nutzen. Es war die letzte, die wir hatten.

Am Rheinknie bei Bingen kam ein Ausflugsdampfer in Sicht, langsam lauter werdende Schlagermusik wehte in die Stille.

Es war eine von den Landschaften, die auch schön waren, wenn man sie nicht sah, so stark war der Eindruck, den sie im Gedächtnis hinterließ und jederzeit wieder wachrufen konnte, selbst in der Dunkelheit. Ich sah hinauf zu der Burg, die sich schemenhaft von dem Nachthimmel abhob, wie auf einem sehr düsteren rheinromantischen Gemälde.

KD Pratz hatte mit dieser Burg ein Symbol erschaffen. Seine Ablehnung der Welt, die Skepsis gegenüber allem Neuen – all das zeigte sich hier, ebenso wie seine Ablehnung der Menschen, von der ich noch immer nicht wusste, ob Abscheu dahinterstand oder einfach nur Scheu.

Der Unterschied war, dass ich nun den Menschen kennengelernt hatte, der hinter diesen dicken Mittelaltermauern wohnte. Diesen Menschen hätten wir fast korrumpiert. Hätten ihn fast dazu gebracht, normal zu werden, nett, nur damit er sein Museum bekam. Oder war es anders? Hatte ihn gar nicht so sehr die Aussicht auf ein eigenes Museum gelockt, sondern vielmehr die Aussicht auf ein bisschen menschlichen Kontakt, und dann hatte er gemerkt, dass er nicht mehr wusste, wie das ging? War der wichtigste Zweck dieser Burg gar nicht, dafür zu sorgen, dass die Welt draußen blieb, sondern vielmehr, dass er drinnen blieb, weil er sich mit der Welt nicht mehr auseinandersetzen konnte?

Die Idealvorstellung, die ich seit meiner Kindheit von ihm gehabt hatte, hatte in den letzten Tagen beträchtliche Schrammen bekommen. Ich wünschte mir, KD Pratz würde so bleiben, wie er war, oder vielmehr, so wie er in meiner Vorstellung gewesen war: ein Mensch, der sich mit Haut und Haar seinen Marotten und Neurosen auslieferte, in der festen Überzeugung, dass das so sein musste, für seine Kunst.

Natürlich war das albern. Er hatte recht, dies war mein Wochenendausflug in eine Welt, von der ich hoffte, dass es in ihr idealistischer zuging als in meiner eigenen, die ein dauerndes Lavieren, Bequatschen und pragmatisches Ausgleichen war, eine durch und durch durch Kompromisse kompromittierte Welt. Dennoch war ich auf dem Weg zu ihm, um genau das zu erreichen. Einen Kompromiss, der das Museum doch noch Wirklichkeit werden ließ.

Die Hitze des Tages hing noch immer über der Welt. Ich hatte das Burgtor erreicht und klingelte. Noch bevor ich den Klingelknopf losgelassen hatte, sah ich über der Mauer den schwachen Widerschein eines Lichts, das im Hof angegangen war. Eine mächtige Holztür öffnete sich irgendwo, schlug wieder zu. Schritte auf einer Treppe, Schritte im Hof. Hier draußen war kein Licht, was mir wieder einmal zeigte, wie wenig KD Pratz auf Besuch eingestellt war. Doch als sich nun die Tür öffnete, fiel ein Lichtkegel aus dem Hof hinaus in die Dunkelheit, und in diesem Lichtkegel erschien der Kopf von KD Pratz; es war wirklich nur der Kopf, was der Szene etwas Puppentheaterhaftes verlieh.

»Vielen Dank fürs Kommen«, sagte er.

»Ich wollte nur noch mal ...«, begann ich. Er unterbrach mich genau in dem Moment, in dem ich eh nicht mehr weitergewusst hätte.

»Trinken Sie einen Cognac mit mir?«

Ohne die Antwort abzuwarten, zog er seinen Kopf zurück, öffnete die Tür ganz und ging fort, ohne sich umzusehen. Ich folgte ihm über den Hof, die Treppe hinauf, die wir bei unserem ersten Besuch genommen hatten, bis wir auf der Wehrplatte standen. Er öffnete die Tür, aus der er bei seinem ersten Auftritt gekommen war. Ich hörte das Klicken eines Lichtschalters, woraufhin eine Lampe anging oder eher ein Leuchtobjekt, eine Kugel, die aus sicherlich drei Dutzend Glühbirnen bestand.

»Angenehm kühl hier, oder?«, sagte er, nachdem ich eingetreten war und mich umsah. Das war also sein Reich. Es war erstaunlich normal eingerichtet. Schockierend normal geradezu. Weder ein aus lauter Provisorien bestehendes Chaos, wie man es vielleicht bei einem Künstler erwarten würde, aber auch kein durchgestyltes minimalistisches Raumerlebnis. Es standen einfach Möbel da, Sofas, Sessel, ein Couchtisch, die in jeder Wohnung in jeder Stadt hätten stehen können.

Ich folgte ihm in die Küche, in der noch die Teller, Gläser und das Besteck waren, mit dem die Winzertochter uns bewirtet hatte, und als er den Kühlschrank öffnete, sah ich darin jede Menge Wurst, Käse, Milch und Obst. Ob er etwa noch damit rechnete, dass wir morgen zu dem geplanten Brunch kamen? Ich konnte es mir nicht vorstellen.

Er entnahm dem Kühlschrank eine Flasche Mineralwasser, daneben hatte er bereits Gläser bereitgestellt und eine Cognacflasche, die von der Form her an ein Dreieck erinnerte. Dann ging er zurück in den Wohnraum mit den normalen Möbeln und nahm auf einem Sofa Platz. Ich tat es auch.

»Das ist hier der alte Teil, wo ich sehr viel so lassen musste, wegen dem Denkmalschutz. Im neuen Trakt konnte ich moderner bauen. Da sind auch die Gästezimmer.«

»Sie haben Gästezimmer?«, sagte ich und schmunzelte, was ich sofort bereute. Er musste denken, dass ich entweder über seine Einsamkeit Witze machte oder mich dort einquartieren wollte.

Ich wusste nicht, wer peinlicher berührt war – er oder ich. Er schenkte uns ein, dann erhob er kaum merklich sein Glas in meine Richtung und wir tranken. Wir saßen eine Weile da und tranken den wirklich sehr guten Cognac, der überhaupt nicht brannte.

»Das ist also das, was aus Wein werden kann. Nach sehr vielen Jahren«, sagte er, um dann zu dem vorherigen Thema zurückzukehren:

»Ja. Gästezimmer. Damals hatte ich noch gedacht, ich brauche die. Obwohl Angeliki sich ja schon von mir getrennt hatte, bevor ich die Burg hatte.«

»Das ist lange her.«

»Ich war auf jeden Fall schon so bekannt, dass es damals in den Zeitungen stand. Die Nachricht von unserer

Trennung lief unter *Entertainment*. Und wenn ich sterbe, wird das da wohl auch stehen. Unter Entertainment.«

»Aber wie kommen Sie denn darauf?«, sagte ich. Dann fiel mir die unverhohlene Neugier ein, mit der die meisten von uns noch vor wenigen Stunden den Streit zwischen Ingeborg und ihm beobachtet hatten.

»Ist doch so. Was bei anderen Leuten echte Dramen sind, wird zur Unterhaltung, wenn es Leuten wie mir passiert. Dafür ist dieses Wochenende doch der beste Beweis.«

Ich sah ihn an und rechnete mit einem vorwurfs- oder zumindest bedeutungsvollen Gesichtsausdruck, doch nichts von all dem. Er sah nur nachdenklich in seinen Cognac, den er in dem Glas hin und her schwenkte, sodass sich das Licht der Zimmerbeleuchtung immer wieder anders auf seiner Oberfläche brach.

»Hier habe ich damals ab und zu noch Partys gefeiert«, sagte KD Pratz. »Damals, als ich diese Sache hatte, mit …«

»… mit Marina Abramović.«

»Sie lesen ja doch die Klatschpresse.«

»Das weiß doch jeder. Das Power-Couple. Die Clintons der Kunstwelt.«

»Tja, damals gab es noch die Clintons.«

»Das mit dem Museum …«, sagte ich dann.

»Das hat sich doch eh erledigt«, sagte er.

»Ich weiß nicht. Der Förderverein muss noch abstimmen.«

»Abstimmen!«

»Na, gut stehen die Chancen nicht, da haben Sie schon recht.«

»Ich möchte, dass Sie mir eins glauben«, sagte er dann. »Ich habe es echt versucht.«

»Was?«

»Nett zu sein. Ist Ihnen das nicht aufgefallen?«

»Doch.«

»Aber es ist nicht leicht, nach den vielen Jahren hier.«

Er nahm noch einen Schluck, aber nun nicht mehr kontemplativ schwenkend, sondern hastig. Er wollte weitersprechen so schnell es ging:

»Aber ich bin mir jetzt sicherer denn je, diese Einsamkeit war nötig. Anders hätte ich das alles nie geschafft.«

»Und das mit dem Museum ist Ihnen egal?«

»Natürlich ist es mir nicht egal. Aber was hilft es mir, wenn ich nachher ein Museum habe und sonst nichts. Ich lehne dieses normale Leben ab! Dieser Kulturbetrieb, mit seinen Förderungen, Segnungen, Preisen, Werkeinführungen und Vernissagen, Previews, Buchpräsentationen und Podiumsdiskussionen und artist's talks, das ist doch alles hassenswert.«

»Was ist denn daran hassenswert?«, fragte ich. »Es bereichert das Leben von sehr vielen Leuten. Normalen…«, ich zögerte, weil es mir merkwürdig vorkam, das in seiner Gegenwart so auszusprechen, »normalen Leuten.«

»Dieser ganze Kunstbetrieb ist doch nichts als ein Endlager für Leute mit Geld, die sich für zu kultiviert halten, um einfach abends den Fernseher anzumachen.

Stattdessen interessieren sie sich für Kunst, finden das alles so anregend und merken nicht mal, dass dieser Betrieb sie auch nur einlullt.«

»Aber es interessiert uns doch wirklich.«

»Sehen Sie? Deswegen ist dieser Betrieb ja so erfolgreich. Weil er es immer wieder schafft, Ihnen das einzureden. Er spielt den Leuten aus Ihrem Förderverein vor, dass das alles so interessant und besonders ist, damit sie sich auch interessant und besonders fühlen und sich nicht mehr schämen müssen für ihre Angepasstheit. Und dann gehen sie nach Hause und denken: Eigentlich sind wir doch total okay.«

»Sind wir das denn nicht?«

»Okay. Wenn Sie unbedingt wollen, dann sind Sie eben okay. Aber das ist doch kein Leben.«

»Aber es geht uns doch gut dabei!«, sagte ich, nun mit etwas mehr Nachdruck. Offenbar war es so viel Nachdruck gewesen, dass KD Pratz für einen Moment verstummte.

»Herzlichen Glückwunsch«, sagte er dann. »Toll, dass es Ihnen gut geht. Mir geht es nicht gut. Aber das wissen Sie ja schon.«

Er zündete sich eine Zigarette an, stand auf, öffnete ein Fenster und sah durch die sicherlich einen Meter dicke Mauer in die unsichtbare Landschaft hinein. Diese Welt, seine Welt, diese Einsamkeit und der ihr von ihm gegebene Sinn – alles kam ins Wanken. Oder war es schon längst ins Wanken gekommen? Wäre das Museum seine letzte Chance gewesen, um sich noch sagen zu können, diese ganzen einsamen Jahre, diese Opfer hätten sich gelohnt?

»Es tut mir leid, dass ich das nicht besser hinbekommen habe. Mit den Leuten. Dem Atelier«, sagte er.

»Aber Sie müssen sich doch nicht bei mir entschuldigen.«

»Doch!«, sagte er schnell und dann noch einmal langsamer: »Doch. Ich weiß, Sie hätten das gern gehabt mit dem Museum. Weil Ihre Mutter es gern hätte.«

Diesmal widersprach ich ihm nicht. Er hatte ja recht. Lange bevor es mir klar geworden war, hatte er es bereits geahnt. Ich tat das ihr zuliebe. Aber eben nicht nur.

»Wollen Sie das Atelier sehen?«

»Was?«

»Ich zeige es Ihnen.«

»Jetzt?«

»Warum nicht?«

»Nein, ich meine: warum ausgerechnet jetzt?«

Ich war gar nicht einmal sonderlich überrascht. Im Gegenteil, ich hatte sogar ein bisschen damit gerechnet, dass er mir das anbieten würde. Was ich versäumt hatte, war, zu überlegen, wie ich reagieren sollte.

»Ich würde es ja schon gern sehen, aber das wäre komisch. Wenn ich es als Einziger gesehen hätte und ...«

»... und Ihre Mutter nicht?«

»Was soll ich denen denn sagen? Es wäre irgendwie gemein.«

»Ja, das wäre es wohl. Gemein«, sagte er, allerdings in einem Tonfall, der mich daran zweifeln ließ, ob er das wirklich so meinte. Er stand noch immer an dem Fenster, mit seinem Glas und der Zigarette, und sah hinaus. Er nahm noch einen Zug, dann schmiss er sie fort.

»Ich wusste von Angeliki«, sagte er, weiterhin in die dunkle Landschaft blickend. »Sie hat mir einen Brief geschrieben. Vor über einem Jahr. Also, dass sie krank ist. Seitdem wusste ich das. Aber das war Ihnen eh klar, oder?«

»Warum sollte mir das denn klar gewesen sein?«, fragte ich.

»Ich habe gedacht, das hätten sofort alle gemerkt.«

Ich schüttelte den Kopf. Ich hatte es nicht gemerkt, doch das war es nicht, was ich mit dem Kopfschütteln ausdrücken wollte. Vielmehr wollte ich ihm damit sagen, dass ich das ziemlich unmöglich fand. Wenngleich ihm diese Täuschung beeindruckend gut gelungen war, das musste ich ihm lassen. Und letztendlich, was hätte er sonst machen sollen? Es war schließlich Ingeborgs Fehler gewesen, das Thema überhaupt anzusprechen.

»Ich nicht«, sagte ich dann.

»Sie sind naiv.«

»Warum sagen Sie das in so einem abschätzigen Ton? Ich gehe eben erst einmal bei allen davon aus, dass sie die Wahrheit sagen.«

»Aber das tut doch kaum einer.«

»Wenn die Leute nicht die Wahrheit sagen, dann sagen sie halt etwas, das ihnen wichtiger ist als die Wahrheit.«

»Es tut mir leid. Das mit dem naiv.«

Ich schwieg.
»Und das andere auch.«
Er schwieg.

»Ihre Reaktion, vorhin«, sagte ich. »Keiner ist davon ausgegangen, dass Sie uns in so einer Situation Quatsch erzählen.«

»Natürlich wusste ich davon. Ich wohne ja nicht auf einem Vogelfelsen in der Arktis, wo ein Forschungsschiff einmal im Jahr die Post bringt. Ich wusste davon, aber ich wusste einfach nicht, was ich machen soll. Hinfahren? Warum? Nach all den Jahren. Was ist denn das für ein Anlass, einen Menschen wiederzusehen?«

»Ich würde sagen, ein ziemlich zwingender.«

»So nach dem Motto: Du hast mich vor dreißig Jahren sitzen lassen, aber jetzt stirbst du, da will ich dir ein bisschen zugucken?«

Ich zuckte mit den Schultern.

»Gut, ich bin ein Pessimist. Aber ich bin kein Menschenfeind. Es gibt Menschen, die ich schätze. Die Winzer hier, Bäckermeisterin Erbenheim oder auch meinen Galeristen Johann König. Aber wenn es mehr als zwei Personen gleichzeitig werden, macht mich das fertig.«

Ich wartete, gespannt darauf, wie er weitermachte, wenn ich nicht sofort reagierte. Würde er wieder in allgemeines Politgerede übergehen? Noch mehr Persönliches preisgeben?

Er tat weder das eine noch das andere. Er kam zurück zum Sofa, setzte sich und schenkte uns nach:

»Burg Ernsteck hat über Jahrhunderte diese strategisch wichtige Stellung am Rhein besetzt, ohne jemals eingenommen zu werden. Sie können sich das denken, bei dieser Lage. Von wo sollten die Feinde kommen? Dann hat ein Burgherr namens Chlodewig der Ältere es mit der Angst zu tun bekommen, dass es ausgerechnet unter seiner Herrschaft mit der Uneinnehmbarkeit vorbei ist. Dass es zu seiner Zeit passiert, der Untergang, der Verfall, und zwar durch die immer besser werdenden Kanonen. Ernsteck war einfach nicht mehr modern, dachte er. Also will er die Burg sicherer machen, indem er etwas weiter unten noch zwei kleinere Burgen baut, ungefähr da«, sagte er und zeigte in Richtung der Tür. »Und da. Die sieht man heute nicht mehr. Am Wisperposten und am Hupfheimer Gärtchen. Er baut also diese zwei kleinen Burgen und bestückt sie mit den modernsten Kanonen, die er auftreiben kann. Als diese Burgen standen, war Chlodewig der Ältere beruhigt. Es gibt sogar ein Gedicht darüber. Nun konnte wirklich nichts mehr passieren. Jeden Angreifer, der vom Fluss her kam, erwarteten Dutzende auf ihn gerichtete Geschütze, und das war noch nicht einmal die richtige Burg.

Es ging ein Jahr gut. Dann überfielen lothringische Truppen nicht die Burg, sondern gezielt diese beiden kleinen Vorwerke. Einige wenige Männer hat es nur gebraucht, die da nachts eingedrungen sind. Sie haben die Soldaten getötet, die darin schliefen, die Geschütze umgedreht und Burg Ernsteck so lange beschossen, bis Chlodewig sie aufgeben musste.«

KD Pratz sah die Cognacflasche an. Dann sein Glas. Dann mich.

Ich überlegte, was er mir mit dieser Geschichte sagen wollte. Lag darin irgendeine Botschaft, eine Lektion darüber, wie man sich gegenüber dem Lauf der Zeit verhalten sollte? War Burg Ernsteck untergegangen, weil ihre Burgherren nicht rechtzeitig mit der Zeit gegangen waren? Oder gerade, *weil* sie mit der Zeit gegangen waren?

Ich sah ihn fragend an. Seine Mundwinkel hoben sich leicht. Er lächelte, doch dieses Mal sah es anders aus als sonst. Es hatte nichts mehr mit dem spöttischen Grinsen zu tun, mit dem er manche von Ingeborgs Aussagen kommentiert hatte. Wenn es bisher so schien, als würde ihn jedes Lächeln Überwindung kosten, als müsste er eine immense innere Schwere überwinden, um die Mundwinkel überhaupt heben zu können, ging es nun wie von allein. Er lächelte und hielt das Cognacglas in der Hand, die Wasserflasche stand noch immer ungeöffnet auf dem Couchtisch. Dann, als er mich ansah, schien sein ganzes Gesicht plötzlich wie verändert, und mir wurde erst jetzt klar, wie angespannt er das ganze Wochenende über gewesen sein musste. Oder die ganzen letzten dreißig Jahre.

Ich fand nicht, dass er glücklich wirkte, aber er wirkte definitiv amüsiert über sein Unglück. Dieses Wochenende hatte ihm die erste krachende Niederlage seit Jahrzehnten beschert, er war so richtig abgeschmiert, und zwar mit Pauken und Trompeten. Und er schien einen enormen Spaß daran zu haben – als reihte er sich gerade im Geiste in die Reihe der vielen gescheiterten Burgherrn ein, die dieses Rheinland gesehen hatte.

»Ich habe eine Idee«, sagte er.

»Und zwar?«

»Sie könnten zum Beispiel hier schlafen.«

Auch wenn mir nicht klar war, womit ich gerechnet hatte bei diesem Besuch. Damit nicht. Ich setzte an, um mein Cognacglas auszutrinken, spürte aber nur noch einen leicht scharfen Hauch in der Nase. Es war bereits leer. Ich hielt das Glas ein wenig in seine Richtung, doch er schenkte mir nicht nach.

»Überrascht?«, fragte er.

Dass ich darauf nichts sagte, beantwortete die Frage ziemlich gut.

»Das war schon eine richtige Beobachtung. Es müssen bei mir nicht unbedingt Frauen sein.«

»Auf dem Bild?«

»Und auch sonst.«

»Sie meinen, im Bett?«

»Frauen, Männer, das gehörte doch damals zum guten Ton. Also, nicht dass Sie denken, ich hätte so was nie gemacht. Ich bin nicht spießig.«

»Sagt man dazu nicht bisexuell?«

»Wenn Sie wollen auch das.«

»Es gibt doch viele Männer, die mit Frauen schlafen,

aber ab und zu gern auch mal mit Männern«, sagte ich dann.

»Reden Sie gern über Sex?«, fragte er.

»Ja, warum nicht?«

»Also, ich weiß gar nicht, ob es mir darum geht. Es ist halt nur so, dass ich mich auch in der Nähe von Männern gut fühle. Und bei Ihnen, also in Ihrer Nähe, da ist das zum Beispiel so.«

Wir tranken noch einen Cognac. Dann öffnete KD Pratz eine Tür, wir stiegen eine steinerne Wendeltreppe hinab und erreichten einen schmalen Gang, den wir durchschritten, was der Szene etwas Gespenstisches verlieh und mir für einen Moment das Gefühl gab, ich hätte bei Gewitter eine Reifenpanne gehabt, bei der nächstbesten Burg um ein Nachtquartier ersucht und würde nun einem buckligen Diener folgen, der mir mit einem Leuchter voller tropfender Kerzen den Weg in meine Gemächer wies. Beziehungsweise in diesem Fall: in seine.

Nachdem ich mich vor fünf Jahren von meinem einzigen langjährigen Freund Nick getrennt hatte, war mein Liebesleben in einen Zustand undefinierter Nahbeziehungen und Beinah-Beziehungen übergegangen, die mich zu meiner eigenen Überraschung glücklicher gemacht hatten als die romantische Zweierpaarung.

Lange Zeit war es mir eher auf die Nerven gegangen, wenn Pärchen aus meinem Freundeskreis ihre offenen Beziehungen und polyamourösen Errungenschaften zur

Schau stellten. Ich hatte lange geglaubt, dass solche Modelle – sosehr sie als Befreiungsschlag gegen überkommene bürgerliche Partnerschaftsvorstellungen gedacht waren – letztendlich irgendwann kippten und entweder zu großem Liebeskummer führten oder zu einer unerträglichen Angeberei, wenn Leute ungefragt Fotos von ihren außerpartnerschaftlichen Affären herzeigten, die sie mit derselben Akribie sammelten und mit demselben Vergnügen kommentierten, wie man es früher vielleicht mit Briefmarken, Bierdeckeln oder Urlaubsdias getan hätte.

Nach meiner Trennung von Nick kamen mir diese alternativen Beziehungsmodelle plötzlich doch ganz attraktiv vor. Ich führte zwar kein durchweg promiskes Leben, teilte aber körperliche Nähe mit vielen, ohne mir deswegen verwegen vorzukommen oder mich gar als Outlaw zu feiern. Es hatte sich einfach so ergeben. Eine Konsequenz daraus war allerdings, dass ich keinen festen Lebensgefährten vorweisen konnte, der mich auf eine Reise wie diese begleitet hätte. Nick hatte diese Arten von Familienaktivitäten nie gemocht, und so empfand ich immer wieder eine geradezu trotzige Freude, wenn ich mit Ingeborg unterwegs war und an ihn dachte.

Wir gelangten an eine Tür, die nicht mehr alt war. KD Pratz öffnete sie.

Ich sollte gehen. Jeder vernünftige erwachsene Mensch mit Selbstachtung hätte in diesem Moment die Reißleine gezogen. Er hatte ja schon vorhin, im Land Cruiser, zur Distanzlosigkeit geneigt, aber dass es so weit gehen würde, damit hatte ich nun wirklich nicht gerechnet.

Dann trat ich ein. Vielleicht war es eine schlechte Idee, doch ich war einfach zu neugierig.

Wir durchquerten einen großen Raum mit einer Einbauküche. Vor der erhöhten Arbeitsplatte standen einige Hocker, sodass hier mehrere Leute gemeinsam hätten frühstücken können, ich fragte mich, ob das jemals passiert war.

Das Schlafzimmer von KD Pratz war weder besonders groß noch besonders klein. Immerhin stand ein Doppelbett darin. Alles andere wäre ja auch wirklich ein Eingestehen des Scheiterns im Beziehungsleben gewesen. Hier musste er vor vielen Jahren mit Marina Abramović geschlafen haben. Und seitdem? Nichts?

»Warten Sie«, sagte er. »Ich habe hier irgendwo ...«

Er ging zu einem Schrank. Öffnete ihn. Öffnete einen zweiten, bückte sich, wühlte in den untersten Regalen herum, zog eine Schublade auf, als suchte er etwas, das für unsere Übernachtung wichtig war. Kramte und kramte und begleitete das mit Worten wie: »Hier müsste ich doch irgendwo noch ...«

»Ah«, sagte er dann. Und hielt triumphierend eine kleine Pappverpackung in die Höhe, die einmal weiß gewesen sein musste, aber inzwischen vor Staub ganz grau war.

Es war eine vermutlich über zwanzig Jahre alte Einwegzahnbürste aus dem »maritim«-Hotel. Dann gingen wir in ein großzügiges Badezimmer, in dem sogar eine Sauna war.

KD Pratz stand neben mir in dem hellen Licht. Er gab

mir Zahnpasta, dann standen wir da, nebeneinander, den Blick nach vorn, unsere Augen trafen sich im Spiegel, und wir putzten uns die Zähne. Ich sah ihn an, uns. Die Falten im Gesicht von KD Pratz, die Falten, die sich auch schon auf meinem andeuteten.

Ich hatte mich lange nicht mehr so im Spiegel angesehen. Ich fragte mich, was er sah. Einen Mann um die vierzig, der ihn ähnlich fragend ansah wie er mich. Wie um alles in der Welt waren wir hier gelandet, zähneputzend, in einer fast noch neuen Wellnesslandschaft von einem Badezimmer, schäumend und grinsend, skeptisch, angespannt, gespannt. Dann spülte ich mir den Mund aus. Er ging einen Schritt zurück, um mir Platz zu geben, dann trat ich zurück und ließ das Wasser für ihn laufen.

Als wir wenig später am Bettrand saßen, nahm er die Brille ab. Für ihn war das offenbar ein ganz alltäglicher Vorgang, doch für mich kam es einer Demaskierung gleich, der Enthüllung eines Denkmals. Nicht, dass die Brille ihn verändert oder verfremdet hätte, seine Augen waren nicht gerötet, nicht aufgequollen, die Lider waren noch straff, die klaren blauen Augen, mit denen er mich jetzt ansah, ließen mich überlegen, warum er sich überhaupt hinter dieser Brille versteckte, doch er merkte nicht, was das für ein besonderer Moment für mich war.

»Jetzt möchte ich doch mal fragen, was Sie eigentlich vorhaben?«, fragte ich dann.

»Wieso? Gar nichts. Ich möchte, dass Sie mich so lange im Arm halten, bis ich eingeschlafen bin«, antwortete er, wobei mich überraschte, wie unaufgeregt er dabei klang.

»Erzählen Sie es nur nicht meiner Mutter«, sagte ich.

Wir legten uns ins Bett, ich auf den Rücken, KD Pratz mit dem Kopf auf meine Brust. Den Arm um ihn gelegt, hatten wir noch eine Weile geredet, dann war er eingeschlafen. Es überraschte mich, irgendwie war ich davon ausgegangen, dass so ein Mensch nicht gut schlafen konnte, doch nun war ich es, der hier wach lag und ihm beim Atmen zuhörte. Sein Atem hörte sich jung an, unbeschwert. Wenig später war auch ich weg. Weit weg.

Als ich mitten in der Nacht aufwachte, war KD Pratz auf die andere Seite des großen Bettes gerutscht und hatte die Bettdecke mit sich genommen. Ich vermisste sie nicht.

KD Pratz drehte sich um, sein Arm berührte mich, er schreckte auf. Er musste wirklich sehr lange nicht mehr mit jemand anderem hier gelegen haben. Dann sah er mich an, erkannte mich, nahm mich in den Arm und schlief wieder ein.

Ich dachte noch eine Weile darüber nach, was an den letzten beiden Tagen passiert war. Dann hörte ich damit auf. Hörte überhaupt mit dem Denken auf. Ich wusste jetzt, was ich tun musste. Und schlief auch wieder ein.

9

Am nächsten morgen fuhr KD Pratz mich ins Hotel, wo ich mich duschte, umzog und pünktlich zum Frühstück erschien. Ich setzte mich mit einem Kaffee zu Ingeborg an den Tisch.

»Und? Gut geschlafen«, fragte sie. Ich nickte. Langsam trudelten die anderen Mitglieder des Fördervereins ein. Die Stimmung hatte sich nicht gebessert. In kleinen Grüppchen kamen sie aus ihren Zimmern und unterhielten sich nur mühsam, versuchten dieses Gesprächsthema, jenes, Museen in den USA, Restaurants in Frankfurt, kommende Ausstellungen hier und da, das Wetter – doch je mehr alle versuchten, an die guten Momente anzuknüpfen, die wir auf diesen Reisen immer gehabt hatten, desto deutlicher wurde, wie wenig es gelang.

Auch am Büfett war es anders als gestern. Gestern war das ganze Frühstück ein einziges großes Sich-gegenseitig-Vorlassen gewesen. Wenn jemand etwas länger brauchte, um die fast tiefgefrorenen Butterstückchen, die hier auf Eis lagen, voneinander zu trennen, hatten die anderen sich die Wartezeit mit Plaudereien vertrieben, boten Hilfe an, traten einen Schritt zurück. Heute brauchte Martha Hansen länger als sonst, um sich, wie sie es immer tat, ihren Obstsalat so zusammenzufischen, dass sie nur Ananasstückchen, Melonen und Weintrauben hatte und kein einziges Stück von den grünen, sauren Granny-Smith-Äpfeln, doch dieses Mal sprach sie jemand aus der Gruppe an:

»Ich will nur ganz kurz da ran.«

»Ich bin doch gleich fertig.«

»Aber jetzt lassen Sie mich doch kurz da ran!«

»Ich bin ja gleich so weit!«

Dann Stille. Katarzyna Pyszczek kam, nahm sich zwei Brötchen, Butter, eine ansehnliche Menge an Wurst- und Schinkenscheiben und setzte sich allein an den Tisch neben uns, obwohl bei uns auch noch etwas frei gewesen wäre. Wenig später setzte sich die esoterisch angehauchte Personalberaterin zu ihr und begann ein Gespräch über Polen, das Katarzyna mit der ihr eigenen fatalistischen Art gerade so weit aufnahm, dass es nicht zum Erliegen kam.

Die esoterisch angehauchte Personalberaterin hatte Interesse an Polen, doch auch bei diesem Gespräch konnte sie den ihr eigenen herablassenden Ton nicht abstellen, sodass es wieder so klang, als würde sie Katarzyna einen Gefallen damit tun, dass sie sich für das Land ihrer Geburt interessierte – als wäre jede ihrer Fragen ein Westpaket mit Kaffee und Nylonstrumpfhosen.

Ich war mir sicher, dass Katarzyna das auffiel, doch sie beantwortete die Fragen, denn es gehörte zu ihrem Job.

Als sie gerade beim Thema Warschau waren, kam das Einstecktuch in den Raum. Hatte er gestern noch den

Raum mit einem deutlich hörbaren »Guten Morgen« betreten, zum Frühstücksbüfett geblickt und sich die Hände gerieben, sagte er heute nichts. Erst als er sah, dass neben Katarzyna noch ein Platz frei war, erwachte etwas in ihm zum Leben, und er setzte sich zu der Personalberaterin und ihr. Als er hörte, worüber sie sprachen, sagte er:

»Ich war auch einmal in Warschau. Interessante Stadt. Ich war da in einem fantastischen Restaurant, kennen Sie das vielleicht? Es hieß ... Dom ... Dom ... Dom Irgendwas. Der Hummer war exzellent! Ich habe in Warschau den besten Hummer gegessen, den ich je hatte.«

Katarzyna zeigte sich unbeeindruckt. Wahrscheinlich arbeitete sie im Geiste schon, wie sonst so oft bei Gesprächen mit dem Einstecktuch, an einer besonders seltsamen Antwort. Das Einstecktuch bemerkte das natürlich nicht und redete weiter:

»Mögen Sie Hummer, Frau Pyszczek?«

»Da stellen Sie aber eine schwierige Frage«, antwortete Katarzyna.

»Ah, was soll denn daran schwierig sein«, entgegnete das Einstecktuch. »Sie müssen sich einfach nur auf Ihr Gefühl verlassen, nicht immer gleich alles so intellektuell analysieren.«

»Wissen Sie, ich bin immer fasziniert davon, dass Schalentiere so eng verwandt sind mit Insekten und Spinnen«, sagte Katarzyna. »Krabben und Krebse sind Delikatessen, aber Spinnen und Insekten gelten als Ungeziefer. Dabei gehören alle in die Gruppe der Gliederfüßer.«

Ungläubig sah das Einstecktuch in Katarzynas Richtung und wartete auf eine Auflösung der rätselhaften Antwort. Er musste nicht lange warten:

»Und immer wenn ich einen Hummer esse, habe ich das Gefühl, ich esse eigentlich nur einen sehr großen Käfer.«

Der belebende Effekt, den Katarzynas Gegenwart auf das Einstecktuch gehabt hatte, war verpufft. Nun hatte sie ihm auch noch den Spaß an seinem Lieblingsessen verdorben.

Viel später als gestern kam endlich auch Michael Neuhuber. Er bewegte sich deutlich vorsichtiger als sonst, griff behutsam ein Glas, genau darauf bedacht, kein Geräusch zu machen, ging zu dem Saftspender, drückte den Hebel langsam nach unten und setzte sich mit dem Glas zu Ingeborg und mir.

»Guten Morgen«, sagte er und zeigte auf die silberne Kaffeekanne auf unserem Tisch. »Ist da noch was drin?«

»Ja«, sagte Ingeborg.

Gestern hatte sie ihm noch eingeschenkt, heute schob sie ihm nur die Kanne zu. Michael nahm von dem Kaffee, auch das ganz langsam und sachte, sah sich suchend nach einem Milchkännchen um, doch da keines auf dem Tisch stand, trank er den Kaffee schwarz.

Da kam Martha Hansen an unseren Tisch und fragte für alle deutlich hörbar:

»Gehe ich recht in der Annahme, dass wir direkt nach dem Frühstück abreisen?«

Niemand reagierte sofort. Dann sagte Michael Neuhuber:

»Ich habe es schon verstanden. Das ist alles ein ziemlicher Rohrkrepierer. Manchmal ist das einfach so. Es war ein Experiment, aber es ist gescheitert. Ab heute wenden wir uns neuen Aufgaben zu.«

Und Katarzyna Pyszczek fügte hinzu:

»Ich habe den Bus für zehn Uhr bestellt.«

Niemand widersprach. Es hatte zu viele Spannungen gegeben, zu viel Streit, die Enttäuschung war nun mindestens so groß, wie die Vorfreude es vor noch zwei Tagen gewesen war. Selbst der derzeit aktuelle Bernhardiner des Einstecktuchs lag niedergeschlagen unter dem Tisch. Als Katarzyna ein Stück Wurstaufschnitt herunterfiel und direkt vor seiner Schnauze landete, konnte er sich kaum aufraffen, es zu fressen.

Ab und an das röchelnde Geräusch, wenn der Tee-Samowar nachheizte.

Den glücklichsten oder zumindest den am wenigsten unglücklichen Eindruck machte Michael Neuhuber. Und das war vielleicht auch gar nicht so verwunderlich, hatte er doch in den letzten beiden Tagen so sehr versucht, die Katastrophe zu verhindern, dass er jetzt, wo sie eingetreten war, geradezu erleichtert sein musste – allein schon, weil er keine Energie mehr darauf verwenden musste, sich das Schlimmste vorzustellen.

Für ihn gab es nichts mehr zu tun, außer sich in Ruhe seinem Frühstück zuzuwenden: ein bereits erkaltet aussehendes Spiegelei mit zwei in sich verknoteten Schinkenspeck-Streifen und ein Brötchen, das er fast schon andächtig mit Frischkäse beschmierte, bis es vollkommen von einer akkuraten weißen Grundierung bedeckt war. Dann tupfte er Marmelade darauf. Es sah fast so aus, als würde *er* jetzt etwas malen.

Rainer Hansen entkernte einen Apfel und redete nicht mit seiner Frau. Katarzyna Pyszczek legte Wurstscheiben auf ihre zweite Brötchenhälfte. Bald standen die Ersten auf und wollten gehen. Wenn ich jetzt nicht etwas tat, gab es keine Chance mehr. Also stand ich auf. Schlug sogar mit einem Löffel gegen mein Glas Grapefruitsaft, was streng genommen unnötig war, da ja ohnehin fast niemand redete.

»Wir sollten noch einmal zu KD Pratz fahren«, sagte ich und schaute in die Runde. Viele sahen von ihrem Frühstück auf. Wieder einmal hatte ich das Gefühl, dass einige sich erst einmal in Erinnerung rufen mussten, wer ich eigentlich war.

»Warum sollten wir denn da noch mal angekrochen kommen?«, sagte das Einstecktuch.

»Wir müssen da hin«, sagte ich. »Es gibt nämlich noch eine Chance.«

»Und was soll das bitte schön für eine Chance sein?«, fragte Martha Hansen. Dann sah sie Ingeborg an, die offenbar weiterhin als eine Art Sprecherin für alles galt, was KD Pratz betraf, doch die schien in ihrer Antwort eher laut nachzudenken, als zu einem Resultat zu kommen:

»Noch so eine Demütigung macht es auf jeden Fall nicht besser«, sagte sie.

»Er wird uns das Atelier zeigen«, sagte ich.

»Das macht er nicht, da bin ich mir nun wirklich sicher«, sagte Ingeborg.

»Ich bin mir da nicht mehr ganz so sicher, dass er es nicht tut«, sagte ich.

»Also eben haben Sie noch gesagt, er zeigt uns sein Atelier, jetzt sind Sie sich nicht mehr ganz so sicher, dass er es *nicht* tut?«, sagte da der Rechtsanwalt-oder-Arzt mit der Halbglatze und der Lesebrille am Band. »Was denn nun?«

»Ich ...«, fing ich an, doch da unterbrach mich das Einstecktuch.

»Nein. Wir reisen sofort ab. Wenn hier nicht um Punkt zehn der Bus auf der Matte steht, fahre ich mit der Bundesbahn«, sagte er und ließ es klingen, als wäre das ein Opfer, das nur dadurch zu übertreffen wäre, dass er sich an Ort und Stelle mit Benzin übergießen und anzünden würde.

»Ich finde auch, wir sollten abreisen«, sagte Rainer Hansen, und aus den unterschiedlichen Ecken des Frühstücksraums im Hotel *Zum Sprudelhof* waren ›Jas‹ in verschiedenen Stimmlagen zu hören. Es klang ein bisschen wie bei einer Schafherde. »Uns ist das unangenehm«, fügte Rainer Hansen, ermutigt von dem vielen Zuspruch, hinzu.

Und während ich noch mitten im Raum stand, mit dem Grapefruitsaft und dem Teelöffel in der Hand, wendeten sich alle wieder schweigend ihrem Frühstück zu. Ingeborg nahm die auf unserem Tisch stehende Kaffeekanne, um sich nachzuschenken, stellte fest, dass sie leer war, unternahm aber auch keine Anstrengung, um sich von einem anderen Tisch eine der bereitgestellten Kaffeekannen zu besorgen. Ich sah auf die Uhr im Frühstücksraum. Es war schon halb zehn.

»Ich habe mit ihm telefoniert«, sagte ich und blickte in die Runde mit dem unguten Gefühl, mich verplappert zu haben.

Dann sah ich Michael Neuhuber an. Ich hatte damit gerechnet, dass er reagieren würde, wenn jemand einfach so versuchte, die Kontrolle über unsere Reise zu übernehmen. Doch er war weiterhin mit der Dekoration seines Frischkäsebrötchens beschäftigt, von dem er noch keinen Bissen genommen hatte. Unter den anderen allerdings gab es einige, die mich nun doch wieder ansahen, erst das Einstecktuch, dann die Hansens und schließlich auch Ingeborg.

»Du hast mit ihm telefoniert und er hat dir gesagt, dass er uns das Atelier zeigt?«, fragte sie.

»Ja«, sagte ich und hoffte, dass es zumindest halbwegs überzeugend klang. Denn wahr war es ja nicht. Ich hatte keine Ahnung, was er tun würde, wenn wir jetzt alle zu ihm fuhren, ich war mir nur sicher, dass wir es versuchen mussten.

»Er hat es mir nicht nur gesagt, er hat es versprochen.«

Als ich die Lüge nun zum zweiten Mal ausgesprochen hatte, fiel es mir schon wesentlich leichter. Es fühlte sich sogar gut an. Ingeborg, Michael Neuhuber und KD Pratz hatten alle auf ihre Weise versucht, die Geschehnisse der letzten Tage so zu manipulieren, wie es ihnen passte – ich konnte das auch.

»Warum soll der das denn auf einmal machen?«, sagte das Einstecktuch. Damit war das Eis gebrochen. Nun stand es zumindest wieder als Möglichkeit im Raum.

»Weil er eigentlich ganz nett ist«, sagte ich.

»Und dann handeln wir uns noch mal eine richtig nette Abfuhr ein«, sagte jemand.

»Die wird es nicht geben.«

»Man fährt doch nicht irgendwohin, wo man weiß, dass es letztendlich wieder nur Streit gibt«, sagte Rainer Hansen.

»Das ist doch eine Riesenchance für uns«, sagte ich. »Wir könnten als Erste die ganzen Arbeiten aus den letzten Jahren sehen. Die hat er bislang nicht einmal seinem Galeristen gezeigt.«

»Vielleicht hat das ja auch einen Grund«, sagte Ingeborg.

»Genau. Vielleicht ist da gar nichts drin. Vielleicht malt er einfach nicht mehr«, sagte Rainer Hansen.

»Doch, das tut er, das können Sie mir glauben.«

»Woher wollen Sie das denn wissen?«

»Ich weiß es. Ohne Angabe von Gründen«, sagte ich.

»Du weißt es, aber du verrätst uns nicht, warum?«, fragte Ingeborg.

»Nein«, sagte ich und merkte, dass alle darauf warteten, dass ich noch mehr sagte, doch das tat ich nicht. Für einen Moment dachte ich wieder an gestern Nacht, dann lächelte ich in die Runde und zuckte mit den Schultern.

»Wir sollten es lassen«, sagte Ingeborg, der es offenbar gar nicht schnell genug gehen konnte. »Wir fahren um zehn zurück nach Frankfurt.«

»Willst du das Museum etwa nicht mehr?«, fragte ich Ingeborg.

»Es ist vorbei, Consti«, sagte Ingeborg.

»Ich packe jetzt meine Sachen«, sagte das Einstecktuch.

»Lassen Sie Ihre Sachen. Wir fahren zu KD Pratz«, sagte ich.

»Wir haben doch alles versucht. Was soll denn da noch kommen?«, sagte das Einstecktuch.

»Na, das Beste!«

»Und das sollen wir Ihnen glauben?«, sagte das Einstecktuch.

»Sie sollen mir gar nichts glauben. Aber ausprobieren müssen wir das.«

»Pah! Dieses ewige Hin und Her, das ist doch eine Frechheit«, sagte das Einstecktuch, der dabei war, sich in dasselbe Beleidigtsein hineinzuempören, das er in den letzten Tagen immer wieder an den Tag gelegt hatte. Das war ein gutes Zeichen. Denn wenn er sich beleidigt fühlte, kamen auch seine Lebensgeister zurück.

»Wir sind doch der Förderverein. Der Förderverein des Wendevogel-Museums! Wir glauben an die Kunst. *Wir* entscheiden, was wir tun. Nicht KD Pratz. Und auch nicht Michael Neuhuber. Ja, es ist an diesem Wochenende einiges schiefgegangen. Eigentlich alles. Aber das Gute daran ist doch, dass jetzt auch nicht mehr viel schiefgehen kann.«

»Da haben Sie allerdings recht«, sagte Martha Hansen, die das Einstecktuch ansah, dann sahen sie gemeinsam Michael Neuhuber an, der weiterhin auf sein Frischkäsebrötchen starrte, als könnte er darin die Zukunft sehen.

Entweder er genoss immer noch die entspannende Wirkung seiner Resignation ... oder er hatte festgestellt, dass die Stimmung in der Gruppe sich langsam wandelte, ohne dass er etwas tun musste. Zumindest blickten mich nun einige aufmerksam an, die am Anfang noch so sehr mit ihrem Frühstück beschäftigt waren, dass ich kaum hätte sagen können, ob sie mir zuhörten.

»Ich habe eine Idee«, sagte da Katarzyna Pyszczek. »Wir reden doch das ganze Wochenende schon darüber, dass wir etwas abstimmen wollen. Da könnten wir doch jetzt abstimmen, ob wir nach Frankfurt fahren wollen oder zu KD Pratz.«

Viele sagten Ja.

Andere nickten.

»Also«, sagte Katarzyna. »Wer ist dafür?«

»Ich finde das wirklich überhaupt nicht gut«, meldete sich Rainer Hansen noch einmal zu Wort, da hatte Martha Hansen schon die Hand gehoben, das Einstecktuch und einige andere taten es ihr nach.

Es war die Mehrheit, wenn auch denkbar knapp. Viele Handzeichen waren von einem Achselzucken begleitet. Vielen war es offenbar egal – doch jetzt gab es immerhin einen Plan, und das war besser als die Niedergeschlagenheit des bisherigen Morgens.

Wenig später kam eine Hotelmitarbeiterin und fragte, ob wir noch etwas wollten, sonst würde jetzt abgeräumt. Der eine oder die andere nahm noch eine Banane, dann verschwanden alle, standen aber allesamt zu der von Katarzyna angekündigten Zeit draußen am Rhein.

Ein letztes Mal, dachte ich. Ein letztes Mal dieser Bus mit der lustigen Aufschrift. Das Piepen beim Rückwärtsfahren. Der rauchende Busfahrer. Jetzt war der Moment der Entscheidung gekommen.

Sobald wir losgefahren waren, wurde die Sache für mich unangenehm konkret. Ich hatte gehofft, dass ich alle überzeugen konnte, nun, wo es mir gelungen war, fiel mir auf, dass ich keinen Plan hatte, was als Nächstes zu tun war. Wie ein Mensch, der intensiv für etwas betet und den nichts so sehr verwirrt wie der Moment, in dem er es bekommt.

Zwanzig Minuten später stiegen wir an der Burg Ernsteck aus dem Bus. Es wurde schon wieder sehr warm, aber das nahm ich kaum wahr, der Punkt des Sommers war erreicht, an dem man anfing zu denken, das Wetter würde jetzt immer so bleiben.

Wir sammelten uns vor dem Bus, ganz so wie vor zwei Tagen, genau an demselben Punkt – mit dem Unterschied, dass nun alle zu mir hersahen und abwarteten, was *ich* tat.

Ich ging zur Tür und klingelte. Katarzyna stellte sich neben mich. Wir warteten, Michael Neuhuber hielt sich im Hintergrund.

Es war merkwürdig still. Ein Segelflieger drehte seine Runden. Dann das langsam lauter werdende Geräusch eines Binnenschiffs namens Metropolis. Wir sahen hinauf, als wir zwei Möwen kreischen hörten, und warteten eine Minute, zwei Minuten. Ich starrte auf die Tür, schon allein deswegen, um nicht den Blicken der anderen zu begegnen.

Damit, dass jenseits der Burgmauern ein opulentes Brunch-Büfett auf uns wartete, rechnete sicherlich keiner. Doch was, wenn er einfach nicht aufmachte? Vielleicht war er auch gar nicht da, ging irgendwo am Rhein spazieren oder hatte sich ins Auto gesetzt, um endlich Angeliki zu besuchen. Ich wünschte mir, ich hätte ihn aus dem Bus angerufen, doch dafür war alles zu schnell gegangen. Da sagte Katarzyna:

»Ich glaube, die Tür ist nur angelehnt.«

Wir sahen uns an, dann drückte ich dagegen. Mit einem Knarren, das eines Horrorfilms würdig gewesen wäre, schwang sie auf.

Der Hof war leer. Von KD Pratz keine Spur. Ich wollte gerade mit Katarzyna hineingehen, da spürte ich eine Hand auf meiner Schulter und hörte die Stimme von Rainer Hansen:

»Mir ist das Ganze nicht geheuer.«

Ich drehte mich zu ihm um.

»Was, wenn er irgendwas vorhat?«, fragte er. Vielleicht will er sich an uns rächen. »Er hat doch dieses Gewehr.«

»Rainer, das ist absurd«, sagte Martha, »er wird uns doch nicht erschießen, wir sind nicht in Amerika.«

»Aber warum macht er es denn dann?«, fragte Rainer.

»Das werden wir nur rausfinden, wenn wir jetzt da reingehen«, sagte Martha, und als Rainer widersprechen wollte, unterbrach sie ihn mit einem deutlichen: »Und jetzt komm!«

»Tja, dann wollen wir mal«, sagte ich, um einen sorglosen Tonfall bemüht, dann betrat ich zusammen mit Katarzyna den Innenhof der Burg.

Plötzlich gefiel sie mir ganz gut, diese führende Rolle. Jetzt war ich wirklich der Chef. Erst als ich in der Mitte des Hofes stand, sah ich mich um, und wirklich, alle folgten mir, wenngleich sich Rainer Hansen auffällig weit im Hintergrund hielt, noch hinter Michael Neuhuber, und aufmerksam um sich blickte, in die vielen kleinen dunklen Fenster im Turm und zu den Schießscharten hinauf.

Als nach einigen Minuten niemand gekommen war, wurde Rainer Hansen immer nervöser. Der derzeit aktuelle Bernhardiner des Einstecktuchs pinkelte in eine Ecke. Wo hier drinnen und draußen war, war für ihn schwer zu entscheiden. Da öffnete sich am anderen Ende des Hofes eine Tür, und in ihr erschien KD Pratz.

»Da sind Sie ja doch noch gekommen«, sagte er, hielt uns die Tür auf und winkte uns heran. »Na, kommen Sie schon. Essen gibt es nicht, aber ich will Ihnen etwas zeigen.«

Wir gingen auf ihn zu. Auch dies war eine schwere alte Holztür, doch im Gegensatz zu der Tür in der Burgmauer war sie so niedrig, dass nicht nur KD Pratz, sondern auch die Normalgroßen unter uns den Kopf einziehen mussten. Außerdem war sie so schmal, dass nur einer nach der anderen von uns hindurchpasste. Sie führte in einen Raum, der so dunkel war, dass von draußen nicht auszumachen war, was sich darin befand. Ich ging als Erster hinein.

»Bitte gehen Sie ganz nach hinten durch, damit wir alle Platz haben«, sagte KD Pratz, der weiterhin die Tür aufhielt.

Auch nachdem ich weiter nach hinten durchgegangen war und meine Augen sich ein wenig an die Dunkelheit gewöhnt hatten, war kaum etwas zu erkennen. Ich sah nur, dass es kein großer Raum war. An der unverputzten, aus großen Steinbrocken bestehenden Mauer hingen hier und da billige vergitterte Baumarkt-Lampen, die den Raum mehr schlecht als recht erleuchteten und ein paar Gegenstände erkennen ließen, eine Tonne, eine Werkbank, Farbeimer, Metallkanister mit, so nahm ich an, Lösungsmittel.

Langsam wurde es eng.

Als alle drin waren, schloss KD Pratz mit einem lauten Knall die Tür. Dann bahnte er sich durch die Gruppe den Weg in die Mitte des Raumes, wo er unter einer der funzeligen Lampen zum Stehen kam.

»Angenehm kühl hier, oder?«, sagte er, und ich musste an den gestrigen Abend denken. Ein paar murmelten ein leises Ja. »Wir befinden uns im früheren Waffenlager der Burg Ernsteck. Hier wurden die Schwerter und Lanzen, das Schießpulver, die Kanonenkugeln gelagert.«

Dann erhob er die Stimme und sagte deutlich lauter als soeben: »Von dort links ging früher ein geheimer Fluchtgang ab, ganz runter bis zum Rhein. Aber ich habe ihn zumauern lassen.«

Nun überlegte ich wirklich für einen Moment, ob in diesen Katakomben bereits die Gebeine von anderen kompletten Museums-Fördervereinen ruhten oder ob er uns zumindest diesen Eindruck geben wollte, dann jedoch ging er weiter in den Raum hinein, bis ans andere Ende, wo ich zumindest glaubte, eine weitere, größere Tür zu erkennen.

»Dafür habe ich von diesem Raum einen Zugang zu meinem Atelier gebaut. Diesen Raum wollte ich eigentlich als Empfangsbereich für Besucher ausbauen. Doch dann habe ich festgestellt, dass ich gar keinen Besuch wollte.«

»Da kann ich Sie gut verstehen«, sagte Ingeborg. War sie jetzt wirklich zur Miesepetra geworden? Ich konnte es mir einfach nicht vorstellen, hörte aber in ihrem Tonfall keinen noch so leisen ironischen Unterton. KD Pratz, der sonst immer gern auf solche Steilvorlagen angesprungen war, ignorierte sie und sagte:

»Seitdem lagert hier mein Material. Alles, was ich im Atelier nicht um mich haben will.« Während KD Pratz das sagte, bekam seine Stimme etwas Angestrengtes, Gepresstes, er machte sich an etwas zu schaffen, und im nächsten Moment hörten wir einen schweren Eisengriff auf etwas Hölzernes schlagen. »Diese Tür geht zwar etwas schwer, aber ...«

Da flog mit Gerassel die Holztür am anderen Ende des Raumes auf. Licht schlug uns entgegen. Hellstes Licht. Im Vergleich zu der Dunkelheit in diesem Raum war es fast so wie in Filmen, wenn Leute starben und auf *das weiße Licht* zuschwebten.

Wir standen am Eingang zu seinem Atelier.

Der Raum war riesig, hatte fast die Größe einer kleinen Turnhalle, so weit erstreckte er sich in das Land hinein und endete an der großen Fensterfront, auf deren Außenseite ich gestern gestanden hatte. Trotz dieser vielen großen Fenster war es auch hier kühl. Es war der moderne Teil der Burg, ein perfekt klimatisiertes Atelier.

»Jetzt ist es schon nicht mehr ganz optimal, aber bis vor einer Stunde war das Licht absolut großartig. Ich bin um vier Uhr aufgestanden und habe in dieses Licht hineingemalt, habe nachvollzogen, wie es langsam besser wird – um diese Jahreszeit bis ungefähr halb zehn, im Winter geht es länger.«

Mussten meine Augen sich eben noch an die Dunkelheit gewöhnen, hatten sie sich jetzt langsam wieder an die Helligkeit gewöhnt. Überall in dem riesigen Raum standen Bilder, manche abgedeckt und an Wände gelehnt, mindestens dreißig aber weiterhin auf Staffeleien, es war fast wie ein Irrgarten. Nicht nur die Angst, dass wir hier erschossen würden, hatte sich als falsch herausgestellt. Auch die, deutlich wahrscheinlichere, dass er seit Jahren nichts mehr gemalt hätte, bewahrheitete sich nicht. Im Gegenteil. Er hatte gemalt. Und wie!

»Hier ist das Großprojekt der letzten Jahre entstanden, ein Panoptikum, das sämtliche Bereiche unseres heutigen Lebens durch Personen repräsentiert, durch unsere heutigen Propheten«, sagte KD Pratz, wobei er irgendwie anders sprach als sonst, schneller, als würde er ins Zweifeln kommen, sobald er sein Tempo verringerte, als wollte er es möglichst schnell hinter sich bringen, so wie jemand ein mit Haaren verklebtes Pflaster von der Haut abzog. Möglichst schnell, dann tat es nicht so weh.

»Ich habe die Propheten gemalt, von denen wir einmal sagen werden: Hätten wir nur auf sie gehört.«

»Also ein breiter, vielleicht sogar ins Eschatologische zielender konzeptioneller Ansatz?«, fragte Michael Neuhuber, der sich langsam wieder wohlfühlte. Wir bekamen doch noch etwas geboten. Es war zwar nicht sein Verdienst, aber wenn er die Sache jetzt für sich vereinnahmte, könnte er sich den Erfolg vielleicht doch noch auf die Fahnen schreiben.

»Jetzt unterbrechen Sie ihn doch nicht«, rief da jemand aus den Untiefen des riesigen Raumes. Michael Neuhuber verstummte in der Tat.

Dieser Zwischenruf von hinten war der beste Beweis: Der Förderverein des Museums Wendevogel war wieder zum Leben erwacht.

Hier. Da. Überall! Rings um uns herum waren die Bilder, die wir so lange hatten sehen wollen, die einen, weil sie Fans waren, die anderen, weil sie unbedingt wissen wollten, was KD Pratz seit Jahren hier trieb. Nur Ingeborg hielt sich merkwürdigerweise zurück, sogar noch mehr als Rainer Hansen, der nun wohl auch festgestellt hatte, dass sein Leben an diesem Vormittag nicht enden würde. KD Pratz setzte erneut an, etwas zu sagen, doch da rief die esoterisch angehauchte Personalberaterin, die gar nicht weit weg von mir stand:

»Jetzt wollen wir das aber erst mal selbst sehen. Zugehört haben wir genug.« Dann holte sie das Skizzenbuch aus ihrer Tasche und stapfte in das Atelier hinein. KD Pratz tauschte einen Blick mit mir. Und in dem Moment, in dem er mich ansah, sagte er laut und deutlich mit einem Grinsen:

»Na, dann machen Sie mal.«

Langsam wagten wir uns in den großen, tiefen, in den Rheinschiefer gehauenen Raum hinein, vorsichtig, wie Astronauten, die einen fremden Planeten betraten und nicht wussten, was für Gefahren sie dort erwarten könnten. KD Pratz lief umher und sagte wieder das, was er auch schon bei den jungen Winzern gesagt hatte: »Sehen Sie.«

Und wir sahen wieder. Begaben uns hinein. Es waren großformatige Bilder, die gänzlich in verschiedenen Grau- und Schwarztönen gehalten waren. Jedes der Bilder zeigte einen Menschen. Niemals mehr. In der Art und Weise, wie dieser Mensch gezeigt wurde, unterschieden sich die Bilder allerdings. Manche waren klassische Porträts, die, abgesehen von dem porträtierten Menschen, nicht viel zeigten, bei anderen trat der Mensch in den Hintergrund vor einer Landschaft, zwischen Gegenständen, Dingen.

Obwohl das alles mit Schwarz auf Grau gemalt war – oder manchmal zur Abwechslung mit Grau auf Schwarz – war alles sofort zu erkennen, es war weiterhin der typische Malstil von KD Pratz, der zwar nichts naturalistisch darstellte, aber durch seinen gestischen, manchmal regelrecht wilden Pinselstrich unglaublich plastische Figurendarstellungen ermöglichte.

Je länger ich von Bild zu Bild ging, umso sicherer war ich mir, dass mir diese Menschen bekannt vorkamen. Da sagte auf einmal Martha Hansen:

»Das ist doch dieser Julian Assange.«

Irgendwoher aus dem tiefen Raum antwortete KD Pratz:

»Richtig.«

Nun setzte ein großes Suchen und Raten und Erkennen ein. Es war wie ein Spiel. Rasch merkten wir, dass wir alle diese Menschen kannten. Oder, vielmehr, diese Männer. Hier stand Peter Sloterdijk, da Richard David Precht, hier Michel Houellebecq, Steen R. Friis, Edward Snowden, Slavoj Žižek. Gesichter, die wir aus Zeitungen und Magazinen kannten, von Diskussionsveranstaltungen auf Festivals, aus dem Intellektuellenfernsehen. Niemand von uns hätte alle erkannt, aber gemeinsam bekamen wir sie zusammen.

Dann entdeckte ich doch noch ein Bild, das eine Gruppe zeigte. Vor dem Bild ein Tisch mit einer Palette, mit Porzellantellern mit angerührter Farbe, mit Pigmenten, Bindemitteln und einer aufgeschnittenen Plastik-Colaflasche, in der über ein Dutzend Pinsel steckten.

Das Bild war erst halb fertig, und doch war bereits eine Gruppe von jungen vermummten Leuten zu erkennen, die eine Straßenkreuzung blockierten.

KD Pratz stellte sich neben mich.

»Und das sind die Leute von Extinction Rebellion?«, fragte ich vorsichtig, woraufhin KD Pratz mir mit dem Ellenbogen in die Seite knuffte und sagte:

»Hundert Punkte.«

Langsam fiel mir, und sicher nicht nur mir, auf, was diese Bilder gemeinsam hatten. Sie zeigten Mahner. Männer, die sich berufsmäßig mit dem Schlechten und Schlimmen beschäftigten und insbesondere mit dem Immerschlimmer-Werdenden. Die überall Verfall und Niedergang witterten. Das war es also, was KD Pratz eben mit »Propheten« gemeint hatte.

Ich ging weiter und fand Ingeborg. Sie betrachtete ein Bild, das einen Mann in grauem Hemd und schwarzer Weste zeigte, mit grauem, mittellangem Haar, auf seinem grauen Gesicht zeichnete sich, in einem anderen Grauton, eine runde Brille ab.

»Peter Handke?«, flüsterte ich ihr zu.

»Ich glaube auch«, flüsterte sie zurück. Ingeborg war völlig in dem Bild versunken. Das war der KD Pratz, den sie immer geliebt hatte; der große Maler, dessen Bilder auf den ersten Blick mit ihrer Perfektion begeisterten, die Betrachterin dann immer tiefer hineinzogen und bei jedem neuen Blick eine neue Bedeutung offenbarten.

Sie ging vor dem Handke-Bild hin und her, näherte sich ihm, trat einen Schritt zurück, um an einer anderen

Stelle wieder nah heranzugehen. Dann blieb sie eine, selbst für ihre Verhältnisse, ungewöhnlich lange Zeit stehen und fixierte eine Stelle. Was genau an dieser Stelle interessant war, konnte ich nicht erkennen. Da schien einfach ein Buch zu sein, ein kleiner Tisch, ein Stift, doch Ingeborg ging immer näher heran, vielleicht war es auch egal, was diese Stelle genau zeigte. Vielleicht faszinierte sie allein die Tatsache, dass sie so nah an ein solches Bild herankommen konnte, ohne dass eine Lichtschranke Alarm auslöste.

Da sah ich, wie Ingeborg das Bild vorsichtig mit zwei Fingern berührte.

Wenn es etwas gab, das Ingeborg mir immer wieder gesagt hatte, seit ich klein war, dann, dass man Kunst nicht anfasste. In der Rückschau war mir so, als hätte ich das schon immer gewusst, selbst in dem Alter, in dem Kinder noch alles anfassen wollten. Respekt gegenüber dem Werk! Das war ihr immer am wichtigsten gewesen, egal ob sie ein Kunstwerk mochte oder nicht.

Sie berührte es nur ganz kurz, dann nahm sie ihre Hand langsam und vollkommen ohne Scham wieder von der Leinwand weg. Ich sah mich um. Niemand hatte es gesehen, wobei Ingeborg sich darum gar nicht gekümmert hatte.

Michael Neuhuber kam auf uns zu. Er näherte sich dem Handke-Bild, wie er es bei Kunst immer tat, mit einer Mischung aus Respekt und Vermarktungsdrang. Wie ein Forstarbeiter, der vor einem Baum stand und nicht die Schönheit sah, sondern überlegte, wie der am besten anzusägen wäre, damit er gut fiel, dachte Michael gleich daran, wie so ein Bild zu bekommen wäre, wie man es hängen und in welchem Kontext man es präsentieren sollte, damit möglichst viele Leute in die Ausstellung kamen.

»Außerordentlich«, sagte er. »Das ist ja eine vollkommen neue Werkgruppe. Allein damit wäre unser Neubau schon eine Sensation.«

Der Rest der Gruppe lief währenddessen immer unbefangener in dem Atelier herum. Alle versuchten zu enträtseln, welches Bild wen zeigte, gelegentlich hörte ich sogar Gelächter. Rainer Hansen lief besonders rege von einem Bild zum anderen. Als KD Pratz nicht hinsah, versuchte er sich an einem Selfie mit dem Snowden-Porträt.

Es war wohl eine Art Rückkehr zu der politischen Kunst, die KD Pratz in den letzten Jahrzehnten so bewusst abgelehnt hatte, nur auf eine ganz neue Weise. Ohne Textflächen, durchgeknatterte Collagen und Konzeptgehuber, dafür mit realistisch gemalten Bildern von Menschen, die als Gruppe durch ihre einheitliche farbliche Gestaltung wirkten und durch ihre schiere Anzahl. KD Pratz hatte sich in seinem Alter noch einmal völlig neu erfunden, und es hatte überhaupt nichts Bemühtes, es war einfach nur großartig und groß.

Als Michael Neuhuber weiterging, folgte ich ihm und ließ Ingeborg zurück. Vor Julian Assange begegneten wir

Martha Hansen und dem Einstecktuch, die friedlich nebeneinander standen.

»Und?«, fragte das Einstecktuch. »Spricht es zu Ihnen?«

Er fragte das ganz ohne Häme. Da kam auch KD Pratz zu uns. Martha Hansen bemerkte ihn zuerst, machte einen Schritt auf ihn zu und sagte etwas, das mir für eine pensionierte Pastorin erstaunlich vorkam. Sie sagte:

»Wow.«

KD Pratz zuckte mit den Achseln.

»Irgendwas musste ich ja machen mit all den Jahren.«

»Das ist wirklich ein ungeheuer spannendes Anknüpfen an Ihre frühere Schaffensperiode«, sagte Michael Neuhuber. »Politische Kunst, aber mit den Mitteln der klassischen Malerei.«

»Mhm«, sagte KD Pratz, woraufhin Michael Neuhuber sofort und überraschend laut ausrief:

»Eine schwarze Serie!«

»Tja«, entgegnete KD Pratz noch lauter. »*Das* habe ich gemacht. Die ganzen letzten Jahre. Schwarzmalerei.«

Dann kicherte er.

Als ich KD Pratz ansah, überkam mich das Gefühl, dass wir das hier irgendwie gemeinsam geschafft hatten. Er hatte sich überwunden und uns wirklich in sein Atelier gelassen. Und ich hatte mich aus dem Fenster gelehnt, indem ich aufgrund einer Vermutung die Gruppe dazu gebracht hatte, noch einmal hierherzufahren. Nun war es geschafft.

Da löste KD Pratz sich aus unserer Gruppe, stellte sich mitten in den Raum und sagte so laut, dass alle es hörten:
»Ja. Das ist mein Atelier. Und wo Sie schon einmal hier sind, möchte ich Sie um Hilfe bitten. Ich möchte Sie bitten, dass sich jeder ein Bild aussucht und in die Hand nimmt.«

Alle sahen sich irritiert an. Jedes von diesen Bildern musste zwei Millionen Euro wert sein.

»Kommen Sie, dafür ist es doch ein Atelierbesuch. Machen Sie das, was Sie im Museum niemals dürften. Jetzt mal ganz ehrlich, Sie haben doch auch schon mal mit dem Gedanken gespielt, einfach so ein Bild vom Haken zu nehmen. Oder, in diesem Fall, von der Staffelei.«

Niemand rührte sich.
KD Pratz legte Michael Neuhuber die Hand auf die Schulter. »Nun kommen Sie. Sie haben so kluge Dinge über dieses Bild gesagt. Nehmen Sie es.«
Michael Neuhuber war wie erstarrt. Hatte er überhaupt jemals in seinem Leben eine der Arbeiten angefasst, die er ausstellte?
»Kommen Sie schon«, sagte KD Pratz, zwar immer noch freundlich, aber insistierend. »Ich bitte Sie darum.«
Und als Michael Neuhuber sich daraufhin noch immer nicht bewegte, nahm KD Pratz das Bild von Peter

Sloterdijk und drückte es ihm in die Arme, sodass der es nehmen musste, damit es nicht zu Boden fiel.

Das Bild war so groß, dass schon der groß gewachsene KD Pratz es nicht ohne Probleme tragen konnte, der kleine Michael Neuhuber musste die Arme bis zum letzten Millimeter ausstrecken, um es überhaupt fassen zu können. Er schwankte leicht.

KD Pratz ließ ihn stehen, ging zu Ingeborg, die das Handke-Bild noch immer so konzentriert betrachtete, dass ich mir nicht einmal sicher war, ob sie gehört hatte, was KD Pratz gesagt hatte. Er nahm es von der Staffelei und sagte:

»Hier, für Sie.«

Auch Ingeborg blieb nichts anderes übrig, als den Handke zu nehmen.

Nach einem kurzen Zögern taten die anderen es den beiden nach. Fast eilig liefen sie durch den Raum, griffen überall Bilder. Das Einstecktuch schnappte sich den Assange, Rainer Hansen versuchte sich an dem Slavoj Žižek, der so großformatig war, dass eine Person allein ihn nun wirklich nicht hätte halten können, da kam seine Frau und half ihm.

Ich beobachtete das so gebannt, dass ich mich am Schluss regelrecht beeilen musste, um noch ein Bild abzubekommen, und schnappte mir den Edward Snowden.

Auch KD Pratz hatte sich ein Bild gegriffen. Das einzige in der ganzen Serie, das im Hochformat gemalt war.

»Ist das Walter Sedlmayr?«, rief da jemand von hinten.
»Nein, das ist Martin Heidegger«, sagte KD Pratz.

Dann reckte er die Arme, hielt das Bild hoch in das Atelier hinein und sagte:

»Diese Serie ist abgeschlossen. Ich brauche jetzt diesen Platz. Sie werden mir dabei helfen, hier Platz zu machen.« Dann ging er zu der Stirnwand des Ateliers mit den großen Fenstern, stellte kurz den Heidegger ab, öffnete eine verglaste Doppeltür und sagte: »Kommen Sie.«

Dann ging er mit dem Heidegger-Bild nach draußen. Als ihm nicht sofort jemand folgte, sagte er es noch mal, mit einer fast kindlichen Begeisterung in seiner Stimme:

»Nun kommen Sie schon.«

Da Martin Heidegger im Hochformat war, konnte KD Pratz ihn ohne Probleme tragen. Uns fiel das mit unseren breiten Gemälden deutlich schwerer. Vorsichtig darauf bedacht, nirgendwo anzustoßen, folgten wir ihm auf den Weg ins Freie, bis wir alle draußen vor dem Atelier standen. KD Pratz sah uns zu und schien die Situation umso mehr zu genießen, je irritierter und unsicherer wir wurden.

»Alle da?«, sagte er wie ein Lehrer auf einem Schulausflug. Dann trat er auf den kleinen steilen Fußweg hinunter zum Rhein, auf dem ich gestern gleich zwei Mal hinauf zur Burg gestiegen war.

»Folgen Sie mir«, rief er und ging los.

Das Einstecktuch folgte ihm mit seinem Assange. Ich rechnete damit, dass wir zu irgendeinem Lager gingen, weil sein Atelier voll war, doch KD Pratz ging weiter und weiter und weiter. Er führte uns an und reckte seinen Heidegger in die Höhe wie eine Monstranz bei einer Prozession.

Es war eine eher wackelige Prozession. Mit unseren weit ausgestreckten Armen, die die Bilder kaum fassen konnten, mussten wir aussehen wie eine Gruppe von angetrunkenen Blattschneiderameisen. Schon auf dem ersten, wenig abschüssigen Teil des Weges war es schwierig, jetzt gelangten wir an eine schmale Treppe. Zum Glück war es heute nicht ganz so heiß, aber es war ja auch noch nicht Mittag, dachte ich, nach der Zeit konnte ich natürlich nicht schauen, ich hatte genug damit zu tun, auf der Treppe nicht zu stolpern.

Da passierte es doch. Mit dem linken Fuß erwischte ich die Treppenstufe nur halb, versuchte mit dem rechten einen Ausfallschritt, der misslang, rutschte seitlich weg, strauchelte. Und konnte mich gerade noch halten. Da ich ganz hinten war, hatte es niemand bemerkt. Um mich von dem Schrecken zu erholen, blieb ich einen Moment stehen und betrachtete die endlose Karawane von Kunstliebhabern vor mir, die Werke im Wert von vielen Millionen Euro zum Rhein hinuntertrugen. War da vielleicht irgendwo ein Transporter, in den wir das alles einladen sollten?

Ich ging vorsichtig weiter. KD Pratz hatte das Ende der Treppe erreicht, das Einstecktuch war ihm weiterhin dicht auf den Fersen. Da passierte es. Das Einstecktuch, dem zu allem Überfluss auch noch sein Bernhardiner um die Beine herumtrottete, übersah die letzte Stufe. Er schwankte, ganz still, machte einen Ausfallschritt weit auf den Treppenabsatz hinauf, zu weit offenbar, sein anderes Bein kam nicht hinterher, sodass er sich zur Seite drehte und mit seinem Assange und einem lauten »O nein!« in den Weinberg fiel.

In einem Akt der Selbstaufopferung hatte er das Bild nicht losgelassen, hatte es sogar geschafft, es so zu drehen, dass es nicht von den Reben aufgespießt wurde, nun lag er da und zappelte mit den Beinen wie ein Maikäfer.

Schockiert betrachtete ich das Bild. Hatte es Schaden genommen? Im nächsten Moment tat es mir leid, dass ich nicht zuerst darauf geachtet hatte, ob das Einstecktuch sich etwas getan hatte, doch das schien nicht der Fall zu sein. Weiterhin zappelnd, stieß er eine Entschuldigung nach der nächsten aus, als KD Pratz zu ihm kam.

Alle erwarteten einen Wutausbruch, doch KD Pratz stellte sein hochformatiges Bild kurzerhand und nicht besonders sanft auf dem staubigen Boden ab, nahm dem Einstecktuch den Assange aus der Hand, stellte ihn so hin, dass er zur Burg hinaufsah, und half dem Einstecktuch auf. Sich hastig den rötlichen Schieferstaub abklopfend, sagte das Einstecktuch weiterhin: »Das tut mir so unglaublich leid. Diese Stufe. Aber ich glaube, das Bild ist …«, da unterbrach ihn KD Pratz und sagte:

»Da fehlt ein bisschen Farbe, oder? Ein bisschen Natur?«

Dann nahm er eine Handvoll Staub vom Boden auf und bewarf damit das Bild.

Ich zuckte zusammen. Doch für einen richtigen Schock blieb keine Zeit, denn schon im nächsten Moment rupfte KD Pratz eine der halb reifen Reben von einem Weinstock ab und zermatschte die Trauben auf der Leinwand.

Dann sah er in die Runde. Niemand sagte etwas. Da verzichtete auch KD Pratz auf jeden weiteren Kommentar, nahm erneut seine Monstranz in die Hände und sagte: »Los! Weiter.«

Das Einstecktuch mit seinem besudelten Anzug trug das auf diese Art entstellte Bild jetzt noch vorsichtiger, und wir alle taten es ihm nach, wurden immer langsamer, es ging nur noch Schritt.

Um Schritt.

Um Schritt.

Irgendwann hatten wir es geschafft, ohne weitere Stürze unten an der Bundesstraße anzukommen, die wir überquerten, dann standen wir am Rhein, an dem schmalen Uferstreifen, den der immer noch viel Wasser führende Fluss uns ließ.

Als wir alle erleichtert dort angekommen waren, sagte KD Pratz:

»So. Pause. Sie haben doch bestimmt lahme Arme.«

Einige nahmen das als Erlaubnis, ihre Bilder vorsichtig abzustellen, KD Pratz schmiss seinen Heidegger regelrecht von sich. Es kam auf dem steinigen Untergrund auf, der Rahmen gab ein knarrendes Geräusch von sich, das Bild kippte. Nach vorn. In Richtung Rhein. Und landete mit der oberen Ecke im Wasser.

Das Einstecktuch machte einen Satz auf das Bild zu, packte es und zog es aus dem Fluss.

»Ach, lassen Sie nur«, sagte KD Pratz.

Niemand konnte etwas sagen. Was hätten wir auch sagen sollen? ›Vorsicht‹? ›Das ist Kunst‹?

KD Pratz sah auf den breiten Fluss hinaus, blickte kurz Richtung Loreley und atmete tief ein. So stand er eine Weile da, dann bückte er sich, tauchte seine Hand ins Wasser und zog sie, zur Faust geballt, wieder hervor, und in dieser Faust hielt er tropfenden bräunlichen Schlamm.

Er bewarf damit sein Bild. Diesmal war es Michael Neuhuber, der als Erster reagierte. Er schrie:

»Nein!«

»Nun helfen Sie mir doch mal«, sagte KD Pratz und holte eine weitere Faust voll Schlamm herauf.

»Hand auf«, sagte er.

Und Michael gehorchte. Hielt ihm seine Hand hin. KD Pratz öffnete die Faust und gab den Schlamm auf Michaels Handfläche, es hatte was von zwei Kindern, die in der Sandkiste spielten.

»Suchen Sie sich eins aus«, sagte er dann.

Michael starrte reglos auf den Schlamm in seiner Hand, den er wie ferngesteuert genommen hatte.

»Na los«, sagte KD Pratz und zeigte in Richtung meines Snowden. Ich hatte selten jemanden mit so schmerzerfülltem Blick gesehen wie Michael Neuhuber in diesem Moment. Alle sahen ihn an. Und mit einer schwachen Bewegung klatschte er den Schlamm auf mein Bild, in die untere linke Ecke, die Hälfte ging daneben.

»Ein großer Wurf war das jetzt aber nicht«, sagte KD Pratz.

Michael Neuhuber konnte immer noch nichts entgegnen. Er betrachtete wortlos das von ihm besudelte Bild, und ich sah, dass die Schultern, die er panisch hochgezogen hatte, als KD Pratz mit dem Schlamm auf ihn zugekommen war, sich wieder senkten. Da drehte er sich zu uns um, und ich sah auf seinem Gesicht ein vorsichtiges Lächeln.

Mehr brauchte es nicht, um das Einstecktuch zu ermutigen. Er griff einen Stock, setzte ihn am oberen Rand des Bildes auf die schwarze Fläche, die seinen Assange umgab, drückte auf und malte einen unansehnlichen Kreis, was KD Pratz mit einem »Jaaa!« kommentierte, woraufhin einige Beifall klatschten.

Nun begannen immer mehr Mitglieder unseres Fördervereins, Dinge auf ihre Bilder zu werfen, zuerst auf die Bilder, die sie getragen hatten, dann auch auf andere. Alles, was herumlag, kam zum Einsatz, Gestrüpp, Steine, Müll.

Michael Neuhuber nahm mit spitzen Fingern eine offenbar von Radwanderern weggeworfene, noch halb volle Plastikschale Kartoffelsalat, ging auf den Michel Houellebecq zu und fragte die Personalberaterin, die ihn getragen hatte: »Darf ich?«

Auch die Hansens hatten das natürlich alles mit angesehen. Sie waren die Einzigen, die ihr Bild weiterhin in den Händen hielten, oder sich vielleicht vielmehr daran festhielten. Es war Rainer Hansen, der das Bild schließlich zuerst losließ, sodass es mit seiner Seite auf dem Boden aufschlug, und während Martha, die nicht so schnell reagieren konnte, es weiterhin hielt, sprang er gegen die Leinwand. Die Leinwand war stärker als gedacht, er konnte sie nicht durchbrechen, versuchte es noch einmal, ohne Erfolg, das Bild sprang einfach weg. Erst als auch Martha das Bild losließ und es auf den Uferstreifen fiel, gelang es Rainer Hansen. Er warf sich einfach darauf, mit seinem ganzen Körper, und machte das größte Loch von allen, woraufhin die anderen nun nicht mehr nur applaudierten, sondern johlten. Von irgendwo ertönte sogar ein Pfiff.

»Und jetzt«, sagte KD Pratz. »Hinein mit Herrn Sloterdijk in den Fluss der Zeit.«

Zuerst wusste niemand, was gemeint war. Dann wurde es allen schlagartig klar. KD Pratz sah Michael Neuhuber an, das Bild, dann den Rhein. Und nachdem Michael Neuhuber nun wiederum etwas zögerte und KD wartend ansah, nachdem KD Pratz noch etwas zu ihm sagte, das ich nicht hören konnte, und nachdem Michael Neuhuber leise etwas darauf antwortete und KD Pratz daraufhin nickte, nahm Michael Neuhuber sein Bild, holte aus und schleuderte es mit überraschender Kraft in den Rhein.

Da lag es nun, mit dem Gesicht nach oben, und bewegte sich erst langsam, dann immer rascher in die Strömung hinein. KD Pratz warf sein Bild hinterher, dann, ich weiß auch nicht warum, warf ich meinen Snowden in den Fluss und warf erst dann KD Pratz einen Blick zu, ob es das gewesen war, was er gewollt hatte.

Es war genau das.

»Los«, ermutigte er die anderen, und immer mehr Fördervereinsmitglieder schleiften ihre Bilder über den Uferstreifen zum Wasser und warfen sie fort.

Ingeborg kämpfte noch mit ihrem Handke. Ich ging auf sie zu.

»Komm, ich helfe dir«, sagte ich, wir trugen ihn zusammen zwei Schritte in Richtung Ufer, dann sagte Ingeborg, die Arme schwenkend, mit einer Stimme, so vergnügt, wie ich sie lange nicht mehr gehört hatte:

»Eins! Zweeeei! Drei!«

Langsam kehrte Ruhe ein. Ich hatte nicht das Gefühl, dass sich jemand für das schämte, was wir getan hatten. Ganz im Gegenteil. Wenn noch ein paar Monets und Bruegels hier gewesen wären, hätte ich für nichts garantiert.

KD Pratz' schwarze Serie zog wie ein Verband von Lastkähnen davon in Richtung Nordsee, die Gesichter von Snowden, Heidegger, Assange blickten in den blauen Himmel. Als sie in die Fahrrinne gelangten, nahmen sie deutlich an Geschwindigkeit zu, wurden kleiner, kleiner und waren bald verschwunden.

»Und?«, fragte jemand aus unserer Gruppe. »Was machen wir jetzt?«

»Ich«, sagte Michael Neuhuber, »glaube auf jeden Fall, dass der Bericht, den ich an die Bundesbeauftragte für Kultur und Medien schreiben muss, recht interessant wird.«

»Wenn Sie mich jetzt entschuldigen«, sagte KD Pratz. »Ich möchte zurück auf meine Burg und ein paar Bilder malen.«

»Oder«, sagte Ingeborg. »Wir fahren jetzt endlich in das Mittelaltermuseum nach St. Rochus.«

KD Pratz nickte uns noch kurz zu, dann stieg er hinauf zu seiner Burg. Ich sah ihm hinterher, wie nun auch er, dieser große Maler, kleiner und kleiner wurde, während er sich der Burg näherte. Und als ich ihm so hinterhersah, entdeckte ich eine Person auf der Wehrplatte. Ich nahm an, dass es die Winzertochter war, die sich wahrscheinlich wieder einmal ziemlich wunderte.

10

Heute waren wir wieder unterwegs. Ingeborg und ich, das Einstecktuch, die Hansens, auch einige andere Mitglieder des Fördervereins vom Museum Wendevogel waren dabei, und doch war es keine Reise des Fördervereins im eigentlichen Sinn.

Wir waren zu einer Ausstellungseröffnung nach New York City geflogen, standen nun inmitten einer riesigen Menschenmenge im kreisrunden Atrium des Guggenheim Museums und wohnten dem offiziellen Programm bei, nach dem wir sie uns endlich ansehen konnten: die größte KD-Pratz-Retrospektive, die es jemals gegeben hatte.

Das Guggenheim Museum hatte einen riesigen Aufwand betrieben und an die dreihundert Arbeiten von KD Pratz aus allen Ecken der Welt zusammengetragen, wobei das Wendevogel-Museum natürlich einer der wichtigsten Leihgeber war.

KD Pratz selbst war nicht angereist. Damit hatte ich auch nicht gerechnet. KD Pratz in Amerika? Ich konnte es mir nicht vorstellen, auch wenn er anfangs zugesagt hatte, wenngleich unter einer sonderbaren Bedingung:

Er würde nur in die USA reisen, wenn das Guggenheim ihm ermöglichte, eine Performance von Joseph Beuys aus dem Jahr 1974 weiterzuentwickeln, die ihn damals fasziniert hatte.

Bei dieser Performance war Beuys in den USA gewesen, ohne etwas vom Land oder der Stadt zu sehen, außer einem Raum in seiner New Yorker Galerie, den er sich mit einem Kojoten teilte. Ein solches Tier sei auch das Einzige, was *er* von den USA sehen wolle, ließ KD Pratz verlauten, dann würde er diese Reise als Hommage an seinen berühmten Düsseldorfer Lehrer unternehmen. »Wer vergisst, wo er herkommt, weiß auch nicht mehr, wer er ist«, schrieb KD Pratz in einem offenen Brief an das Guggenheim Museum und forderte – im Brief direkt an diese Binsenweisheit anschließend – einen Privatjet. Den, und nur den, würde er am Düsseldorfer Flughafen betreten und von dort am Kennedy-Flughafen ohne Bodenberührung in einen Wagen mit verdunkelten Fenstern wechseln, der ihn direkt ins Guggenheim Museum bringen sollte. Dort würde er in einem über dem Boden schwebenden Käfig gemeinsam mit einem Kojoten der Ausstellungseröffnung beiwohnen und damit, im Gegensatz zu Beuys, sogar in Amerika gewesen sein, ohne amerikanischen Boden betreten zu haben.

Und so standen wir nun dicht gedrängt auf der riesigen Fläche im Erdgeschoss des Museums und warfen immer wieder neugierige Blicke auf die berühmte spiralförmige Rampe, die den Innenraum des Museums immer wieder sanft ansteigend umrundete. Diese Rampe würden wir bald hinaufgehen, bis ganz nach oben, und an den Wänden, an denen sie entlangführte, hing die Kunst von KD Pratz. In diesem Museum gab es ja keine Hallen, keine Säle, nur diesen einen, von der Rampe immer wieder umkreisten riesigen Raum – wobei der Zutritt zu der Rampe bisher von zwei Museumswärtern in schwarzen T-Shirts mit einer roten Samtkordel abgesperrt war.

Alle waren aus allen Richtungen gekommen: Jay-Z aus Brooklyn, Anna Wintour von der Vogue, Lady Gaga, Gwyneth Paltrow, Benedict Cumberbatch, James Franco, Anderson Cooper, Tom Ford, Boris Becker und Bundespräsident Steinmeier aus Berlin mitsamt einer hochzufrieden aussehenden Staatsministerin Monika Grütters. Sufjan Stevens hatte soeben aufgehört zu spielen, nun kam nur noch eine Rede von Michael Neuhuber, dann würde die Direktorin des Guggenheim eröffnen.

Es war wirklich etwas ganz Besonderes, selbst für mich, selbst für Ingeborg, obwohl wir viele dieser Werke im Laufe der letzten Jahrzehnte hier und da gesehen hatten. Die Aussicht darauf, das alles an einem Ort zu haben und zur selben Zeit betrachten zu können, gab uns das Gefühl, als hätten wir bisher nur Mosaiksteinchen aus KD Pratz' Werk gesehen, die sich heute endlich zu einem Gesamtbild seines künstlerischen Schaffens zusammensetzen würden, und damit gleichzeitig zu einem Gesamtbild seines Lebens, denn mehr als Kunst gab es da ja nicht.

Es war Dezember. Seit unserem Besuch auf Burg Ernsteck waren fast anderthalb Jahre vergangen. Doch der Grund dafür, dass das Guggenheim Museum eine Retrospektive dieser Größenordnung in einer, für so eine Institution, kurzen Zeit aus dem Boden stampfen wollte, hatte viel mit unserer Fördervereinsreise zu KD Pratz zu tun.

Die Bilder, die für eine erste Ausstellung in dem geplanten Neubau grandios gewesen wären, waren verflossen – erst in Richtung Köln, dann immer weiter den Rhein hinunter bis in die Nordsee. Diese Bilder waren weg, aber die gemeinsame Erfahrung hatte den Förderverein verändert. Auf allen folgenden Veranstaltungen wurde das Wochenende eifrig diskutiert, jeder Small Talk drehte sich um die sommerlichen Ereignisse von Burg Ernsteck. Und je öfter wir darüber sprachen, desto mehr wuchs im Förderverein die Begeisterung für KD Pratz. Vielleicht lag es daran, dass wir zum ersten Mal das Gefühl hatten, nicht nur Förderer zu sein, sondern selbst etwas getan hatten. Das musste der positive Effekt von Mitmach-Kunst sein, den Leute wie Yoko Ono sei Jahrzehnten beschworen.

Allein die Planungen für den eigentlichen Museumsanbau waren dadurch ins Stocken geraten. Sobald Dr. Sibylle Höllinger erfahren hatte, dass ein wichtiger Teil der geplanten ersten Ausstellung nicht mehr da war, forderte sie, natürlich in Absprache mit der Kulturstaatsministerin, Nachbesserungen. Michael Neuhuber schrieb umgehend den Förderantrag um, doch in Berlin blieb man skeptisch und forderte weitere Nachbesserungen, und bevor Michael Neuhuber diese Nachbesserungen vornehmen konnte, kam eine ganz andere Sache ins Rollen, die die Aufmerksamkeit des Museums Wendevogel in Anspruch nahm.

Denn die Ereignisse dieses Sonntags im August, an dem KD Pratz uns dazu gebracht hatte, seine Werke zu zerstören, blieben natürlich nicht ewig unbemerkt.

Wir waren viel zu verdattert gewesen, um das Ganze mit dem Handy zu dokumentieren, nur von Katarzyna gab es drei, vier Fotos, die sie auf Instagram postete, ohne dass es eine nennenswerte Reaktion gegeben hätte, dafür waren sie wahrscheinlich zu schnappschusshaft, weit weg, eines sogar unscharf.

Dann war das Video von Winzertochter Monique Schnier aufgetaucht.

Keiner hätte es geahnt, aber ausgerechnet sie besaß eine Kamera mit einem guten Teleobjektiv und hatte damit, von der Wehrplatte aus, ein Video von unserer sommerlichen Anarcho-Stunde gedreht.

Es zeigte unsere ganze Prozession von Anfang an. Es begann schon damit, wie wir aus dem Atelier hinaus auf den kleinen Vorplatz getreten waren, und dokumentierte von da an in erstaunlicher Qualität jeden Schritt unserer ganzen Aktion, zeigte, wie wir zögernd auf dem Vorplatz in der Sonne standen und uns dann, angeführt von KD Pratz mit seiner Heidegger-Monstranz, in Bewegung setzten und den schmalen, steil abfallenden Weg beschritten, bis hinunter zum Rhein.

Von oben sah es absurd perfekt aus, wie geplant, choreografiert, eine Ameisenstraße der Kunst, eine Ameisenstraße der Schwarzmalerei. Das Video hatte überhaupt nichts Spontanes. Monique wusste, wann sie wo zu stehen hatte, hatte ihre Ausrüstung parat, hatte auf der Wehrplatte für eine stabile Unterlage gesorgt, um das alles so ruhig zu filmen. Als das Einstecktuch ins Schwanken kam, war sie so schnell mit ihrem Zoom da, dass sie seinen Sturz in einer geradezu schmerzhaften Nahaufnahme zeigen konnte. Ähnlich war es mit der Zerstörung der Werke, die wenig später unten am Rhein ihren Anfang genommen hatte.

Und als die Bilder den Rhein hinabschwammen, konnte Monique endgültig beweisen, was in ihrem Teleobjektiv steckte, zoomte heran, wieder hinaus, schwenkte unaufgeregt mal zu einer Burg auf der anderen Rheinseite, dann zu einem Schiff, auf den Gipfel eines Berges, doch immer wieder zurück zu den Bildern, die sich zu dem wohl teuersten Lastkahn in der Geschichte der Schifffahrt zusammengetan hatten und schließlich hinter der Biegung verschwunden waren, hinter der auch bald die Loreley kam.

Hinzu kam, dass Monique Schnier mit einer ziemlichen Portion Gleichgültigkeit die Kunstzerstörung aus dem Off kommentierte, sodass ihr Video selbst wie ein Kunstwerk wirkte.

Wir aus dem Förderverein erfuhren von der Existenz des Videos dadurch, dass die Winzertochter es eines Tages gleichzeitig auf ihrem YouTube-Kanal, auf Instagram und auf Facebook veröffentlichte und es Ingeborg, deren Mailadresse als Vorsitzende auf der Website des Fördervereins stand, schickte. Ingeborg schickte es mir sofort weiter. Als ich den Link wenig später an Michael Neuhuber und den Mailverteiler des Fördervereins weiterleitete, war das Video bereits hundertfach angesehen und geteilt worden, und Tage später war es ein echter Social-Media-Hit, dessen künstlerische Glaubwürdigkeit auch dadurch nicht geschmälert wurde, dass die Winzertochter den Werbeplatz vor dem Video an Milka verkaufte. Es gab kein Halten mehr.

Sobald Michael Neuhuber den viralen Erfolg des Videos bemerkte, stellte er die Sache als ein von ihm eingefädeltes Happening dar. Und als das Video wenig später im Fernsehen erst in der *Hessenschau* lief und wenig später bei *titel thesen temperamente*, war er es, der dazu ein Interview gab und behauptete, KD Pratz sei extra für das Museum Wendevogel zu seinen Wurzeln in der Performance-Kunst zurückgekehrt. Man müsse es in der Tradition von John Baldessari oder Allan Kaprow verstehen.

Von KD Pratz war dazu, typischerweise, keine Stellungnahme zu bekommen. Doch zumindest widersprach er der Vereinnahmung durch Michael Neuhuber nicht.

Als Nächstes griffen die deutschen Kunstzeitschriften die Geschichte auf und schrieben darüber – *Monopol*, *Texte zur Kunst* und natürlich die *Visualitäten*. Dann wurde es international, mit dem Magazin *frieze* aus London.

Wenig später warf ein russischer Galerist ein KD-Pratz-Gemälde in die Moskwa, ließ es einen Kilometer weiter wieder aus dem Fluss fischen und stellte die kaputten Reste aus. Als er dieses »Werk« einige Monate später bei Sotheby's verkaufte, erzielte es das Doppelte des ohnehin schon hohen Preises, den die Gemälde von KD Pratz üblicherweise erzielten.

Nun überschlug sich die gesamte internationale Fachpresse vor Jubel. Sie sahen zwar Parallelen zu Banksy, der bereits vor KD Pratz seine sich selbst schreddernde Grafik präsentiert hatte, hoben allerdings lobend hervor, dass es sich im Fall von KD Pratz um ein echtes partizipatives Phänomen handele und nicht um zynisches Kalkül. Banksys Werk durfte schließlich nur von sich selbst geschreddert werden – einen KD Pratz in den Fluss werfen konnte im Prinzip jeder.

Und so kam es auch. Kunstsammler aus aller Welt begannen, KD-Pratz-Gemälde aus ihrem Besitz ins Wasser zu werfen, um deren Wert zu steigern, und innerhalb weniger Monate hatte unsere Fördervereinsreise einen wahren KD-Pratz-Hype ausgelöst. Sylvester Stallone kaufte für 1,2 Millionen Dollar ein kleines Gemälde von KD Pratz, ging, natürlich begleitet von einem Filmteam, direkt von der Galerie zum Hudson River und ließ das Bild auf der Höhe der Chelsea Piers in den Fluss plumpsen. Während das Bild in Richtung Freiheitsstatue davontrieb, grinste er, kniff ein Auge zu und hielt seinen erhobenen Daumen in die Kamera.

Monique Schnier wurde mit ihrem Video auf die Biennale nach Venedig eingeladen und bescherte dem deutschen Pavillon den größten Erfolg seit Langem, die Leute standen stundenlang an. KD Pratz ließ sich von Kunstkritiker Ben Lewis auf Burg Ernsteck besuchen und drehte mit ihm einen Film, der als Doku bei *Arte* ausgestrahlt wurde.

Währenddessen begannen die wichtigsten internationalen Museen, sich einen Wettlauf um eine große KD-Pratz-Retrospektive zu liefern, die das Museum Wendevogel zu einem gefragten Leihgeber machte. Michael Neuhuber genoss es, dass sich plötzlich so viele wichtige Institutionen bei ihm die Klinke in die Hand gaben, und handelte einen guten Deal mit dem Guggenheim Museum in New York aus.

So war es gekommen, dass wir uns nun bei dieser Eröffnung in Manhattan wiederfanden. Natürlich hatte auch das Guggenheim vor dieser Eröffnung ein Preview für ausgewählte Sammler, Journalisten und andere ausgewählte Zuschauer und Zuschauerinnen gemacht, und vor dem Preview ein Vor-Preview für den hier wahrscheinlich sogar milliardenschweren Förderverein. Wir waren lediglich zu der normalen Eröffnung eingeladen, doch das tat unserer Stimmung keinen Abbruch, es war auch so noch exklusiv genug.

Michael Neuhuber war natürlich auch hier, doch er stand nicht bei uns inmitten der Menge. Für ihn hatte das Guggenheim vorn, neben dem Rednerpult, einen der wenigen Stühle reserviert, denn eine der Bedingungen, die er dem Guggenheim Museum dafür gestellt hatte, dass das Museum Wendevogel seine reichhaltige KD-Pratz-Sammlung als Leihgabe zur Verfügung stellte, war, dass er auf dieser Eröffnung sprechen durfte.

Nun kündigte die Direktorin des Guggenheim ihn auch schon an. Michael Neuhuber, der erst vor so kurzer Zeit den zumindest zweitgrößten Reinfall seiner Karriere erlebt hatte, schritt zum Rednerpult, und auch bei diesen wenigen Schritten vermittelte er wieder einmal den Eindruck, der ganze Laden würde ihm gehören.

Wenigstens verschonte er das Publikum mit seinem holprigen Englisch. Er sprach Deutsch, was bei dem New Yorker Museumspublikum erstaunlich gut ankam. Michael Neuhubers Ansprache war knapp und unterhaltsam, er fasste zusammen, wie es dazu gekommen war, dass ausgerechnet jetzt eine große Renaissance der KD-Pratz-Rezeption eingesetzt hatte:

»Was bedeutet es, Kunst zu zerstören? Diese Frage wird immer dann neu gestellt, wenn Künstler und Künstlerinnen selbst ins Geschehen eingreifen. Sie nehmen den Bildersturm in die eigene Hand und erschaffen damit neue Evidenzen, die ihrerseits bildhaft werden. Es handelt sich nicht um Destruktion, sondern um De-Konstruktion, denn wie nichts anderes hebt so ein Akt die Gemachtheit von Werken hervor. KD Pratz macht hiermit deutlich, dass Kunstwerke an sich kein feststehendes Wesen – keinerlei Essenz – besitzen, sondern dass ihre Wirkmächtigkeit bedingt ist durch Präsentation, Repräsentation und Rezeption. Alles ist im Fluss! Alles ist im Fluss!

Das gilt hier im übertragenen und auch im wörtlichen Sinne. Durch das Miteinbeziehen der Rezipienten in den Dekonstruktions-Akt dreht KD Pratz gewissermaßen den Mitmach-Aspekt von Fluxus um. Interaktion bedeutet nicht gemeinsames Erschaffen, sondern gemeinsames Dekonstruieren. Damit hat KD Pratz uns eine Sichtweise auf sein eigenes Werk geliefert, die uns bis dahin vollkommen verschlossen geblieben ist.« An dieser Stelle setzte im Saal ein großes Rascheln ein. Das Guggenheim hatte einen Programmzettel mit einer englischen Übersetzung von Michael Neuhubers Rede gedruckt, und es musste umgeblättert werden, was sehr viele Leute taten, während eine kleine Minderheit einfach so lauschte – sei es, weil sie Deutsch konnten oder weil sie fasziniert waren von dieser Sprache, in der man so ernsthaft über Kunst reden konnte wie in keiner anderen.

»Mittlerweile wurden schon zwei Masterarbeiten über diesen Wandel der KD-Pratz-Rezeption geschrieben. Eine Absolventin plant, daraus eine Dissertation zu machen. Sie kann dabei auf die volle Unterstützung unseres Museums und des Künstlers zählen. Wir sind dabei, die Kunstgeschichte neu zu schreiben. Gerade die Rezeption klassischer Darstellungsformen wie der Malerei in neuen Medien stellt unser bisheriges Wissen immer wieder auf den Kopf. Die KD-Pratz-Renaissance leistet dazu einen entscheidenden Beitrag. Die Videoarbeit von KD Pratz, in Zusammenarbeit mit Monique Schnier, kennen Sie ja sicherlich alle. Monique? Monique Schnier? Where are you?«, sagte er jetzt doch auf Englisch.

Monique Schnier stand genau neben mir, machte aber keine Anstalten, auf sich aufmerksam zu machen, starrte nur in die Gegend wie immer, als hätte ihr Name überhaupt nichts mit ihr zu tun. Sie konnte inzwischen wahrscheinlich von ihrem YouTube-Kanal leben, für den sie nun immer wieder Kunst-Performances filmte und auf die ihr eigene, lakonische Art kommentierte.

Ein Baby, das schon in den letzten Minuten immer wieder geplärrt hatte, wurde jetzt so unruhig, dass der Vater mit ihm hinausging. Es war Nicolai Gurdulic vom Hessischen Finanzministerium. Er lächelte noch kurz Dr. Sibylle Höllinger zu, mit der er eben noch Händchen haltend vor mir gestanden hatte, dann bahnte er sich mit seiner Trageschale einen Weg durch die Menge, die ihm gern Platz machte.

»Besonders freuen wir uns aber, dass neben der multimedialen und interaktiven Kunst auch eine weitere Werkgruppe von KD Pratz heute Abend zum ersten Mal der Öffentlichkeit zugänglich gemacht wird. Zum ersten Mal hat KD Pratz eine große skulpturale Rauminstallation gemacht, die hier im Guggenheim Museum Teil der Ausstellungsarchitektur ist. Die aufwendige plastische Arbeit entstand in Zusammenarbeit mit dem Architekten Constantin Marx, der ebenfalls mit uns aus Frankfurt angereist ist. Constantin, where are you?«

Ich hob mit Vergnügen die Hand. So hoch es ging. Auch das war in der letzten Zeit passiert. KD Pratz und ich hatten uns nach diesem Wochenende lange nicht gesehen, er hatte mich nur alle ein, zwei Monate einmal angerufen. Ich ihn nie. Dann hatte er irgendwann gefragt, ob ich mir das vorstellen könnte, Ausstellungsarchitektur, New York. Ich konnte.

Ich sah mir die mitgereisten Fördervereinsmitglieder an, wie sie wieder einmal gebannt den Worten Michael Neuhubers lauschten, obwohl sie bereits jedes Wort seiner Ansprache kannten. Ingeborg stand ein wenig abseits, als wollte sie diesen Moment mit niemandem aus dem Förderverein teilen. Sie sah fröhlich aus. Als Michael Neuhuber meinen Beitrag als Ausstellungsarchitekt erwähnt hatte, zeigte sich auf ihrem Gesicht dieser Ausdruck, den nur Eltern hatten, die stolz auf ihre Kinder waren. Jetzt jedoch wanderte ihr Blick ins Unendliche, weit über die gekurvten, weiß verputzten Balustraden der Guggenheim-Schnecke hinaus. Sie nahm ein Taschentuch und trocknete ihre Augen. Während sie sich das eine Auge abtupfte, um nicht das Make-up zu ruinieren, kullerte aus dem anderen eine Träne.

Ingeborg war erleichtert darüber, dass Angeliki Florakis dem Tod noch einmal von der Schippe gesprungen war und ihre Krebserkrankung mit einer guten Prognose vorerst überstanden hatte. Allerdings war Angeliki nach all den Jahren immer noch stinksauer auf KD Pratz, der es nicht geschafft hatte, ihr in ihrer größten Krise beizustehen.

Und Ingeborg blickte bis heute, wenn wir vor dem Museum Wendevogel standen, wehmütig auf das unbebaute Grundstück nebenan. Sie hatte über ein Jahr gebraucht, um die Ereignisse unserer Reise zur Burg Ernsteck zu verkraften. Einerseits war der geplante Museumsanbau buchstäblich ins Wasser gefallen, andererseits hatte sie auf eine Weise am Leben und der Kunst von KD Pratz teilnehmen können, wie sie es nie erwartet hätte. Irgendwann hatte sie beschlossen, die Ereignisse mit einem Wort zusammenzufassen: »dynamisch«.

So stand Ingeborg jetzt da, in einer Situation, die sie sich nie hätte träumen lassen und die doch ganz anders war als alles, was sie jemals wirklich geträumt hätte.

Da löst der schwarz gekleidete Museumswärter, der auf der linken Seite über den abgesperrten Aufgang wacht, den Karabinerhaken, mit dem die Samtkordel befestigt ist, und geht damit zu seiner Kollegin, die ihm rechts gegenübersteht. Die Ausstellung ist eröffnet. Ingeborg und ich bleiben noch einen Moment unten stehen und sehen zu, wie die Liebhaberinnen und Liebhaber der Kunst langsam den breiten, serpentinenhaft geschwungenen Gang hinaufschreiten. Manche gehen rasch voran, um als Erste die großen, ganz oben befindlichen Arbeiten zu erreichen, andere bleiben gleich vor dem ersten Bild stehen, wieder andere wandern ziellos hierhin, dorthin, doch schließlich füllt sich das ganze Gebäude mit Leuten, die zur Kunst streben.

Es werden immer mehr, und sie wollen immer höher hinaus.